KRI
LICH

SHADOW KISSED

ERWÄHLT

A VAMPIRE TALE 1

Shadow Kissed – Erwählt (Band 1)
1.Auflage, März 2021

Covergestaltung: Kristina Licht – Coverdesign
Illustrationen: Chii Rempel

Kristina Krieger
Messelinckstr. 13
44309 Dortmund

Kontakt: Facebook-Seite von Kristina Licht
oder kristina.licht@hotmail.com

Leserwarnung:

In diesem Roman findest du keine glitzernden Vampire. Es könnte sein, dass nicht jeder Biss und jeder Sex, der in diesem Buch vorkommt, einvernehmlich sein wird. Für Menschen, die auf dieses Thema sensibel reagieren, könnte Aarons Geschichte daher triggernde Elemente enthalten.

PROLOG:

AURA

Ein markerschütternder Schrei riss mich aus einem Traum. Zumindest glaubte ich, einen gehört zu haben. Weit entfernt, leise und doch kristallklar hallte das Echo in meinem Kopf wider. Atemlos setzte ich mich auf und blinzelte in die Dunkelheit des Zimmers. Die Nacht hatte sich wie eine schwere schwarze Decke über die Welt gelegt.

Mein Puls raste. Das Nachthemd klebte an meinem verschwitzten Körper, obwohl ein spürbarer Wind durch den Raum fuhr. Heulend quetschte er sich zwischen den Fensterläden hindurch und ließ das Holz klappern. Die Dielenbretter im Haus knarzten, als wäre es lebendig.

Ich hockte mich auf die Knie und stieß die Fensterläden über dem Bett auf. Fahles Mondlicht traf mein Gesicht. Der Geruch von Salz und Meer stieg mir in die Nase und eine kühle Brise streifte meine erhitzte Haut.

Mein Blick glitt nach links, richtete sich ohne umherzuschweifen auf die dunklen Umrisse, die sich in der Ferne vor dem Sternenmeer abhoben. Die Burg, hoch oben auf dem Berg am Rande von Dawncliff, sie thronte über uns – doch anstatt über uns zu wachen … *Da, schon wieder!*

Ein Schrei, getragen vom Wind, ließ mich zusammenzucken. Gänsehaut kroch über meine Arme, obwohl es so unerträglich heiß war. Der Sommer dieses Jahr war lang. Jeder von uns wartete auf Regen oder ein Gewitter, das die Temperaturen senken würde.

Vielleicht war der Schrei nur das Heulen eines Tieres gewesen, redete ich mir gut zu. Oder ich hatte ihn mir eingebildet, weil die nahende Auslese an meinen Nerven zerrte.

Ich rieb mir über die Arme und begann, eine Melodie zu summen, während ich vor dem offenen Fenster kniete und starr nach draußen blickte. Ein Gutenachtlied, welches Mutter uns früher immer vorgesungen hatte, um uns vor bösen Geistern zu schützen.

Als Kind hatte ich jedes Wort der Gruselgeschichten und Schauermärchen geglaubt. Eine fürchterlicher als die andere. Man erzählte uns, dass dort oben im Schloss ein Monster wohnte, halb Tier halb Mensch, welches nur bei Nacht herauskäme und sich wehrlose Kinder schnappte, die nach Einbruch der Dunkelheit noch draußen waren. Andere Geschichten wiederum besagten, dass der Lord, der dort lebte, bei einem Brand derartig entstellt worden war, dass er sich seitdem nicht aus seiner Burg traute. Sein Antlitz wäre dermaßen verunstaltet, dass jeder, der ihn sähe, sofort seinen Verstand verlöre. Wieder andere glaubten, dort wohne schon längst niemand mehr – nur Geister, die nachts ihre Klagelieder sangen.

Doch wenn oben in der Burg niemand mehr lebte – wieso hielten wir uns dann immer noch an das Abkommen?

Wieso schickten wir alle fünf Jahre die Auserwählten dort hoch? Was passierte in den fünf Tagen, in denen sie auf der Burg hausten? Nur vier von ihnen kehrten stets zurück, mit Taschen voll Gold und Silber, doch ohne jegliche Erinnerungen. Als hätten sie die Burg nie betreten. Oder als wären sie für ihr Schweigen bezahlt worden.

Mich schauderte es und so schloss ich hastig die Fensterläden, um mich von dem Anblick der Burg loszureißen. In wenigen Stunden würde der Morgen grauen und bis dahin sollte ich noch etwas schlafen. Jeder wusste, was der morgige Tag für die Bewohner von Dawncliff bedeutete. Es war der Tag der Auslese. Die fünf Jahre liefen ab wie die letzten Körner in einer Sanduhr. Nicht mehr lange und der Lord würde nach fünf neuen Jungfern verlangen.

Vielleicht wird dieses Jahr niemand kommen, um uns zu holen.

Vielleicht sind es doch nur Spukgeschichten, die die Erwachsenen uns erzählen. Bei der letzten Auslese war ich noch zu jung gewesen, um mir darüber den Kopf zu zerbrechen. Doch morgen würde ich alt genug sein.

Was, wenn es kein Schauermärchen war? Was, wenn in meinen Adern das Blut einer Schattengeküssten floss?

1.

AARON

Meine Verlobte anzustarren, wurde irgendwie zu einer eigenartigen Angewohnheit von mir. Leider tat ich es nicht aus den gängigen, romantischen Gründen. Ich musterte sie eher wie einen Fisch, den ich gleich sezieren müsste, analysierte ihren Körper, prägte mir markante Stellen ein und überlegte, wo und wie man sie am besten griff, ohne etwas falschzumachen.

»Hörst du mir überhaupt zu?«, fragte sie und rollte sich auf dem Heuballen herum, sodass sie mir in die Augen sehen konnte. Die ersten Sonnenstrahlen des Tages fielen auf ihre gebräunte Haut, brachen sich in ihrer braungrünen Iris. Sie stützte den Kopf auf ihrer Hand ab. Wie ein Wasserfall floss ihr dunkles Haar nun über das Stroh, auf dem wir lagen.

An das Pieken der Halme gewöhnte man sich mit der Zeit.

»Natürlich höre ich dir zu, Tess.« Ich hatte nicht den blassesten Schimmer, was sie als Letztes gesagt hatte. Stattdessen wusste ich genau, wie sich ihr Busen beim Atmen hob und senkte. Auch wenn mich der Anblick irgendwie kalt ließ. Tessa war wunderschön, ja. Aber ich empfand für sie nicht mehr als für meine kleine Schwester. Seit unsere Eltern die Verlobung beschlossen hatten, versuchte ich, mehr in Tessa zu sehen. Ich *wollte* sie wollen. Sie begehren. Mich in sie verlieben. Aber entweder waren die Erzählungen um Liebe und Lust nichts weiter als Märchen für Erwachsene – oder mit meinem Körper und meinem Herzen stimmte etwas nicht. Vor allem mit meinem Körper. Mein Blick huschte beiläufig nach unten in meinen Lendenbereich, wo alles in purer Entspannung dalag, anstatt meine Hose in freudiger Erwartung auszubeulen. Nichts. Keine Vorfreude. Kein Kribbeln. Nur noch vier Wochen bis zu unserer Vermählung.

»Ich habe gesagt, dass ich heim will, wenn die Sonne aufgegangen ist. Heute ist doch der Tag der Blutproben. Nova muss eine abgeben und ich will ihr beistehen.«

»Moment.« Kerzengerade setzte ich mich auf und starrte auf Tess hinunter. Seit Wochen war das ganze Dorf über die nahende Auslese der Schattengeküssten in Aufruhr. Es gab Legenden, die besagten, dass das Blut von Schattengeküssten besonders wäre, weshalb der Lord auch seine Auswahl anhand dieses roten Elixieres traf. Ihr Blut sei auffallend rein und ihm wohnte – wenn man den Erzählungen glaubte – eine Macht inne, die die natürlichen Grenzen sprengte.

Auch meine Familie bangte dem diesjährigen Start des Auswahlverfahrens entgegen, da Aura in ein heiratsfähiges Alter gekommen war und kein Mädchen und keine Frau sich davor drücken durfte, eine Blutprobe abzugeben, wenn sie noch unberührt war. Bisher hatte ich immer angenommen, dass auch Tessa am Auswahlverfahren teilnehmen würde. Schließlich war sie noch nicht mit mir verheiratet. Eine mündliche Verlobung würde den Lord von Dawncliff nicht davon abhalten, sie zu sich zu holen ...

»Nur Nova? Nicht du?«, hakte ich nach.

Sie lächelte mich an, doch das Lächeln erreichte ihre Augen nicht. Als sie sich in den Schneidersitz erhob und den Rock ihres schlichten Kleides im Schoß glattstrich, wusste ich, dass sie mir etwas weniger Erfreuliches mitzuteilen hatte. »Sieh mich nicht so an, Aaron. Das Gute an der Sache ist, dass der Lord mich nicht zu sich auf die Burg holen kann. Ich werde bei dir bleiben. Ist das nicht schön?«

»Was soll das heißen?«, hinterfragte ich, nicht ganz sicher, worauf das Ganze hinauslief.

Betreten biss Tess sich auf die Unterlippe. »Das Abkommen besagt ausdrücklich, dass nur Jungfrauen teilnehmen dürfen.«

Für zwei, drei Sekunden hörte ich nichts weiter als mein Herzklopfen.

Verständnislos blinzelte ich sie an. Diese Regelung war mir nicht neu, doch was ... Es dauerte einige Augenblicke, bis ich begriff, was sie mir damit sagen wollte. Schlagartig rappelte ich mich auf und sprang von dem Heuballen hinunter, von dem aus wir den Sonnenaufgang beobachtet hatten. Etwas wackelig landete ich mit den Füßen auf dem getrockneten Gras, was daran liegen mochte, dass meine Beine tatsächlich zu zittern begannen. Die Enttäuschung, gepaart mit Wut und Unglauben wallte unkontrolliert durch mich hindurch.

»Aaron, warte!«, rief Tess, als ich mich schon zum Gehen wandte. Flucht. Das war das Einzige, wonach meinem Körper jetzt war. Ich hörte, wie sie hinter mir auf den Boden sprang und mir nacheilte. »Hör mir zu! Das war, bevor wir einander versprochen wurden!«

Ich blieb stehen und fuhr zu ihr herum. »Und ich dachte, wir halten uns zurück, weil wir beide auf die Hochzeitsnacht warten!« Ein etwas unfairer Vorwurf in Anbetracht meines mangelnden Verlangens, aber ich konnte nicht anders. Dass wir uns beide für die Hochzeitsnacht aufsparten, war wie ein stummer Pakt zwischen uns gewesen. Zumindest hatte ich das bisher angenommen.

Tess zuckte kaum merklich zurück, ob vor meinen Worten oder meiner Lautstärke, vermochte ich nicht zu sagen. »Willst du mich jetzt nicht mehr heiraten?«

Diese plötzliche, einfache Frage entwaffnete mich.

Ich atmete tief durch und versuchte nachzudenken. Stumm starrte ich die dunkelhaarige, sonnengebräunte Schönheit vor mir an. Sie sah schuldbewusst aus, beinahe hilflos.

»Wer war es?«, wollte ich schließlich wissen. Den ganzen Sommer über trafen wir uns, nie hatte sie erwähnt, dass es vor mir einen anderen gegeben hatte. Wer hatte bei ihr gelegen und sie dann doch nicht zur Frau genommen? Es musste wohl jemand gewesen sein, den ihre Eltern als Gatten nicht geduldet hätten.

»Das ist doch egal, Aaron. Ich liebe jetzt dich. Es wird keinen anderen mehr geben!«

»Du hättest es mir schon früher sagen können. Oder dein Vater hätte es dem meinen sagen sollen, als sie sich auf das Bündnis einigten!«

Mit erröteten Wangen wandte Tess den Blick ab. Finster schaute sie dem Sonnenaufgang entgegen, der in ihren Pupillen glitzerte. »Meine Eltern wussten es nicht. Ich habe es ihnen erst vor kurzem gesagt, als das Auswahlverfahren für die Schattengeküssten nahte.«

Ich biss die Zähne zusammen und schüttelte den Kopf. Das war zu viel für mich. Zu viel, zu viel, zu viel. In meine ewige Fantasievorstellung darüber, wie ich mit Tessa schlief, mischten sich nun geräuschuntermalte Bilder davon, wie sich irgendein Fremder aus dem Dorf mit ihr im Stall vergnügte. Das durfte doch nicht wahr sein!

Ich setzte erneut zum Gehen an, als Tessa mich am Handgelenk festhielt.

»Bitte.« Tränen standen in ihren großen runden Augen, perlten von ihren schwarzen, dichten Wimpern. Ich hatte sie noch nie zuvor weinen gesehen. »Ich hatte Angst, dich zu verlieren, wenn ich es dir sage. Bitte löse die Verlobung nicht auf. Ich weiß, ich habe kein Recht dazu, dich darum zu bitten. Aber ich will das. Ich will uns. Eine Familie mit dir gründen. Das ganze Drum und Dran. Mit Vaters Hilfe bauen wir uns an der Küste ein eigenes Haus. Du wirst als Fischer arbeiten und ich werde deinen Sohn austragen. Wir werden glücklich ...« Ihre Stimme verlor sich. Irgendwo im

Wind, zwischen dem Rascheln der Bäume und dem Zwitschern von Vögeln.

Ein Kloß hatte sich in meinem Hals gebildet. Mir war bewusst, dass mein abweisendes Verhalten ihr gegenüber nicht fair war. Schließlich wusste ich nicht einmal, ob ich sie liebte oder je lieben würde. Ich war auch nicht neidisch auf den Jüngling, der vor mir bei ihr gelegen hatte. *Eine Familie mit dir gründen ... Deinen Sohn austragen ...* Ich konnte nicht einmal sagen, ob ich je Kinder mit ihr zeugen wollte! Ob ich körperlich dazu in der Lage wäre, so beschämend dieser Zweifel in mir auch war. Außerdem hatte es viele Vorteile, wenn man keine Kinder in die Welt setzte. Man brauchte keine Angst davor zu haben, dass sie im Winter verhungerten - und man brauchte keine Angst davor zu haben, die Unschuld seiner Tochter irgendwann an den Lord von Dawncliff zu verlieren. Ihm seine Tochter zu opfern, wie ein Schwein zum Erntefest.

Ich schüttelte den Kopf und entriss Tessa meine Hand. Im Moment war ich nicht in der Verfassung, mit ihr zu reden. Meine Gedanken wirbelten ziellos umher, überschlugen und verirrten sich wie in einem Labyrinth. Meine Beine trugen mich von ihr weg.

»Du hast doch vor mir schon bestimmt auch mit jemand anderem geschlafen!«, rief sie mir hinterher.

»Nein«, war alles, was ich dazu sagte, beziehungsweise knurrte.

»Warte. Aaron.« Sie überholte mich und stellte sich mir in den Weg. »Verzeihst du mir, wenn ich dir erlaube, vor unserer Vermählung mit einer anderen Frau beizuliegen? Dann wären wir ... quitt.«

Ich hob überrascht die Augenbrauen. Hatte sie nicht gesagt, sie *liebte* mich? Wie konnte sie dann nur so etwas vorschlagen?

»Bitte denk darüber nach!« Die Verzweiflung stand ihr deutlich ins Gesicht geschrieben.

Ich sollte ihr sagen, dass ich die Verlobung nicht lösen würde, dass sie keine Angst haben brauchte, aber die Worte kamen nicht über meine Lippen. Stattdessen sagte ich: »Werde ich.«

Vielleicht erschien mir ihre Beichte wie ein letzter Ausweg von unserem vorgeschriebenen Weg. Vielleicht war es aber auch normal, dass ich vor dem ewigen Bund der Ehe zu zweifeln begann. Ihre Offenbarung hatte in mir keine Eifersucht geschürt, sondern die Angst entfacht, die sich ohnehin schon seit geraumer Zeit in meinen Zellen verkroch. Ich hatte Angst, in der Hochzeitsnacht zu versagen, hatte Angst, dass das Gefühl des Begehrens auch weiterhin ausblieb. Was, wenn selbst in dieser Nacht sich nichts bei mir regte? Und nun, da ich wusste, dass Tess ihr Bett schon mit jemandem geteilt hatte, würde sie mehr von mir erwarten.

Ich ließ die Felder hinter mir, ohne einen Blick zurück, und überquerte den Marktplatz, der zu dieser Tageszeit noch erfrischend leer war. Gelborangene Strahlen vertrieben die letzten Schatten der Morgendämmerung. Es war bereits warm, doch heute wehte eine angenehme Brise vom Meer herüber. Ein paar Verkäufer begannen ihre

Stände zu beziehen und ihre Waren auszulegen. Kleider, Decken, Schafsfelle, Waffen, Schmuck und Handwerkszeug. Der Lärmpegel stieg an, während ich den Marktplatz überquerte, und der Geruch von Käse und Fisch wurde übermächtig.

Nach nur wenigen Minuten hatte sich ein Schweißfilm auf meiner Stirn gebildet. Die Hitze in den letzten Wochen war unerträglich. Der einzige Vorteil, wenn der Regen für längere Zeit ausblieb, war der, dass der sumpfartige Lehmboden austrocknete und meine Schuhe vom Matsch verschont blieben.

An einem Schmuckstand blieb ich plötzlich stehen, weil eine schillernde, goldene Spange mir ins Auge stach. Sie funkelte im Sonnenlicht und riss mich aus den tristen Gedanken. Sie würde perfekt in Auras goldenes Haar passen. Ich lächelte. Meine Schwester würde diesen kleinen filigran gearbeiteten Kamm lieben. Und da heute ein schwerer Tag für sie war, könnte ich ihn ihr als Aufmunterung mitbringen.

Ich kaufte ihn dem Händler für zehn Taler ab, was eine horrende Summe für ein so nutzloses Schmuckstück war, doch ich ärgerte mich nicht darüber. Für Aura hätte ich auch tausend Taler bezahlt, um sie vor der kommenden Auslese zu bewahren. Nein, ich hätte gar mein Leben gegeben, um zu verhindern, dass sie auf jene Burg geschickt wurde, über die, seit ich denken konnte, die furchteinflößendsten Schauergeschichten kursierten. Niemand hatte den Lord von Dawncliff je zu Gesicht bekommen. Den grausamen Märchen nach zu urteilen, war er entweder ein menschenfressendes Monster oder bis aufs Unkenntlichste entstellt. Das würde auch erklären, wieso er sich eine Frau nur auf diese Weise sichern konnte. Gäbe es das Abkommen nicht, würde sich kein Weib je in die Nähe der Burg verirren. Wie alt der Lord wohl sein mochte? Das Abkommen existierte schon zu Zeiten der Mutter meiner Mutter. Entweder war der Lord mittlerweile steinalt oder er hatte mit einer der Frauen, die er vor Jahren zu sich geholt hatte, einen Sohn gezeugt, der nun ganz nach der Familientradition ebenfalls eine Schattengeküsste zur Frau nehmen musste. Vielleicht war sein Sohn auf dieselbe Weise entstellt. Oder ein Fluch lag auf den Männern der Burg Dawncliff.

Ich hielt diese Geschichten für Humbug. Sie sollten Angst und Schrecken im Dorf verbreiten, um jeden von der Burg fernzuhalten. Wer oder was dort oben tatsächlich lebte, konnte niemand sagen. Ich wusste nur, dass diese Kreatur auf das Opfer von Jungfrauen angewiesen zu sein schien. Oder sich daran aufgeilte. Und alles in mir sträubte sich bei der Vorstellung, dass Aura dieses Jahr dort hochgeschickt werden könnte.

Ich steckte die goldene Spange in die Tasche meiner Hose und beschleunigte meine Schritte. Aura und Mutter warteten vermutlich schon auf mich.

Plötzlich wurde mir klar, dass ich bis heute nie so über Tess gedacht hatte. Die Auslese war etwas, was mich nur über meine Schwester nachdenken ließ, nie über Tess. Ich hatte es für selbstverständlich gehalten, dass sie am Auswahlverfahren teilnahm, und mir wäre es zwar nicht egal gewesen, sollte sie zu den Schattengeküssten zählen, doch ich hätte es irgendwie verkraftet und gehofft, dass sie unbeschadet zurückkehren würde. Vermutlich sogar mit Unmengen an Reichtümern, welche unser Leben bis zu unserem Tod abgesichert hätten.

Ich schüttelte den Kopf und schämte mich über die Richtung, die meine Gedanken nahmen. Mein Blick wanderte über die hölzernen Fassaden der Häuser und Hütten, die an den Markt grenzten. Unser Heim lag etwas abseits, in der Nähe des Waldes. Bis dahin hatte ich noch einen kleinen Fußmarsch vor mir, doch mein Blick blieb am Schild einer Taverne hängen, die ich schon das ein oder andere Mal am Abend aufgesucht hatte, um meine Sorgen in Wein zu ertränken. Ich trank nicht oft, wirklich nicht, doch hin und wieder genoss ich den Geschmack und die Wirkung des roten Saftes. Diesmal schaute ich allerdings hoch in den zweiten Stock des Gebäudes, von dem ich wusste, dass Madame Roxanne dort ein paar Mädchen für spezielle Dienste unterbrachte, die den Gästen der Spelunke manchmal bei Übernachtungen Gesellschaft leisteten. Es war kein Freudenhaus wie die, die es in größeren Städten gab und von denen ich durch Erzählungen gehört hatte. Die Frauen hier priesen ihren Körper nicht wie bei einem Rummel an, dennoch wusste fast jeder heimische Jüngling, was dort oben vor sich ging.

Aus irgendeinem Grund führten mich meine Schritte genau dorthin. Meine Hand verkrampfte sich in der Hosentasche um das kühle Schmuckstück. Es war der denkbar schlechteste Zeitpunkt für ein Vergnügen dieser

Art. Meine Verlobte hatte mir eine Wahrheit eröffnet, die alles in mir umkrempelte, und meine Schwester würde ihre Jungfräulichkeit vielleicht an einen entstellten, alten Feudalherren verlieren. Aber vielleicht war genau deshalb heute der Tag, um mit meinen Selbstzweifeln Schluss zu machen. Tess hatte es mir sogar angeboten. Ich könnte mit einer Frau das Bett teilen und dann ... dann würde die Angst von mir abfallen, die mich so unter Druck setzte. Wenn selbst meine jüngere Schwester drohte, bald ihre Unschuld zu verlieren, dann war meine längst überfällig.

Ich atmete tief durch und stieß die Tür des leeren Wirtshauses auf, das eigentlich noch geschlossen hatte. Ohne Umschweife stürmte ich die Treppen hoch. Mutter und Aura würden auch noch eine Stunde länger auf mich warten können. Oben stieß ich allerdings fast mit einer Frau zusammen, die gerade ebenfalls die Treppe nehmen wollte.

»Huch, mein Hübscher! Was tust du denn hier? Der Ausgang befindet sich unten.«

Offenbar hielt sie mich für einen Kunden, der die Nacht hier verbracht hatte.

»Nein, ich wollte nicht raus, sondern rein«, stellte ich klar, verzog aber den Mund über meine Wortwahl. So war das nicht beabsichtigt.

Die Frau trat einen Schritt zurück und musterte mich von oben bis unten. Sie war deutlich älter als ich, vielleicht doppelt so alt, und hatte einen ausladenden Busen, den ihr Kleid mehr in Szene setzte als versteckte. Ihre roten Haare waren zu Locken gedreht, ihr Gesicht äußerst stark geschminkt und – ich hustete, weil ich so tief einatmete –

sie war großzügig parfümiert. Ihr Geschäft musste außerordentlich gut laufen, wenn sie dermaßen in Parfum baden konnte.

»Bist du nicht der junge Spross von Miss Graystone?«

Verflucht. Dass sie mich erkannte, gefiel mir nicht. Kurz war ich versucht, wieder umzukehren, doch dann riss ich mich zusammen. Ich war ein erwachsener junger Mann. Madame Roxanne würde schon nicht zu meiner Mutter laufen und mich verpfeifen.

»Was oder wen suchst du hier?«, wollte sie wissen, als ich immer noch nicht antwortete. Ich hatte noch keinen Ton gesagt. *Super, Aaron. Sehr erwachsen und männlich von dir.*

Ich straffte die Schultern und räusperte mich. »Ich weiß von den Diensten, die Sie hier anbieten, und ich wollte fragen, ob eines Ihrer Mädchen ...«

Sie unterbrach mich, indem sie die Hand hob. »Für solche Anfragen solltest du abends wiederkommen. Die Mädchen liegen alle noch in ihren Betten – allein oder zu zweit ... oder zu dritt.« Sie runzelte die Stirn und schüttelte kurz den Kopf. »Komm abends wieder. Aber bist du dir sicher, dass du das überhaupt willst? Ich habe von deiner Verlobten gehört. Ein wunderhübsches Ding. Vielleicht wäre sie gekränkt, wenn du zuvor ...«

Diesmal war ich derjenige, der sie unterbrach. »Ich glaube, es wäre gut für uns.«

Roxanne musterte mich wissend und nickte. »Es wäre dein erstes Mal und du willst es in der Hochzeitsnacht nicht versauen«, spekulierte sie.

Ich spürte, wie mir die Hitze in die Wangen stieg, und betete, dass sie es nicht bemerken würde. Ich war schon etwas zu alt, um so unerfahren zu sein. Die meisten meiner Freunde hatten das Vergnügen bereits gehabt, sich mit einer Dirne oder einem Bauernmädchen im Heu zu wälzen.

Roxanne blickte sich um, packte mich dann am Arm und zog mich mit sich in einen großen Raum, in dem ein paar leere Tische und Stühle standen. Es gab auch einige gemütlichere Sitzmöglichkeiten, ein paar Sofas und Tagesbetten, die mit vielen Kissen überhäuft waren. Vor den Fenstern hingen bunte Tücher und das Licht, das von draußen hereinschien, wurde durch die farbigen Stoffe gedämpft.

»Hast du denn schon-«, sie senkte die Stimme und blieb stehen, »-ein anderes Vergnügen mit Frauen geteilt? Wie weit seid ihr gegangen?«

Die Frage wollte ich nur ungern beantworten. Ich war hier, um mein erstes Mal hinter mich zu bringen, und nicht, um mit einer Frau, die fast so alt war wie meine Mutter, über mein nicht vorhandenes Liebesleben zu sprechen. Ich hatte Tess einmal geküsst. Näher war ich einem Mädchen nie gekommen. Aber das war nichts, was ich Madame Roxanne erzählen wollte. Also schwieg ich.

Die rothaarige Dirne nickte schon wieder wissend, dann schnalzte sie mit der Zunge. »Vielleicht bist du einfach noch nicht reif genug dafür.«

Diesmal rührte die Hitze in meinen Wangen nicht von Scham her. Wütend ballte ich die Fäuste. In welcher Position glaubte sich diese Frau, so mit mir zu reden? Ich war ein potenzieller zahlender Kunde und kein Kind, das sich hierher verirrt hatte und um Aufklärung bat.

»Wie ich sehe, war mein Auftauchen hier ein Fehler«, knurrte ich und wollte mich zum Gehen wenden, doch Roxanne hielt mich zurück und seufzte. »Warte, warte. Es tut mir leid, mein Hübscher. Du wirkst noch sehr jung. Wenn du glaubst, dass du es willst, kann ich dir gern die ersten Erfahrungen bescheren.« Sie deutete auf das niedrige Bett, vor dem wir stehengeblieben waren.

Ich blinzelte. »Hier?«

Und - mit *ihr*?

»Ja, hier ist sonst niemand. Die Mädchen bleiben noch eine Weile auf ihren Zimmern, da kannst du dir sicher sein. Uns wird niemand stören.« Sie ließ sich auf die Bettkante nieder und lehnte sich zurück, sodass ich auf sie herabschauen konnte. »Was gefällt dir denn?« Sie fuhr sich mit den Fingern übers Dekolleté und ich schluckte. Ich musste mich geradezu daran erinnern, dass das Ganze hier meine eigene Idee war. Ich wollte das so.

»Ich weiß noch nicht, was mir gefällt«, gab ich widerwillig zu.

Sie biss sich auf die rot geschminkte Unterlippe und hatte plötzlich ein ganz anderes Erscheinungsbild als vor ein paar Sekunden noch. Ihre gesamte Mimik hatte sich verändert, als wäre sie in eine andere Rolle geschlüpft. Für mich jedoch war sie leider immer noch dieselbe Frau wie zuvor. Ihr Schmollmund und die Finger an ihrem Busen änderten herzlich wenig daran, außer dass ich sie nicht wirklich ernst nehmen konnte.

Sie hob ihren Oberkörper wieder an und streckte die Arme nach mir aus, um mich näher zu ziehen. Ihr Kopf befand sich nun auf der Höhe meines Schoßes und als sie die Finger in Richtung meines Schrittes bewegte, gab ich mir Mühe, nicht vor ihr zurückzuzucken.

»Keine Angst. Du brauchst nicht nervös sein. Schließe die Augen und genieße es. Es wird schnell gehen, aber es muss dir nicht peinlich sein. Hörst du? Nichts muss dir peinlich sein. Alles hiervon bleibt unter uns.«

Ihre letzten Worte beruhigten mich zumindest ein wenig. *Okay, also Augen zu und durch.* Ich hörte auf ihren Rat und schloss die Lider. Kurz darauf spürte ich ihre Handfläche über meine Hose reiben. Sie strich zart über den Stoff, rauf und runter und streifte dabei immer wieder die Stelle zwischen meinen Beinen. Vermutlich wartete sie darauf, dass er hart wurde ... Das nahm ich zumindest an. Ich wollte ihr entgegenkommen und öffnete die Hose, zog sie herunter, damit sie mich direkt berühren konnte. Vielleicht wäre das hilfreicher ...

Als ihre Finger mich in die Hand nahmen, rieselte es mir kalt den Rücken hinunter und ich riss ungewollt die Augen auf. Verdammt. Ich blickte hinunter und sah, wie sie an mir herumspielte. Die Bewegung ihrer Finger brachte das Blut in meinem Körper tatsächlich etwas in Wallung, doch eine Nervosität schlich sich in meinen Körper, die mich lähmte. Wieso wurde er nicht groß?

»Ich, äh ...«

»Du bist nervös?« Sie schaute zu mir auf. »Soll ich ihn in den Mund nehmen? Willst du das?«

Ich schüttelte den Kopf, ehe ich darüber nachdachte. Sie hatte mit dem vehementen Kopfschütteln offenbar genauso wenig gerechnet wie ich. Sie rückte ein Stück von mir ab und sah mich irritiert an. »Nein?«

»Ich ... entschuldigen Sie, dass ich Ihre Zeit beansprucht habe.« Mit einem Ruck zog ich mir die Hose wieder hoch und nestelte an dem Knopf herum. »Tut mir leid.«

»Warte!«, rief sie mir nach, doch ich war schon aus dem Zimmer gestolpert. Hals über Kopf rannte ich die Treppen hinunter. »Ej! Anfassen kostet auch was!«, schrie sie mir nach, als ich die Tür erreichte und nach draußen floh. Scheiße!

Was war bloß in mich gefahren? Eines wusste ich mit Sicherheit: Niemals wieder wollte ich mich vor einer Frau derartig entblößen!

2.

AARON

Am liebsten wäre ich vor unserem Haus in den knietiefen Bach gesprungen, der unweit unserer Hütte in einen kleinen Teich mündete, in dem wir uns im Sommer oft erfrischten. Heute wollte ich mir das Gefühl ihrer Hände von meinen Lenden waschen – oder mich gleich darin ertränken.

Ich spürte Roxannes zarte Fingerkuppen noch immer auf meiner Haut, aber statt Erregung löste es Ekel in mir aus. Wieso hatte ich mich von dieser Frau anfassen lassen?

Ich verkniff mir einen Sprung ins kalte Wasser und eilte stattdessen direkt nach Hause. Es war später geworden, als ich beabsichtigt hatte, und ich wollte Aura beistehen, wenn sie gezwungen war, eine Blutprobe abzufüllen, damit geprüft werden konnte, ob sie eine Schattengeküsste war. Ein Ritual, bei dessen bloßer Vorstellung es mir wieder kalt den Rücken hinunterrieselte. Während ich an keine übernatürliche Kraft bei der Sache glaubte, sondern lediglich an einen perversen alten Mann, der oben in seiner Burg saß und sich beliebig junge Frauen zu sich holte, wusste ich, dass Aura in den Legenden sehr wohl einen Funken Wahrheit vermutete.

Sie hatte schon immer an Magie oder Übersinnliches geglaubt. An die Kraft des Mondes, an Hexen, an Wahrsager und Propheten, an Heilkräfte und die Geister von Toten. Warum dann nicht an einen Fluch, der den Lord von Dawncliff einst in eine Bestie verwandelte, dessen Aufhebung an das Blut seiner Auserwählten geknüpft war? Ich hatte ihr schon oft gesagt, dass es nur Märchen waren und sie viel skeptischer sein sollte, aber ich ahnte, dass in ihr immer ein Teil schlummern würde, der für solche Ammengeschichten eine offene Tür hatte.

»Aura?«, rief ich und stürmte ins Haus. Unsere kleine Hütte bestand aus drei Räumen und war damit schon größer als die meisten im Dorf. Vater war ein guter Jäger, der regelmäßig mit Wild aus dem Wald heimkam, dessen Fleisch und Häute wir auf dem Markt anboten. Das Fell verkaufte er hin und wieder in den umliegenden Städten. Mutter hingegen war eine Künstlerin, was das Besticken von Tüchern anging. Viele Frauen im Dorf baten sie, Kleider, Decken und Vorhänge mit filigranen Mustern zu versehen. Auch jetzt saß sie vor dem Kamin auf einem Sessel und stickte, als ich durch die Tür kam.

Sie sah kurz von ihrer Arbeit auf und wünschte mir einen guten Morgen. Da Aura nicht hier war, eilte ich allerdings ohne ein Wort weiter in das Schlafgemach, das meine Schwester und ich uns seit der Kindheit teilten. Uns trennte gerademal ein Jahr, weshalb wir uns so nahestanden wie Seelenverwandte. Sie war meine andere Hälfte, mein besseres Ich, mein Leben.

»Aura?« Ich stürzte in unser Zimmer und sah sie auf ihrem Bett knien, die Arme aus dem Fenster hängend, das Gesicht nach draußen gerichtet, als wäre sie eine Blume, die sich dem Sonnenlicht entgegenreckte. Sie drehte sich nicht einmal um, als sie mich hörte.

Ich beruhigte mich wieder und etwas in mir fand Frieden, als ich sie hier sitzen sah. Keine Ahnung, was ich geglaubt hatte. Am Tag der Auslese musste sie nur ein paar Tropfen ihres Blutes für das Auswahlverfahren bereitstellen – keiner würde sie gleich heute mit auf die Burg nehmen.

Waren sie schon hier?, wollte ich wissen. Stattdessen sagte ich: »Ich habe dir etwas mitgebracht.«

Die Worte brachten sie dazu, sich zu mir umzudrehen. Neugierig musterte sie mich.

Ich schob meine Hand in die Hosentasche und holte die goldene Spange hervor. Mit ausgestrecktem Arm hielt ich ihr das Schmuckstück entgegen.

Aura krabbelte von dem Bett und strich ihr hellblaues Kleid glatt, dessen Saum mit weißen Stickereien von Mutter verziert war.

»Eine Brosche?«, fragte sie.

»Eine Haarspange. Als ich sie gesehen habe, hat sie mich sofort an dich erinnert.«

Ihre Finger nahmen den goldenen Kamm in die Hand und fuhren zaghaft, beinahe ehrfürchtig, über die Rose, zu der sich das Metall formte.

»Sie ist wunderschön«, hauchte Aura. »Sie muss teuer gewesen sein, Aaron.«

Ein leichter Vorwurf schwang in ihrer Stimme mit, trotzdem hob sie die Hand und schob sich den Kamm in ihr hellblondes Haar. Es hatte dieselbe Farbe wie meines, dieselbe Konsistenz, nur dass ihres in Wellen bis zu ihrer Hüfte reichte, während meine Locken nicht einmal die Ohrläppchen bedeckten.

Sie schloss mich in die Arme und ich atmete tief ein. Ihre Haare rochen nach Kamille.

»Oh Aura«, seufzte ich mit geschlossenen Augen. »Sag, Schwesterherz, waren sie schon hier?«

Sie nickte an meiner Brust, ohne sich von mir zu lösen. Mein Blick schweifte durch das Zimmer und blieb an dem kleinen hölzernen Tischchen neben ihrem Bett hängen. Dort lagen ein Umschlag und darauf etwas, was von hier wie eine Kette aussah. Ich verengte die Augen und sah genauer hin. Ein gläserner roter Anhänger.

Sanft aber bestimmt schob ich meine Schwester von mir und ging auf ihren Nachttisch zu. »Du hast es schon abgefüllt? Ich habe doch gesagt, du sollst auf mich warten.« Ich nahm die Kette in die Hand, an der eine Phiole baumelte, die offensichtlich mit Auras Blut gefüllt war. Dunkelrot schimmerte es in dem kleinen gläsernen Gefäß. Der Anblick hatte etwas Faszinierendes und doch Schauriges an sich.

»Ich wollte es hinter mich bringen. Mama hat mir geholfen.«

Ich legte die Kette zurück und drehte mich zu Aura um. Mein Blick glitt diesmal suchend an ihrem Körper herunter, dann griff ich nach ihrer linken Hand und tatsächlich –

wieso hatte ich das zuvor nicht schon bemerkt? – ein Verband war um ihre Handfläche geschlungen.

Sie entriss sich meinem Griff und wirkte verärgert. »Mach keine so große Sache daraus«, fuhr sie mich an.

»Wann wollen sie es abholen?«

»Im Morgengrauen.« Sie verzog den Mund und umschlang ihren Körper mit den Armen, als wäre ihr plötzlich kalt. »Gruselige Gestalten waren das. Sie haben nicht einmal mit uns gesprochen, sondern uns nur diesen Brief und die Kette überreicht.«

Ich erinnerte mich dunkel daran, wie diese Männer vor fünf Jahren schon durch das Dorf gezogen waren und den Eltern sämtlicher heiratsfähiger Töchter einen Besuch abgestattet hatten. Ich hatte mich mit meinem Freund Brandon zusammen in einem der Ställe versteckt und die Männer in Schwarz beobachtet. Dunkle Kutten hatten sie getragen, mit tiefhängenden Kapuzen, sodass man ihre Gesichter nicht sehen konnte.

»Glaubst du, der Lord war unter ihnen gewesen?«, fragte ich und griff zeitgleich nach dem Brief, auf den Aura mit einem Nicken gedeutet hatte.

»Nein, das glaube ich nicht. Sie wirkten wie gefügige Lakaien. Beinahe wie Tiere, die man losgeschickt hatte. Sie rochen auch so.« Aura rümpfte die Nase.

Ich faltete das schwere Papier auseinander und überflog die handgeschriebenen Zeilen. Vater war es wichtig gewesen, dass wir schon früh lesen und schreiben lernten. Dafür hatte er sich sogar ein paar Mal zwischen seinen langen Jagdausflügen und Handelsreisen Zeit für uns genommen. Obwohl meine Lesefertigkeiten sehr gut waren, fiel es mir hier schwer, die geschwungene Handschrift zu entziffern und ich brauchte länger als üblich.

Bürger von Dawncliff,

Mit diesem Schreiben läuft die fünfjährige Frist ab, die einst als Abkommen mit der Lordschaft van Windsor geschlossen wurde. Der Lord sucht eine neue Braut, welche er aus fünf Jungfrauen erwählen wird.

Zur Teilnahme am Auswahlverfahren sind alle unberührten Töchter verpflichtet, die ihre erste Blutung hinter sich haben. Die Auslese erfolgt wie üblich über das Blut der Jungfern, welches in den vorgesehenen Anhänger abzufüllen und des Nachts an die Tür zu hängen ist.

Die, deren Blut von Schatten geküsst ist, werden in den kommenden Tagen eine Einladung auf die Burg Dawncliff erhalten und sind dazu angehalten, fünf Tage und fünf Nächte dort zu verweilen, um seine Lordschaft kennenzulernen und seine Gunst zu gewinnen. Die Eine, die das Glück hat, als Braut von ihm erwählt zu werden, darf als Mylady fortan auf der Burg wohnen und ein Leben in nie endendem Reichtum genießen. Auch die anderen Frauen werden für ihre Umstände großzügig entlohnt.

Solange das Abkommen eingehalten wird, steht Dawncliff unter dem Schutz des Lords.

Darunter befand sich ein Siegel und eine Unterschrift, die kaum zu entziffern war.

Ich ließ das Papier sinken und fühlte mich unglaublich leer. Die Richtlinien des Abkommens waren jedem von uns bekannt und dennoch war es surreal, sie mit schwarzer Tinte auf diesem Pergamentstück zu lesen. Ob der Brief vom Lord persönlich verfasst worden war? Nein, sicher nicht. Er musste eine Reihe von Bediensteten auf dem Schloss haben, die solche Dinge für ihn übernahmen. Vermutlich war es ein vorgefertigtes Schreiben, das seit Generationen alle fünf Jahre in gleicher Form rausging.

Die Eine, die das Glück hat, als Braut von ihm erwählt zu werden ... Die Zeile war mir besonders aufgestoßen. Mir war bewusst, dass viele Familien, die es schlechter hatten als wir, die Auslese als Chance sahen, der Armut zu entfliehen. Einige bereiteten ihre Töchter von Kindesbeinen an auf diesen Tag vor, in der Hoffnung, sie mögen dem Lord gefallen. Zum Glück hatten Mutter und Vater Aura diese Flausen nie in den Kopf gesetzt. Das Püppchen eines reichen, alten Mannes zu werden ... Ich wusste, dass es für Aura einem Albtraum gleichkäme, unser Zuhause verlassen zu müssen und dort auf dieser Burg zu leben – mit einem entstellten Monster als Gatten, um den sich sämtliche Gerüchte rankten.

... darf als Mylady fortan auf der Burg wohnen und ein Leben in nie endendem Reichtum genießen.

Ein Leben? Oder nur fünf Jahre? Wie viele Bräute hatte der Lord bereits und wie viele von ihnen waren verschieden?

»Mama hat gesagt, dieses Jahr sind so viele von uns im richtigen Alter. Bei den ganzen Bewerbern wird er sicher nicht mich wählen«, sagte Aura sanft und riss mich aus meinen düsteren Gedanken. Sie nahm mir das Pergament aus der Hand, faltete es wieder zusammen und legte es neben die Kette. »Mach dir keine Sorgen, Bruderherz. Bitte.« Sie stellte sich auf die Zehenspitzen und drückte mir einen Kuss auf die Wange.

Ich wusste nicht, warum, aber ich glaubte ihren Worten nicht. Aus irgendeinem Grund war ich der Überzeugung, dass in Auras Adern das reinste Blut des Dorfes floss – wenn jemandes Blut besonders wäre, dann ihres. Es schien mir fast unmöglich, dass sie nicht ausgewählt werden würde.

Solange das Abkommen eingehalten wird, steht Dawncliff unter dem Schutz des Lords.

Ich fragte mich, ob in all den Jahrzehnten noch nie jemand versucht hatte, das Abkommen zu brechen oder zu umgehen. Als ich Vater einst gefragt hatte, meinte er lediglich, dass wir die Gunst des Lords nicht verspielen dürften. Mächtige Männer wie er hätten Wege, unser Leben zur Hölle zu machen. Ihn auszutricksen, wäre ein Verbrechen. Und fünf heiratsfähige Frauen hochzuschicken, wäre ein geringer Preis für den Frieden und die Sicherheit Dawncliffs. Egal was den Frauen dort oben passierte. Schließlich mussten wir im Gegensatz zu anderen Untertanen nicht einmal Leibzinsen oder Fron an ihn zahlen.

Das Abkommen ging wohl darauf zurück, dass einst, vor sehr langer Zeit, der damalige Lord van Windsor dem Wahnsinn verfiel und das halbe Dorf sowie die Bewohner des Schlosses abschlachtete. Böse Geister hätten Besitz von ihm ergriffen, die nicht zu bändigen waren. Selbst die eigenen Eltern und Geschwister des Lords sollen dem Blutbad zum Opfer gefallen sein. Die Bürger Dawncliffs versuchten den bösen Geist oder die Bestie zu zähmen, indem sie ihm Menschenopfer brachten. Neugeborene und Jungfrauen. Es hieß, dass einige der Mädchen es schafften, die Schatten der Bestie für einige Zeit zu besänftigen. Andere sagten, dass das Blut der Jungfrauen ein Heilmittel gegen den Fluch sei, der ihn befallen hatte. Fest stand, dass in den Jahren danach eine Tradition geschaffen wurde, die der Ursprung des heutigen Abkommens war.

Seitdem waren Dürren das Schlimmste, was Dawncliff je ereilt hatte. Selbst Hungersnöte wurden durch den Reichtum abgefangen, den die vier Auserwählten zurück ins Dorf brachten.

Hellwach blinzelte ich zur dunklen Decke hoch und dachte darüber nach, warum mir dieses Abkommen dennoch so missfiel. Seit die Nacht hereingebrochen war, hatte ich kein Auge zugetan. Ich wartete. Ich wartete darauf, dass Aura tief und fest schlief, bevor ich aus dem Bett kletterte und das Jagdmesser unter dem Kissen hervorzog, das ich bereitgelegt hatte. Vater hatte es mir vor drei Wintern zu meinem vierzehnten Geburtstag geschenkt. Ich war zwar nicht in seine Fußstapfen getreten und Fische waren bisher das Einzige, was ich mit der Klinge zerteilte, doch heute würde sie einen anderen Zweck erfüllen.

Mein Entschluss stand fest.

Es war absolut still im Haus, nur ein leiser Wind und die Geräusche des Waldes drangen durch das Holz. Meine nackten Fußsohlen tapsten über den Boden, dabei knarzte eine der Dielen und ich hielt gespannt die Luft an. Lauschte. Nichts. Nur mein eigener dröhnender Herzschlag.

Langsam schlich ich aus dem dunklen Zimmer – ich brauchte kein Licht, um mich im Haus zurechtzufinden. Mit einem ausgestreckten Arm fuhr ich den Türrahmen und die Wände entlang und manövrierte mich bis zur Haustür. Als ich sie aufdrückte und hinausschlüpfte, umhüllte mich eine laue Brise. Das fahle silberne Licht des Mondes fiel auf mich hinunter und ließ meine Augen die nächtlichen Umrisse unseres Grundstücks erkennen. Meine Finger tasteten an der Außenseite der Tür entlang, bis sie den gläsernen, kühlen Flakon umschlossen, der von der Klinke herabbaumelte. Ich nahm die Kette an mich und eilte über den trockenen Erdboden ein paar Meter in Richtung des rauschenden Baches, um zu vermeiden, dass Mutter oder Aura mich vielleicht doch noch hörten.

Das Plätschern des Wassers und das leise Rascheln in den Baumkronen begleiteten mich, als ich mich auf die Wiese kniete. Vielleicht hätte ich doch eine Kerze mitnehmen sollen. Nun war es allerdings zu spät, um umzukehren. Zumindest war der Mond heute voll und groß. Ich saß unter freiem Himmel, sodass kein Blätterdach das Licht abfangen konnte.

Zitternd holte ich tief Luft und öffnete den Verschluss der Phiole, dann drehte ich das gläserne Gefäß über Kopf und wartete, bis das Blut hinaus sickerte. Die Tropfen wirkten schwarz wie Tinte. *Als wenn es von Schatten geküsst wäre ...* Sobald der Gedanke durch meinen Kopf schoss, schalt ich mich einen Narren. In der Dunkelheit wirkte *jedes* Blut schwarz. Diese Bezeichnung war nicht mehr als eine einfache Metapher.

Um wirklich sicher zu gehen, dass jeder Tropfen aus dem Flakon gesickert war, schüttelte ich den gläsernen Anhänger, dann tauchte ich ihn in das kalte Wasser des Baches, um jegliche Spur von Aura zu vernichten, die dieses Glas je berührt hatte.

Meine Hände und die Kette trocknete ich anschließend an meiner Kleidung ab und legte das Schmuckstück auf die Wiese. Dann nahm ich das Jagdmesser in die rechte Hand, streckte meine linke aus - und fuhr mit der Klinge einmal schnell über die Handfläche. Ohne zu zögern. Ohne zu zweifeln.

Der brennende plötzliche Schmerz ließ mich aufstöhnen und ich presste schnell die Zähne zusammen, um einen Schrei zu unterdrücken. Die Finger meiner rechten Hand ließen das Messer fallen, stattdessen tastete ich zwischen den trockenen Grashalmen nach dem gläsernen Flakon.

Ich hielt meine linke Hand als Faust über die winzige Öffnung des Anhängers und spannte die Muskeln an. In einem steten dunklen Rinnsal floss mein Blut in das kleine

Behältnis. Da meine Hand zitterte, war es schwer, die Öffnung zu treffen, und ich spürte, wie die warme Flüssigkeit auch über meine Finger rann. Ein metallischer, kupfriger Geruch breitete sich aus und ich fragte mich, ob das, was ich hier tat, überhaupt Sinn ergab. Es war strengstens verboten, die Auslese zu manipulieren. Sollten der Lord oder seine Männer dahinterkommen, würde ich dafür auf dem Marktplatz mit Sicherheit ausgepeitscht werden – oder ich würde in die Verliese der Burg gesperrt werden und dort verrotten.

Ich blinzelte die Gedanken weg. Wenn ich hiermit verhinderte, dass Aura auserwählt wurde, war es das Risiko wert. Wie sollte auch jemand erfahren, was ich getan hatte? Unsere Familie schuldete dem Lord ein Flakon mit dem Blut einer Jungfrau – und genau das würde er auch bekommen. Nur würde meines, sollte tatsächlich irgendeine prophetische Macht hinter der Auslese stecken, nicht ausgewählt werden, da ich nicht das reine, unschuldige Mädchen war, nach dem Van Windsor suchte.

Ich verband meine Hand notdürftig mit einem Streifen Stoff, den ich vom Ärmel meines Hemdes riss, und drückte den kleinen Korken wieder in die Phiole, um sie zu verschließen. Niemand würde den Unterschied bemerken.

3.

AURA

Als ich im Morgengrauen vor die Tür trat, war die Kette mit meinem Blut bereits abgeholt worden. Nach ihr zu sehen, war das Erste, was ich tat, sobald ich aus dem Bett geklettert war. Der Anblick unserer Haustür ohne das rotglänzende Schmuckstück ließ mein Herz in den Magen sacken.

Es war geschehen.

Nun lag mein Schicksal in der Hand Gottes. Niemand konnte jetzt noch beeinflussen, welche Jungfrauen der Lord zu sich rief und in wessen Blut er schlummernde magische Kräfte vermutete. In meiner Vorstellung hatte der Lord eine Hexenmeisterin auf der Burg, die die Essenz des Blutes prüfte, indem sie es in einen Kelch Wasser oder auf eine blühende Rose tropfte. Worauf genau, da konnte sich meine Vorstellungskraft nicht einigen. Aber wenn es das Blut einer Auserwählten war, würde irgendetwas Magisches mit dem roten Tropfen passieren, da war ich mir sicher. Er würde die Blume verwelken lassen oder das Wasser schwarz färben. Obwohl alle Legenden von der Reinheit des Blutes einer Schattengeküssten sprachen, war es in meiner Vorstellung etwas Düsteres, was geschehen müsste.

Schließlich war alles an diesen Geschichten dunkel und grausam. Auch die Bezeichnung ‚von Schatten geküsst' hatte etwas Finsteres an sich. Das ganze Ritual, das Blut, das Opfern der eigenen Unschuld, die Männer in Schwarz und die dunklen kalten Mauern der Burg.

Mir war heute nicht danach, wieder reinzugehen und mit Mutter das Frühstück zuzubereiten. Ich wollte weder essen noch mit meiner Familie am Tisch sitzen und ihren besorgten Blicken standhalten. Manchmal wünschte ich mir sogar, Mutter wäre so wie Mrs. Freyer, die meine Freundin Adeline voller Begeisterung unterstützte und ihr einredete, es wäre eine Ehre, vom Lord erwählt zu werden und auf seiner Burg zu wohnen. Ich hätte es gerne als Glück empfunden, zu den Auserwählten zu gehören. Denn neben den Schauermärchen gab es auch Geschichten über hinreißende Bälle, wallende Kleider, funkelnde Kronleuchter und blühende Gärten, die so groß waren, dass man tagelang in ihnen wandern konnte. Dann müsste ich jetzt zumindest nicht mit diesem kalten Gefühl in meiner Brust leben, das mir die Luft zum Atmen raubte.

Weil ich mich nach einem lächelnden, sorgenfreien Gesicht sehnte, lief ich kurzerhand den Weg zur Küste hinunter, wo Adeline mit ihren Eltern und drei Geschwistern wohnte. Aaron und ich hatten hier als Kinder viel Zeit verbracht. Mr. Freyer war Fischer und hatte Aaron schon als jungen Burschen in das Handwerk seiner Arbeit eingeweiht. Manchmal hatte ich das Gefühl, dass mein Bruder Mr. Freyer näherstand als unserem eigenen Vater. Während die Männer Fische aus den Netzen geholt und sie ausgeweidet hatten, hatte Mrs. Freyer uns Mädchen gezeigt, wie man den Fisch zubereitete.

Ich mochte den Geruch des salzigen Meeres, der hier unten noch viel intensiver in der Luft lag als oben am Waldrand.

Heute brauchte ich nicht an der Tür ihrer mit Holzdielen verkleideten Hütte zu klopfen. Adeline saß draußen am Steg und beobachtete den Sonnenaufgang, der die Wasseroberfläche glitzern ließ.

»So früh schon wach?«, fragte ich und setzte mich zu ihr. Unsere Füße baumelten knapp über dem Meeresspiegel. Adeline war für gewöhnlich eine leidenschaftliche Langschläferin – sehr zum Leidwesen ihrer Eltern.

Sie sah mich an und lächelte verträumt. Ihre braunen Augen funkelten dabei fast genauso hell wie die morgendlichen Sonnenstrahlen. »Ich war so aufgeregt, dass ich kaum schlafen konnte. Ich wollte eigentlich sehen, wie die Männer mein Blut abholen.«

Ich musste grinsen. »Ach komm, am liebsten hättest du es ihnen eigenhändig übergeben, um sicherzugehen, dass niemand anderes es vorher stiehlt.«

»Oder ich hätte mich ihnen angeschlossen und wäre direkt mit hoch zum Schloss geritten«, stimmte sie amüsiert ein. »Wenn der Lord erstmal sieht, was hinter meinem Blut steckt, würde er sich bestimmt für mich entscheiden.« Sie machte mit ihren Händen eine präsentierende Geste auf ihren Körper und ich musste glucksen.

Adeline war nicht arrogant oder eingebildet – im Gegenteil. Sie wusste, dass sie ein wenig zu viel auf den

Rippen hatte. Früher wurde sie oft von irgendwelchen Trotteln dafür gehänselt, indem sie sie fragten, wie ein armer Fischer es schaffte, seine Tochter so zu mästen, oder wie viele Fische am Tag sie denn verdrückte und dass unsere Gewässer bald nichts mehr hergeben würden. Seit ein paar Jahren jedoch stand Adeline über diesen Witzen und in letzter Zeit hatte es sogar den ein oder anderen einst so gehässigen Dorfjungen gegeben, der sie jetzt stattdessen mit Blicken verschlang, wenn sie in einem einladend geschnittenen Kleid über den Marktplatz spazierte. Ein paar Pfunde zu viel konnten an den richtigen Stellen so manchen Mann verrückt machen – etwas, was die Burschen von früher wohl zu spät bemerkt hatten.

»Du hoffst also immer noch, zu den fünf Auserwählten zu gehören?«, fragte ich und blickte auf den ruhigen Meeresspiegel. Statt an der felsigen Küste zu bersten und zu schäumen, trieben die Wellen heute gemächlich, beinahe schwerelos ans Ufer.

»Natürlich. Wann werde ich sonst je die Chance bekommen, eine so gute Partie zu heiraten?«

»Und dir ist es egal, wenn an den Schauergeschichten etwas dran ist? Sein Gesicht total entstellt oder er älter als dein Vater ist?«

Sie seufzte und ich konnte ihren tadelnden Blick auf mir beinahe spüren. »Narben im Gesicht sagen nichts über den Charakter aus. Auch sein Alter ist mir egal. Wobei ich natürlich bei meiner Theorie bleibe, dass der Lord von damals irgendwann einen Sohn gezeugt hat, der mittlerweile alt genug ist, ebenfalls eine Braut für sich zu suchen. Vielleicht gibt es dort sogar mehrere Söhne und angehende Lords. Weshalb sonst sollte seine Lordschaft alle fünf Jahre nach neuen Frauen verlangen? Er kann sie ja unmöglich alle selbst ehelichen. Darf man als Lord mehrere Frauen haben?«

Nun sah ich meine Freundin doch an und erwischte sie gerade noch rechtzeitig bei ihrem tiefen Stirnrunzeln.

»Ich muss dauernd an Penelope denken«, gab ich leise zu, ohne auf ihre Frage einzugehen. Seit der Hochzeit mit dem Lord vor fünf Jahren hatte sie niemand mehr gesehen. Ich knetete nervös die Finger in meinem Schoß. »Weißt du, ob sie ihrer Familie immer noch Briefe schreibt?«

Sie war die Auserwählte, die der Lord nach der letzten Auslese bei sich behalten hatte. Da Mrs. Freyer mit Penelopes Mutter befreundet war, bekamen wir mit, dass Penelope ihren Eltern hin und wieder Briefe oder Geschenke schicken ließ. Diese waren jedoch das einzige Zeichen dafür, dass sie überhaupt noch am Leben war …

»Ja, soweit ich das mitbekommen habe, schon. Aber wie du weißt, darf sie nichts über ihren Gatten verraten. Die Briefe werden vor dem Absenden geprüft.« Sie seufzte. »Van Windsor ist und bleibt ein Geheimnis.«

Lag da etwa ein schmachtender Tonfall in Adelines Stimme? Ich konnte über ihre naive Schwärmerei nur den Kopf schütteln. War ihr noch nie der Gedanke gekommen, dass die Auslese alle fünf Jahre nicht deshalb stattfand, weil der Lord so viele tolle Söhne hatte, sondern weil seine Frauen nie lange eine Ehe mit ihm überlebten? Wäre alles so märchenhaft schön und würden auf der Burg so viele gutaussehende junge Lords leben, dann hätten wir sie schon längst zu Gesicht bekommen und es gäbe kein derartig großes Rätsel um den Lord von Dawncliff.

Aber das alles sagte ich Adeline nicht. Sie sollte ihre Freude ruhig beibehalten. Furcht war nichts, was einem während der Auslese weiterhalf.

»Lust, eine Runde zu schwimmen?«, fragte sie und stemmte sich hoch. Als sie mir die Hand entgegenstreckte, ergriff ich sie mit einem dankbaren Lächeln.

»Weißt du, was ich hoffe?« Ich ließ mich von ihr auf die Beine ziehen. »Wenn ich ausgewählt werden sollte, dann wünsche ich mir, dass du mit mir auf die Burg kommst.«

»Oh, Aura!«, quietschte Adeline freudig und drückte mich. »Das wäre wundervoll! Wir beide zusammen auf einem Schloss! Aber sei nicht sauer, wenn ich dem Lord schöne Augen mache und er am Ende mich wählt.«

Ich lachte und löste mich aus ihrer Umarmung. »Keine Sorge. Du darfst ihn gerne haben.«

Es dauerte drei Tage, bis die Männer in Schwarz wiederkamen. Im Morgengrauen, noch bevor die Sonne ganz aufging, klopfte es an der Tür. Mutter war es, die öffnete. Ich lag noch im Bett und wurde von ihrer Stimme wach. Nur leise und schwer drang sie durch den Nebel eines schwindenden Traums.

»Sie wollen sie jetzt sofort mitnehmen? Sie schläft noch. Wir haben uns noch gar nicht darauf vorbereitet. Sie will sich bestimmt von ihren Freunden verabschieden und –«

Ein Geräusch wie das Knurren eines Tieres unterbrach meine Mutter. Ich setzte mich kerzengrade im Bett auf und war schlagartig hellwach. Als ich meinen Kopf drehte, sah ich, dass es Aaron genauso ging. Sein Gesicht spiegelte exakt das wider, was ich fühlte.

Sie waren gekommen.

Was hatte ich erwartet? Eine Brieftaube, die uns vorab mitteilen würde, wenn ich erwählt worden wäre?

Hilflos starrte ich meinen Bruder an, konnte nicht fassen, dass es heute soweit war. Dass sie vor unserer Tür standen, um ausgerechnet mich mitzunehmen. Vater war erst gestern wieder aufgebrochen, nach Süden zur nächst größeren Stadt, um die Felle und das Fleisch seiner letzten Jagd verkaufen zu können. Würde ich mich nicht einmal von ihm verabschieden können?

Mein Herz begann zu rasen, drohte zu zerspringen. Ich wollte aus dem Bett krabbeln, doch Aaron bedeutete mir mit einem Handzeichen, sitzenzubleiben. Mit seinen zerzausten blonden Haaren und in seinem weißen Nachthemd stand er auf und schlich an die Tür unseres Zimmers. Ich beobachtete mit angehaltenem Atem, wie er sie einen Spalt breit öffnete und hinauslinste.

»Okay, okay. Ich ... ich hole sie«, stammelte Mutter. Ich hatte ihre Stimme noch nie so zittern gehört.

Was hatte das alles zu bedeuten? Hieß es wirklich, dass ich zu den fünf Auserwählten gehörte? Dass ausgerechnet mein Blut dazu auserkoren war, die Schatten des Lords zu zähmen und an seiner Seite zu bleiben? Meine Hände wanderten an meine Brust, weil ich das Gefühl hatte, zu ersticken. Eine Enge schnürte mir die Kehle zu, machte es unmöglich, meine Lunge mit Sauerstoff zu füllen.

Ich weiß nur noch, dass Aaron im nächsten Moment bei mir war und vor mir auf dem Bett saß. Seine Hände umfassten mein Gesicht und er suchte meinen Blick. »Aura. Aura, hör mir zu. Egal was jetzt passiert, ich habe es aus Liebe getan, okay? Du wirst nirgendwohin gehen. Es ist mein Blut, das ausgewählt wurde. Nicht deins. Hörst du? Mein Blut. Mein Schicksal. Nicht deins.«

Ich begriff nicht, wovon er redete. Plötzlich war Mutter im Zimmer und umarmte mich. Ich spürte ihre Tränen an meinen Wangen. »Du musst packen, mein Schatz. Die Männer sind nicht gerade geduldig. Du wirst die Ehre haben, den Lord kennenzulernen. Sei nett und höflich, so wie wir dich erzogen haben. Habe keine Angst. Der Lord wird dir nicht wehtun.«

Auch die Bedeutung ihrer Worte drang nicht wirklich in mein Bewusstsein. Mein Kopf fühlte sich an, als hätte ihn jemand unter Wasser gedrückt. Alle Geräusche kamen nur noch dumpf und aus weiter Ferne bei mir an.

Aaron redete auf Mutter ein und erklärte ihr etwas. Ich saß immer noch auf dem Bett und regte mich nicht. Ich wusste, dass uns die Zeit davonlief und ich sie nutzen sollte, doch für mich war sie wie eingefroren. Ich konnte mich in ihr nicht mehr bewegen, als hätte ein Zauber sie angehalten.

Erst als Aaron aus dem Zimmer stürmte, brach der Zauber. Instinktiv wollte mein Körper ihm folgen. Ich kletterte vom Bett und rannte meinem Bruder nur in meinem dünnen Nachtkleid hinterher. Knapp hinter dem Türrahmen blieb ich stehen, sobald ich die vier schwarzen Gestalten sah, die auf der Schwelle zu unserem Wohnzimmer standen.

Einer der Männer – der von dunklen Lumpen Stoff derart eingehüllt war, dass man weder Gesicht noch Hände erkannte – hielt eine Kette mit einem dunkelrot glänzenden Flakon in die Höhe. Er war nur noch zur Hälfte gefüllt.

»Rubin. Mitkommen«, befahl die Gestalt. Seine Worte klangen wie das Fauchen eines Tieres. Es hatte kaum etwas Menschliches an sich.

Aaron war der einzige Grund, der mich davon abhielt, nach hinten zu stolpern und zurück in mein Bett zu fliehen.

Mein Bruder hatte sich vor der sprechenden Gestalt aufgebaut und die Schultern gestrafft. »Das Blut, welches ausgewählt wurde, gehört mir«, sagte er laut und deutlich.

Ich war zu baff, um etwas zu erwidern. Was hatte Aaron denn vor? Dachte er, mit so einer Lüge würde er die Männer davon abhalten, mich mitzunehmen? Das war so dumm und typisch für ihn, dass ich ihn am liebsten angeschrien hätte. Ich hasste es, wenn er die Rolle des großen Bruders zu ernst nahm und mich beschützen wollte. Als Kind hatte ich ihn dafür angehimmelt, doch irgendwann wurde es anstrengend. Er sah nicht, dass ich für mich selbst einstehen konnte, eigene Entscheidungen treffen musste oder stark genug war, mit schwierigen Situationen umzugehen. Auch wenn ich jetzt nicht dieselbe Stärke wie er zeigte, musste er mich nicht retten. Das würde ich nie von ihm erwarten, geschweige denn verlangen.

»Aaron.« Meine Wut auf ihn löste den Knoten in meiner Zunge und in meinen anderen Muskeln, sodass ich einen Schritt nach vorne treten konnte. Doch dieser Schritt zog die Aufmerksamkeit der fremden Männer direkt auf mich. Noch bevor ich blinzeln konnte, hatten sich drei von ihnen auf mich gestürzt. Sie waren plötzlich neben und hinter mir. Unwillkürlich schrie ich auf, als einer von ihnen meinen Arm packte. Seine Finger fühlten sich kalt und steif an und ich schnappte nach Luft.

Aaron schrie meinen Namen und eilte zu mir. »Wartet! Hört mich an! Der Lord hat nicht *ihr* Blut ausgesucht. Sondern meins! Es bringt nichts, sie mit aufs Schloss zu nehmen. Sie ist keine Schattengeküsste!«

»Aaron, was tust du bloß?« Das war die Stimme meine Mutter. Sie stand irgendwo hinter mir, ich konnte sie nicht sehen, aber ich sah den Blick, den Aaron ihr zuwarf: *Ich weiß, was ich tue.*

Der eine Mann mit der Kette in der Hand schien tatsächlich auf Aarons Worte zu hören. Mit einem Grunzen befahl er den anderen, innezuhalten und zu warten. Zumindest wirkte es so.

Langsam kam die dunkle Kreatur auf mich zu, von der ich immer weniger annahm, dass sie überhaupt ein Mensch war. Sie war einen Kopf größer als ich und unter dem schwarzen, dreckigen Gewand könnte sich alles verbergen. Der Breite der Schultern nach zu urteilen, war die Kreatur schmächtig, als hätte sie weder Muskeln noch Fett am Körper. Als sie direkt vor mir stehenblieb, stieg mir der modrige, süße Geruch nach Tod in die Nase, der mich beinahe würgen ließ. Stattdessen hielt ich die Luft an und versuchte ein Wimmern zu unterdrücken. Da ich von den anderen immer noch festgehalten wurde, konnte ich nicht einmal zurückweichen.

Die Gestalt kam mir noch näher, sodass ich glaubte, unter ihre dunkle Kapuze sehen zu können, die bis zu ihrer Nase gezogen war. Statt einem Mund waren darunter jedoch nichts als Schatten und Leere zu erkennen.

»Was wird das?«, rief Aaron. »Lasst die Finger von ihr! Nehmt mich an ihrer Stelle!«

Ich kniff die Augen zusammen und wartete darauf, dass diese Kreatur wieder verschwand oder mich bei lebendigem Leibe verschlang.

Als sie sich immer weiter meinem Hals näherte, spürte ich ihren warmen Atem auf meiner Haut. Ich presste die Augenlider noch fester zusammen. Dann hörte ich, wie die Gestalt tief Luft holte. Kalte Klauen bohrten sich in meine Oberarme, als die Kreatur mich zu sich zog – doch im nächsten Moment wurde ich losgelassen und ein dunkles Grollen erfüllte den Raum.

Ich stolperte verwirrt nach hinten und öffnete die Augen. Die Kreatur stürzte sich nun auf Aaron und riss ihn genauso dicht an sich, wie gerade noch mich. Mein Bruder drehte den Kopf und verzog den Mund, als würde er den Gestank und die Nähe des Wesens kaum ertragen, rührte sich aber sonst nicht weiter, als es ihn beschnupperte.

»Du!«, grollte die Gestalt und packte plötzlich Aarons Kehle.

Mutter und ich schrien auf, während die Kreatur Aaron in die Luft hob und ihn würgte. Mein Körper schoss schon vorwärts, wurde aber von den anderen dunklen Gestalten aufgehalten.

»NEIN! Lass ihn los!«, brüllte ich und versuchte mich aus den kalten, festen Griffen zu befreien. Ihre Klauen bohrten sich schmerzhaft in meine nackte Haut. Wo war Mutter? Warum half sie Aaron nicht?

Einer der vier Männer kam plötzlich aus dem Küchenbereich zurück. Ich hatte gar nicht gemerkt, wie er durch unsere Hütte gegangen war, doch nun hielt er ein Messer in der Hand und reichte es der schwarzen Gestalt, die Aaron in der Luft hielt. Die Kreatur setzte ihn unsanft ab, nahm das Messer entgegen und ich rechnete schon mit dem Schlimmsten.

Schreiend brach ich zusammen und wäre auf die Knie gefallen, wenn die anderen zwei Lakaien mich nicht noch immer halten würden. Vielleicht war das Ganze hier nur ein Traum. Ein Albtraum, aus dem ich jeden Moment erwachen würde. Hilflos hing ich in den Armen der Kreaturen und konnte nichts weiter tun, als dabei zuzusehen, wie das Ungeheuer in Schwarz das Messer vor das Gesicht meines Bruders hielt.

Statt Aaron die Kehle durchzuschneiden, schnitt die Gestalt ihm längs über den Unterarm. Rotes Blut quoll augenblicklich aus der Wunde. So echt, dass ich unmöglich träumen konnte. Aaron zuckte nur kaum merklich zusammen. Er schrie nicht. Er wehrte sich nicht. In diesem Moment beneidete ich ihn für seine Stärke und schämte mich für meine Schwäche.

Ich blinzelte die aufkommenden Tränen weg und versuchte mir etwas von seiner Tapferkeit abzuschauen. Er sollte mich nicht so in Erinnerung behalten. Nicht weinend zusammengesackt zwischen zwei Ungeheuern.

Wenn einer von uns beiden heute starb, dann sollte er glauben, dass ich mutig gewesen war. So mutig wie er.

Die vermummte Gestalt beugte sich über Aarons Unterarm und ich presste über diese groteske Szene die Lippen aufeinander. Leckte dieses Wesen etwa Aarons Blut ab? Was waren das für Kreaturen?

Als es von dem Arm meines Bruders abließ, knurrte es erneut. »Rubin. Mitkommen.« Als könnte es nur diese zwei Worte sagen – wenn man diese wenigen Silben überhaupt als Sprechen bezeichnen konnte. Und was bedeutete es überhaupt, dass er die ganze Zeit von einem Rubin sprach?

Erst als mich die anderen Gestalten losließen und ich wankend auf meinen Beinen stehenblieb, begriff ich, was jetzt passieren würde.

Sie ergriffen Aaron von beiden Seiten und schoben ihn durch die Hütte Richtung Ausgang. Ohne ihn seine Sachen zusammenpacken zu lassen oder uns einen Abschied zu gewähren. Ich konnte kaum fassen, dass das hier wirklich geschah.

»Aaron was hast du getan?«, fragte Mutter erstickt. Sie krallte sich mit einer Hand an dem Türrahmen des

Schlafzimmers fest, die andere hatte sie auf ihre Lippen gelegt.

Bestürzt sah ich wieder zu meinem Bruder. Er drehte sich zu mir um und hob seine linke Hand, die noch immer von einem zerschlissenen Verband umschlungen war. Er hatte mir am Donnerstag gesagt, er hätte sich vor ein paar Tagen dabei geschnitten, als er mit Brandon und Mr. Freyer Fische ausgenommen hatte. Doch nun begriff ich, woher diese Wunde tatsächlich rührte. Er hatte mich angelogen.

»Wie konntest du das tun?« Meine Frage war kaum mehr als ein Hauchen. Ich war zu fassungslos, um meiner Stimme mehr Kraft zu verleihen.

»Diese Kreaturen müssen denjenigen mitnehmen, dem das ausgewählte Blut gehört. Sie müssen mich aufs Schloss bringen. Du bist frei, Aura.« Das war das Letzte, was er sagte, als sie ihn aus der Tür schleiften.

Panische Angst und Verzweiflung brachen wie tosende Wellen über mir zusammen. Ich ertrank in ihnen.

»Für diese Täuschung wird der Lord dich nicht ungestraft davonkommen lassen!«, rief ich und rannte ihnen nach. Begriff er denn nicht, dass sein Versuch, die Auslese zu manipulieren, Folgen haben würde? Was, wenn der Lord ihn einsperren oder gar töten ließ?

Als ich an der Türschwelle stehenblieb und sah, wie die vier dunklen Gestalten Aaron in eine Kutsche hievten, brach ein Schluchzer aus meiner Kehle.

Wie sollte ich frei sein, wenn er an meiner statt fortging?

Wie sollte ich stark bleiben, wenn der stärkere Teil meiner Seele vielleicht nie wieder zurückkehrte?

»Aaron!«, rief ich heiser und hielt mich am Türrahmen fest. Es fühlte sich an, als hätte mir jemand das schlagende Herz aus der Brust gerissen.

Die vier dunklen Kreaturen sprangen auf die Kutsche, einer von ihnen zog an den Zügeln und die Pferde setzten sich wiehernd in Bewegung.

Warme Arme umschlangen mich von hinten und hielten mich fest, hielten mich vermutlich auch davon ab, der schwarzen Kutsche nachzurennen, die sich immer weiter von unserem Haus entfernte.

Aaron ... was hast du nur getan?

4.

AARON

Die Fahrt in der Kutsche war holprig. Es schien mir, als wäre ich Stunden in dieser engen, ungemütlichen Kiste eingesperrt. Irgendwie hatte ich mir das Reisen in einem solchen Fortbewegungsmittel angenehmer vorgestellt.

Seltsamerweise war Tessa die Erste, an die ich dachte, als ich mich immer weiter von Zuhause entfernte. Nein, das war nicht seltsam, korrigierte ich mich. Sie war schließlich meine Verlobte. Und auch wenn unsere Beziehung nicht mit leidenschaftlichem Knistern einherging, war sie doch eine Person, die ich gern um mich hatte und die ich nicht verletzen wollte.

Ich habe mich nicht von ihr verabschieden können.

Genauso wenig wie von Brandon, von Mr. Freyer oder meinem eigenen Vater. Was er wohl von der Tat hielt, die ich begangen hatte? Wenn er zurückkehrte und Mutter ihm davon erzählte, würde er sich für seinen Sohn schämen oder wäre er stolz auf mich?

Ein Teil von mir rechnete schon fast damit, nicht mehr lebend heimzukehren. Ich wusste, dass das der Preis war, der mit dem Risiko einherging, geschnappt zu werden. Auch wenn der größere Teil von mir noch hoffte, mit einer milden Strafe davonzukommen. Eine Woche hungern im Kerker? Zehn Peitschenhiebe auf dem Marktplatz?

Verdammt, nie hätte ich mir ausgemalt, dass von all den Blutproben ausgerechnet meine ausgewählt werden würde. Ich blickte hinunter auf den zerschlissenen Verband meiner linken Hand. Während Aura an Schicksal glaubte, wusste ich, dass ich einfach nur verdammt Pech gehabt hatte und nun für meine Taten geradestehen musste. Im Moment überwog noch die Erleichterung, dass sie Aura in Frieden gelassen hatten, sobald sie wussten, dass in dem Flakon nicht ihr Blut gewesen war. Mein Blick wanderte zu dem frischen Schnitt auf meinen rechten Unterarm, wo die Klinge des Küchenmessers eine feine aber brennende rote Linie hinterlassen hatte. Sie hatten den Geschmack meines Blutes geprüft, als wäre es der Beweis meiner Tat. Keine Ahnung, ob diese vermummten Gestalten überhaupt Menschen waren, aber sie hatten scheinbar eindeutige Befehle erhalten, die sie nicht umgehen durften.

Ich schob die Vorhänge beiseite und streckte meinen Kopf aus dem schmalen Fenster. Immer noch ruckelten wir auf einem steinigen, unebenen Pfad durch den Wald, der bis zum Berggipfel von Dawncliff reichte. Ich war noch nie so tief im Schattenwald gewesen oder so hoch über unserem Tal. Eigentlich dürfte es nicht mehr weit bis zur Burg sein, wenn ich nach dem Stand der Sonne ging. Sie befand sich im Zenit, was hieß, dass wir bereits einen halben Tagesritt hinter uns hatten. Mein Magen grummelte. Ich zog den

Kopf zurück ins Kutscheninnere und senkte den Blick an meinem Körper hinunter. Ich hatte nicht einmal vernünftige Kleidung an. Obwohl dem Lord vermutlich egal sein würde, in welchem Aufzug er mich in seine Kerker warf, fühlte ich mich weniger glorreich, wenn ich in einem Nachthemd dem Ende meiner Heldengeschichte entgegensah.

Mein Ende.

Seufzend lehnte ich den Kopf nach hinten. Nicht zum ersten Mal in den letzten Stunden überlegte ich, ob ich bessere Chancen aufs Überleben hatte, wenn ich mich aus dem kleinen Fenster der Kutsche ins Freie quetschen würde. Bei der Geschwindigkeit und dem felsigen Grund wäre der Sturz zwar schmerzhaft, aber keineswegs tödlich. Die Frage war nur, wie schnell die Lakaien des Lords meinen Fluchtversuch bemerkten. Ginge es nur um mein Leben, hätte ich das Risiko vermutlich auf mich genommen. Doch letzten Endes hielt mich immer der Gedanke davon ab, dass der Lord und seine gruseligen Wachen wussten, wo meine Familie und ich lebten. Sie würden also zu dem Haus meiner Eltern zurückkehren und irgendwer würde dafür büßen.

Deshalb blieb ich sitzen. Mit knurrendem Magen und nur in einem weißen, dünnen Nachtgewand, das mir bis zu den Oberschenkeln reichte. Ich hoffte, dass mit meiner Buße meine Familie verschont bliebe – was anderes blieb mir nicht übrig.

Ich spürte, wie wir langsamer wurden. Auch das Trampeln der Hufe und das Knattern der Räder wurden leiser, bis wir plötzlich stehenblieben. Ich richtete mich auf der Sitzbank auf – weil ich zuvor fast eingedöst war – und versuchte mich zu sammeln. Die Kopfschmerzen von dem ganzen Gerüttel und der Hunger waren schlagartig vergessen. Das Blut pumpte vor Aufregung schneller durch meine Adern und verlieh meinem Körper neue Kräfte.

Ich wartete darauf, dass mir die Tür geöffnet wurde.

Würde mich der Lord persönlich hier draußen in Empfang nehmen? Wo waren die anderen vier Auserwählten? Zu Anfang hatte ich noch geglaubt, wir würden sie auf dem Weg einsammeln, doch irgendwann begriff ich, dass die Kutsche für mich allein gedacht war. Das hieß, dass die anderen vier getrennt von mir zur Burg gebracht wurden.

Als die Tür der Kutsche geöffnet wurde, blendete mich das Sonnenlicht. Obwohl es schon die Nachmittagssonne sein musste, war das Licht zu grell für meine Augen, nachdem ich den halben Tag in der dunklen, beengten Kiste eingesperrt gewesen war.

Als ein tiefes Knurren von draußen ertönte, sputete ich mich zur Eile. Mit wackeligen Beinen stieg ich aus. Direkt neben mir an der Kutsche entdeckte ich die vier dunklen Gestalten, die mich hergebracht hatten. Wir standen auf einem weiten Platz mit einem sprudelnden Brunnen in der Mitte, doch mein Blick schoss direkt zum Eingang der Burg. Graue, steinerne Treppenstufen führten zu einem großen, doppelflügeligen Tor, das weit offenstand.

Ich legte meinen Kopf in den Nacken und versuchte die Größe des Gebäudes auf mich wirken zu lassen. Von unten aus dem Dorf sah man nur die groben Umrisse der Türme und Zinnen. Jetzt sah ich jeden dunklen Stein, jedes Fenster. Eine Balustrade lief um den unteren Teil der Burg herum. Ein paar Balkone befanden sich vor den größeren Fenstern, die oben abgerundet und mit Ornamenten verziert waren. Kleine Skulpturen aus Stein, die zu seltsamen Wesen oder Köpfen geformt waren, fanden sich an den Türmen angebracht. Ich konnte das Kunstwerk dieses Bauwerks kaum erfassen, da wurde ich schon in die Seite gestoßen, sodass ich vorwärts taumelte.

»Ich gehe ja schon«, murmelte ich und steuerte die Stufen an. Als ich kurz über die Schulter zurückblickte, sah ich, wie die Kutsche von einer der dunklen Gestalten bereits weggefahren wurde. Zwei der Kreaturen folgten mir. Jedoch nur bis zum Eingang. Als ich die ersten Schritte ins Innere setzte, bemerkte ich, dass die vermummten Lakaien draußen vor der Tür stehenblieben und sich dort mit dem Rücken zu mir positionierten, als würden sie den Eingang bewachen. Oder den Ausgang. Vielleicht hatten sie Angst, dass ich mich gleich wieder an ihnen vorbei zurückstehlen wollte. Aber im Schloss durfte ich mich offenbar ungehindert bewegen, denn ich traf niemanden an, der die beiden Wachhunde ablöste.

Seltsam. Etwas verloren streifte ich durch die große, prunkvolle Halle auf eine Treppe zu. Von oben vernahm ich leise Stimmen, die mich neugierig werden ließen.

»Und wo soll dieser Lord bitte sein? Ich habe noch niemanden hier gesehen außer diese eklig stinkenden Biester, die mich hergebracht haben!«, hörte ich eine weibliche Stimme, deren Klang ich folgte.

Eine andere Frau antwortete: »Was, wenn der Lord gar nicht mehr hier lebt? Wenn das nur ein Vorwand war?«

»Ein Vorwand für was? Was sollen wir hier tun? Wieso klärt uns niemand auf?«

»Vielleicht müssen wir erst darauf warten, dass wir vollzählig sind.«

Ich hatte das Ende der Treppe erreicht und schlich nach rechts zu einem offenen Türbogen, der in einen großen, gemütlichen Saal führte. Jedoch blieb ich hinter einer der Säulen stehen, damit die Frauen mich nicht bemerkten.

Sie waren zu dritt. Eine von ihnen, blond und hochgewachsen, tigerte unzufrieden auf und ab. Sie kam mir vage bekannt vor, doch ich konnte ihr Gesicht nicht gut genug erkennen, um mir sicher zu sein. Eine andere, braunhaarig, stand verloren mitten im Raum und die dritte – eine Rothaarige – saß scheinbar gelangweilt in der Sitznische vor einem der riesigen Fenster. Das mussten drei der fünf Auserwählten sein und sie schienen ebenso wenig zu verstehen, was hier los war, wie ich.

Noch zögerte ich, mich ihnen zu offenbaren, vor allem aufgrund meiner unpassenden Bekleidung. Die Damen waren fein hergerichtet, trugen lange Festtagskleider und waren aufwendig frisiert. Vielleicht hatte ich Glück und konnte in diesem Schloss etwas zum Ankleiden finden, bevor ich auf den Lord traf und meine Strafe annahm.

Ich wollte mich gerade umdrehen und mich in den anderen Räumen der Burg umsehen, als eine der Frauen plötzlich flüsterte: »Ich glaube, da beobachtet uns jemand.«

Verdammt!

»Wo?«, fragte die andere.

Ich wartete die Antwort nicht ab, sondern machte mich aus dem Staub. Ich rannte zu der Treppe und eilte ein weiteres Stockwerk hinauf. Die Frauen mussten meine hastigen Schritte gehört haben, doch keine von ihnen lief mir nach. Erleichtert lehnte ich mich gegen die kühle Wand und sah mich dann nach links und rechts um.

Hier oben erwartete mich ein schmaler langer Gang, der zu beiden Seiten abführte. Ich entschied mich für eine Richtung und spähte ins erste Zimmer, das sich vom Flur abzweigte. Ein hergerichtetes Schlafgemach – irgendwie nicht anders zu erwarten. Rasch schlüpfte ich hinein und blickte mich um. Noch nie hatte ich ein solches Zimmer gesehen. Ein kunstvoll gearbeiteter Teppich nahm den Boden ein, an den Wänden hingen Gemälde und das Bett – es war so groß, dass auch drei Leute mühelos darin Platz gefunden hätten. *Okay, Aaron, reiß dich zusammen.* Ich war nicht hier, um wie die anderen Frauen den Aufenthalt in dieser Burg zu genießen. Ich war hier, um vom Lord meine gerechte Strafe zu erhalten oder mit ihm einen Kompromiss auszuhandeln. Falls ich anstelle meiner Schwester hier mit den anderen Frauen einfach nur fünf Tage ausharren müsste, würde ich das ohne zu zögern tun – aber ich bezweifelte, dass der Lord darauf einging. Um als Braut zu kandidieren, fehlten mir offensichtliche körperliche Merkmale und Reize. Doch egal, was mich hier erwartete, Kleidung wäre schon einmal von Vorteil.

Ich kniete mich vor eine hölzerne Truhe, die vor dem Bett stand, und fand einiges an Kleidern und Stoffen, doch leider nichts, was für einen Mann gedacht war. *Ich Idiot.* Das mussten die Gemächer für die Auserwählten sein und natürlich waren diese für Frauen hergerichtet. *Ob ich mich wohl …?*

Ich zog eines der Kleider heraus und begutachtete es. Der dunkelgraue teure Stoff zog sich um ein festes Mieder, welches man im Rücken zuschnüren konnte. *Na, das wird ein Akt.*

Als Kinder hatte man meine Schwester und mich oft verwechselt. Viele hatten uns sogar für Zwillinge gehalten. Vielleicht könnte ich auch jetzt noch als Frau durchgehen. Wenn ich das Dekolleté gut ausstopfte? Das wäre *die* Möglichkeit, um meiner Strafe zu entgehen. Einen Versuch war es wert, weshalb ich mir kurzerhand das Nachthemd über den Kopf zog und stattdessen in das schwere Kleid schlüpfte. Vermutlich gehörte noch ein Unterkleid dazu, doch ich verzichtete auf die zusätzlichen Lagen an Stoff.

Meine Arme in die schmalen langen Ärmel zu pressen, war schon eine Herausforderung, doch als ich am Ende noch meine Hände auf dem Rücken beinahe ausrenken musste, um das Mieder zu zu schnüren, brach mir wirklich der Schweiß aus. Ich pustete eine meiner blonden Locken aus dem Gesicht und warf einen Blick in den langen Standspiegel. Verdammt, was zur Hölle tat ich hier?

Ich sah in dieser Verkleidung lächerlich aus. Selbst wenn ich das Kleid oben herum ausstopfte, schmeichelte es meiner Figur überhaupt nicht. Doch das größte Problem würden wohl tatsächlich mein eher kantiges Gesicht, mein Adamsapfel und meine kurzen Haare darstellen. Mochten sie für einen Mann noch recht lang sein, war es für eine Frau undenkbar, ihr Haar nur bis zum Kinn zu tragen. Niemand würde mir abkaufen, eine Lady zu sein.

Fluchend schälte ich mich aus dem Kleid, wobei ich einen der Ärmel auseinanderriss, stopfte es hastig zurück in die Truhe und zog mein eigenes Nachtgewand wieder über den Kopf.

Die Maskerade konnte ich mir sparen, doch falls ich anderweitig Kleidung finden wollte, müsste ich vermutlich eher bei den Bediensteten suchen - oder das Ankleidezimmer des Lords finden. Heiliger Zwirn, wenn er mich dabei erwischte, würde ich aus dem Ganzen gewiss nicht mehr lebend herauskommen.

Für eine Sekunde vergrub ich das Gesicht in meinen Händen und erlaubte mir einen Moment tief durchzuatmen. Ich stand einfach nur so da und lauschte meinem eigenen dröhnenden Herzschlag. Es war so ungewöhnlich still hier, aber vielleicht war das in derart großen Gebäuden üblich. Bei uns im Dorf gab es zur Nachmittagszeit außer im Wald nirgendwo einen Ort der Stille. Und selbst dort war es nie vollkommen ruhig.

Ich beschloss gerade, die Treppen zurück nach unten zu gehen, um nach einer Möglichkeit zu suchen, in eines der Nebengebäude zu gelangen, in denen ich die Räume für die

Angestellten vermutete, als ich von unten laute Stimmen hörte. Beziehungsweise eine neue Stimme, die durch die gesamte Burg hallte.

»Hallo? Ist hier jemand? Verdammt, wenn ich schon hier bin, dann habe auch den Anstand, mich vernünftig zu empfangen, Lord von Dawncliff!«

Das nenne ich mal eine ungewöhnliche Ansage.

Ich kauerte mich auf eine der Stufen zwischen dem ersten und zweiten Stock und lauschte. Die anderen Auserwählten hatten den Neuankömmling bestimmt ebenso gehört wie ich, was hieß, dass sie sie gleich begrüßen würden. Ich behielt recht. Es dauerte nur wenige Sekunden, bis ich Schritte aus dem großen Saal hörte.

»Du bist nicht allein. Wir anderen sind hier oben!«, rief eine der jungen Frauen.

Ich bettete meine schweißnasse Stirn in die Handflächen und versuchte angestrengt darüber nachzudenken, wie ich am besten aus dieser Situation herauskäme. Offensichtlich war ich mit den vier Frauen allein auf der Burg – zumindest noch – was hieß, dass ich derzeit die Möglichkeit besaß, nach einem Fluchtweg zu suchen, bevor der Lord auftauchte und von meinem Täuschungsversuch erfuhr. Noch wusste niemand, dass ich überhaupt hier war, außer die vermummten Wachen. Sie wirkten allerdings so wortkarg und animalisch, dass ich an ihren Sprachfähigkeiten zweifelte. Was auch immer diese Biester waren, vielleicht waren sie nicht fähig, dem Lord zu erklären, welche seiner Auserwählten fehlte. Würde der

Lord meine Abwesenheit überhaupt mit meiner Familie in Verbindung bringen können?

Plötzlich schöpfte ich neue Hoffnung und sprang auf die Beine. Auch wenn dieser Lichtblick nur aus einer naiven Wunschvorstellung resultierte, wollte ich nicht jetzt schon aufgeben. Da ich nicht denselben Weg nach unten konnte, auf dem ich hergekommen war, wenn ich nicht den Auserwählten in die Arme laufen wollte, musste ich einen anderen Weg hier rausfinden. Ich eilte die dunklen, mit einem Teppich ausgelegten Treppenstufen zurück nach oben, diesmal jedoch bog ich nach links.

Hier gingen viel weniger Türen von dem Korridor ab. Da es kaum Fenster gab, wurde es mit jedem Schritt dunkler und kühler. Irgendwo müsste es doch bestimmt noch eine weitere Treppe geben. Ich entdeckte stattdessen links von mir eine breite, geschlossene Tür und blieb zögernd an ihr stehen. Vermutlich nur ein weiteres leeres Schlafgemach, doch ich beschloss kurzerhand, dass es nicht schadete, wenn ich mich etwas in dem Schloss auskannte, weshalb ich das Zimmer öffnete und hineinspähte. Meine Hoffnung, irgendwo eine halbwegs vernünftige Beinbekleidung zu finden, war noch nicht gänzlich erloschen.

Der Raum lag im Dunkeln. Offenbar waren die Vorhänge zugezogen oder es gab gar kein Fenster. *Was soll's.* Ich wollte die Tür gerade schließen und weitergehen, als ich plötzlich schlürfende Schritte vernahm. Dumpf und weit entfernt, doch da ich hier auf dem Stockwerk bisher glaubte, allein zu sein, jagten sie mir dennoch einen gehörigen Schrecken ein.

Ich lauschte kurz, um sie zu orten, und als ich noch ein tiefes, brummendes Knurren vernahm, war ich mir plötzlich sicher, dass hier irgendwo eine dieser in Schwarz verhüllten Kreaturen herumstreifte. *Verdammt!* Da ich auf die Schnelle nicht ausmachen konnte, ob die Schritte sich von links oder rechts näherten, und mir nicht die Zeit blieb, das herauszufinden, schlüpfte ich schnell in das Zimmer vor mir und schloss die Tür.

Dankbar ließ ich mich von der Dunkelheit einhüllen wie von einem schützenden Mantel. Mit meinem Hinterkopf lehnte ich mich gegen das Türblatt und atmete tief durch. Mein Herzschlag war so laut, dass ich kaum den Geräuschen von draußen lauschen konnte. Lief die schlürfende, brummende Gestalt an diesem Zimmer vorbei? Hatte sie mich gesehen oder gewittert? Ich hatte noch zu gut im Gedächtnis, wie eines von diesen Viechern mich heute Morgen zu sich gezogen und meinen Duft eingesogen hatte. Bevor es das Blut von meinem Arm geleckt hatte. Ein kalter Schauer rieselte mir bei der Erinnerung den Rücken hinunter und ich schüttelte mich. Was auch immer das für Gestalten waren, mein Instinkt riet mir, mich von ihnen fernzuhalten.

Ich stieß mich von der Tür ab und ging ein paar Schritte ins Zimmer hinein. Mittlerweile hatten sich meine Augen an die Dunkelheit gewöhnt und ich konnte ein paar Umrisse ausmachen, was bedeutete, dass hier doch irgendwo zumindest eine minimale Lichtquelle sein musste.

Ein Fenster, das verdeckt war. Ich folgte den Grautönen und streckte meine Arme aus, damit ich gegen keine Wand lief. Schließlich ertasteten meine Hände etwas Weiches und strichen durch wallenden, schweren Stoff. Ein Lichtspalt bildete sich und goldenes Abendrot schimmerte durch die entstandene Lücke der Vorhänge. Ich zog sie ein Stück zurück und warf einen Blick aus dem Fenster.

Von hier hatte man einen guten Blick auf den Vorgarten, auf ein paar kleinere Gebäude und schließlich die Burgmauern und das große Tor. Dahinter ging es steil bergab in die Wälder.

Es fühlte sich so unwirklich an, von hier oben nach unten zu sehen. So viele Jahre hatte ich die spitzen Türme der Burg vom Dorf aus betrachtet. Nie hätte ich gedacht, dass es mich einmal nach hier oben verschlagen würde. *Hoffentlich werde ich auch wieder von hier verschwinden können.*

Ich trat zurück und sah mich in dem Zimmer um. Es handelte sich tatsächlich um ein Schlafgemach, doch dieses war noch um einiges größer und vornehmer eingerichtet als das, was ich zuvor betreten hatte. An den Wänden befanden sich Malereien und eine Zierleiste mit Ornamenten. Das große Bett war von dunklen Tüchern und Stoffen umrahmt, welche oben von einem hölzernen Gestell an den Seiten herunterflossen. Es gab keine Truhe am Bettende, stattdessen stand an der gegenüberliegenden Wand ein massiver Kleiderschrank aus Eichenholz. Ich wollte gerade darauf zugehen, als ein Stöhnen und das Rascheln von Stoff mich innehalten ließen. Es war, als würde mein Herz plötzlich einfrieren, so kalt wurde mir, sobald ich begriff, dass ich nicht allein war. In diesem riesigen Bett schlief jemand.

Ich schluckte und wagte es kaum, meinen Blick zurück zu dem Bett zu wenden. Das erneute kurze Rascheln und Knarzen der Matratze ließen zumindest den Schluss zu, dass ich die Person noch nicht geweckt hatte. Sie musste in einem unruhigen Traum stecken. Unter der Bettdecke und zwischen zahlreichen Kopfkissen konnte ich nun tatsächlich einen Körper ausmachen.

Verflucht! Schnell wandte ich mich zum Fenster und zog die Vorhänge wieder zu. *Nichts wie raus!* Auf Zehenspitzen schlich ich den Weg in der Dunkelheit zurück zur Tür und ich war fast bei ihr angekommen, berührte mit den Fingerspitzen gerade das Holz, als eine tiefe, verschlafene Männerstimme hinter mir ertönte. »Wer ist da?!«

5.

BRUNA

»Hallo? Ist hier jemand? Verdammt, wenn ich schon hier bin, dann habe auch den Anstand, mich vernünftig zu empfangen, Lord von Dawncliff!«, rief ich in die Stille hinein, die mich in der Burg empfing.

Nach dem plötzlichen Aufbruch heute Morgen, den unfreundlichen Biestern und der stundenlangen Fahrt hatte ich nicht mit einem leeren Geisterschloss gerechnet. Ein Knappe, der mich in den Rittersaal führte, wo mich seine Lordschaft bereits mit einem Handkuss erwartete und dessen Narben im Gesicht gar nicht so schrecklich, sondern männlich aussahen – *das* wäre das Einzige, was mich nach den Strapazen der Fahrt vielleicht milde gestimmt hätte. Aber hier wartete niemand auf mich. Keine Menschenseele. Diese in schwarzen Kutten vermummten Gestalten, die nur knurrten und kreischten, konnte man kaum als menschliche Gesellschaft auffassen. Nachdem sie mich so lieblos meiner Familie entrissen hatten und ich kaum Zeit bekam, ein paar Sachen zu packen und in das teuerste Kleid zu schlüpfen, was Stiefmutter mir für diesen Anlass schneidern gelassen hatte, wollte ich diesen Kreaturen am liebsten den Hals umdrehen. Hoffentlich hatte der Lord eine gute Erklärung oder Entschuldigung für die groteske Eskorte. Obwohl meine Vorstellungen von dem Abkommen nicht so märchenhaft waren wie bei manch anderer Jungfrau von Dawncliff, hätte ich mir von einer Lordschaft dennoch mehr Klasse erhofft.

Falls hier überhaupt noch ein Lord wohnte.

»Du bist nicht allein. Wir anderen sind hier oben!«, rief plötzlich eine Frauenstimme. Gott sei Dank. Meine schlechte Laune und Anspannung lösten sich etwas auf und ich folgte der Stimme eine Treppe hinauf.

An der obersten Stufe standen zwei Mädchen in meinem Alter. Die eine war eine blonde Schönheit, die ich schon das ein oder andere Mal flüchtig im Dorf gesehen hatte, das andere Mädchen war ein unscheinbares, brünettes Mäuschen, doch nicht weniger hübsch. Nur eben auf eine andere Weise.

»Wir sind nur zu dritt?«, fragte ich verwundert, als ich oben bei ihnen ankam.

»Nein, du bist die Vierte. Dalia sitzt dort am Fenster. Hat kaum ein Wort gesagt, seit wir hier sind.« Die Blondine nickte in einen Saal, dessen Decke von ein paar Säulen gestützt wurde. An einem der hohen Rundbogenfenster sah ich eine Rothaarige, die auf der Sitzbank hockte, die Knie angezogen hatte, und nach draußen starrte.

»Seid ihr schon lange hier?«, wollte ich wissen und blickte mich verstohlen um. Hier oben war ein dunkler Teppich auf dem Boden ausgebreitet, Gemälde zierten den Flur und Kerzenleuchter waren in den Nischen an den

Wänden angebracht. Noch brannten die Kerzen nicht, im Gegenteil, sie wirkten, als wären sie noch nie angezündet worden.

Mein Blick wanderte zurück zu der Blondine, die auf meine Frage hin den Kopf schüttelte und mir die Hand reichte. »Mein Name ist Carola und das ist Estelle.«

Ich musterte die beiden nun eingehender. »Kennt ihr euch?«

Estelle nickte zaghaft, doch Carola schnalzte mit der Zunge. »Kennen ist übertrieben.« Das war alles, was sie dazu sagte, und mir sollte es recht sein. Ich war nicht hier, um mich mit den anderen vier Mädchen anzufreunden.

»Hat eine von euch den Lord schon gesehen?«

»Nein. Scheint, als wären wir allein hier.«

»Du vergisst den Burschen, der uns beobachtet hat und dann weggerannt ist«, schaltete sich plötzlich die Rothaarige ein, die ihre Sitzbank verlassen hatte und nun auf uns zukam. Sie musste, obwohl sie abwesend gewirkt hatte, unserem Gespräch gefolgt sein.

»Ein Bursche?«, wiederholte ich verwirrt.

Estelle knabberte auf ihrer Unterlippe herum, die schon ganz malträtiert aussah. »Vermutlich ein Stall- oder Küchenjunge, der nicht mit uns reden darf, aber zu neugierig war.«

Ich legte die Stirn in Falten. »Vielleicht weiß er mehr und kann uns sagen, wann uns der Lord empfängt. Von den Kreaturen da draußen bekommen wir zumindest keine Informationen – das habe ich schon probiert.«

»Du hast versucht, mit diesen Biestern zu reden?«, fragte Carola mit hochgezogenen Augenbrauen.

»Glaub mir, ich habe mich fast mit denen angelegt, als sie mir nicht genug Zeit geben wollten, mich von meinen Eltern zu verabschieden.«

Estelle verzog ihre Lippen zu einem schüchternen Lächeln, doch die anderen beiden Frauen musterten mich dermaßen seltsam, dass ich es für klüger hielt, in Zukunft eher weniger zu sagen. Nicht jeder kam mit meiner direkten Art zurecht, daran hatte ich mich gewöhnt.

»Also mir ist egal, was ihr jetzt vorhabt, aber ich suche diesen Burschen und frage ihn, was hier los ist«, meinte ich und wollte mich gerade umdrehen, als eine Stimme hinter mir ertönte.

»Entschuldigt die Verspätung, meine Damen«, keuchte ein schmächtiger Mann, der die Treppe zu uns hinaufeilte. »Ich bin Quentin, und ich sollte Euch empfangen, doch es gab ein paar ... äh Kommunikationsschwierigkeiten über das Wo und Wann.«

Der Mann blieb atemlos vor uns stehen und stützte sich auf seinen Knien ab, um zu Luft zu kommen, dann streckte er uns mit einem Lächeln die Hand entgegen. Carola war die Erste, die er begrüßte – wieso wunderte mich das nicht? Statt ihr einfach nur die Hand zu reichen, führte Quentin sie an seinen Mund und küsste sie. Das Gleiche tat er auch bei uns übrigen und ich musste mir Mühe geben, meine Mundwinkel nicht zu verziehen. Noch nie hatte mir jemand die Hand geküsst und nun wusste ich auch, dass ich nicht scharf darauf war, das jemals zu wiederholen.

»Wo ist Lord van Windsor?«, wollte ich wissen und strich mir die Handfläche unauffällig an meinem Kleid ab, obwohl seine Lippen mich kaum gestreift hatten.

»Seine Lordschaft wird heute mit Euch zu Abend speisen. Bis dahin könnt Ihr Eure Zimmer beziehen und Euch von der Anreise erholen. Ich hoffe, Ihr hattet eine angenehme Fahrt.« Er blickte uns aus braunen Kulleraugen derartig freundlich und nervös an, als hoffte er das wirklich. Deshalb biss ich die Zähne zusammen und behielt meine Gedanken für mich. Dieser dürre, kleine Mann konnte schließlich nichts dafür, dass der Weg den Berg hinauf so steinig und steil war, dass ich Sorge hatte, die Kutsche würde jeden Moment in ihre Einzelteile zerspringen. Oder mein Kopf würde von dem steten Gerüttel platzen.

»Gut, dann äh ... bringe ich Euch jetzt zu den Zimmern, die Ihr für die Dauer des Aufenthalts als Eure eigenen ansehen könnt«, plapperte er weiter, als keine von uns antwortete. »Der Lord hat jeder von Euch ein paar Tages- und Abendkleider anfertigen lassen, außerdem solltet Ihr alles finden, was Ihr benötigt – falls doch noch etwas fehlt, sagt mir bitte umgehend Bescheid. Moment – Ihr seid nur zu viert. Wo ist die Fünfte von Euch?« Er blickte ratlos von einer zur anderen.

Ein ungutes Gefühl machte sich in meinem Magen breit. Seit heute früh diese dunklen Kreaturen bei uns aufgetaucht waren, ahnte ich schon nichts Gutes. Im Gegensatz zu meinen Eltern war ich nicht vor Freude aufgesprungen, als uns klar wurde, dass ich schattengeküsstes Blut in mir trug. Dann diese seltsame Ankunft hier ohne jegliche Begrüßung.

Und nun fehlte eine der Auserwählten? Was ging hier vor sich? Warum hatte der Lord sein eigenes Auswahlverfahren nicht unter Kontrolle?

»Vielleicht kommt sie noch?«, stotterte Estelle leise. In ihrer zarten Stimme hing eine nervöse Hoffnung mit. Keine von uns wollte glauben, dass bereits auf der Fahrt zur Burg Dawncliff einer von uns etwas zugestoßen sein könnte. Es gab schon genug Schauergeschichten, die einigen von uns bestimmt schlaflose Nächte beschert hatten. Ich selbst hatte keine Angst vor den Ammenmärchen, weil ich nicht glaubte, dass an ihnen mehr dran war als ein entstellter trauriger Mann, der einen grotesken Sinn für Humor hatte und sich an der Angst ergötzte, die er im Dorf verbreitete.

»Gut, ich ähm ... kann Euch trotzdem schon einmal zu Euren Zimmern führen. Folgt mir.« Quentin setzte sich in Bewegung und sprach währenddessen weiter. »Innerhalb der Schlossmauern dürft Ihr Euch frei bewegen. Zu den festen Mahlzeiten ertönt eine Glocke. Wenn der Lord ansonsten etwas von Euch wünscht oder etwas ansteht, werde ich nach Euch schicken lassen.«

Ich horchte interessiert auf, doch in dem Moment stellte Carola bereits eine andere Frage: »Wieso ist die Burg wie ausgestorben?«

»Seine Lordschaft wünscht derzeit keine andere Gesellschaft als die Eure, was heißt, dass sich kaum jemand auf dem Anwesen befindet. Helena kümmert sich um Eure Wäsche und die Zimmer, doch sie ist nur in den frühen Morgenstunden auf der Burg. Ansonsten trefft Ihr außer auf meine Wenigkeit vielleicht noch auf die Küchenhilfe oder den ein oder anderen Stallknecht.«

Also saßen wir hier fünf Tage allein mit dem Lord fest? Das ungute Gefühl in meinem Magen verstärkte sich.

»Was sind das für Wesen, die uns hergebracht haben?«, fragte ich nach, da er diese nicht aufgezählt hatte. »Leben sie auch hier und arbeiten für den Lord?« Ich konnte mir nicht vorstellen, ruhig in meinem Bett zu schlafen, wenn ich wusste, dass diese hageren, nach Tod riechenden Monster durch die Gänge schlurften.

Quentin räusperte sich. »Sie dienen als Wachen.«

»Warum können sie nicht sprechen?«, fragte Dalia, die neben mir die Stufen in den zweiten Stock erklomm. Sie hatte eine melodische, sehr ruhige und irgendwie sinnliche Stimme. Ein bisschen gelangweilt und verschlafen, was zu ihrem abwesenden Gesicht passte. Als wäre sie stets weit weg in ihren Gedanken. Mir fiel auf, dass sie von uns vieren auch die älteste sein müsste.

»Den meisten von ihnen wurde die Zunge rausgeschnitten«, murmelte Quentin kleinlaut, ohne sich zu uns umzudrehen.

Estelle sog scharf die Luft ein.

Ich lehnte mich zu Dalia und konnte mir eine Anmerkung dazu nicht verkneifen. »Und ihrem schlürfenden Gang und dem fauligen Gestank nach vielleicht auch noch andere Körperteile.«

Daraufhin verzog sie nur angewidert die Lippen. Meinen Humor schien sie nicht zu teilen. *Na das können ja heitere fünf Tage werden.*

6.

AARON

»Quentin? Bist du das?«, fragte die Stimme heiser und dunkel.

Ich war an der Tür zu einem Eiszapfen erstarrt. Der Drang wegzulaufen und meine Vernunft fochten ein Duell miteinander aus und ich hatte noch keine Ahnung, was von beidem gewinnen würde. Weglaufen brachte nichts, da der Mann, der hier schlief, mich offenbar schon bemerkt hatte. Er konnte mich in der Dunkelheit jedoch nicht erkennen und hielt mich scheinbar für jemand anderen. Vielleicht sollte ich einfach mitspielen.

Ohne zu wissen, ob das eine gute oder irrsinnige Idee war, antwortete ich: »Ja, der bin ich ... Sir.« Ich biss mir über die gestammelte Anrede auf die Zunge, weil ich nicht wusste, wen ich überhaupt vor mir hatte. Beziehungsweise hinter mir.

Der Mann knurrte etwas Unverständliches, dann hörte ich das Rascheln von Stoff. Vermutlich die Bettdecke. Würde er aufstehen und zu mir kommen?

»Ich habe so einen verdammten Durst. Ist die Sonne untergegangen? Sind die Auserwählten schon angereist?«

»Nein, ähm, die Sonne ist noch nicht untergegangen, aber ja, die -«

»Warum zur Hölle weckst du mich dann?!«, grollte die Stimme und ich zuckte zusammen von der plötzlichen Lautstärke. »Hast du meine Anweisungen nicht bekommen? Oder kannst du nicht lesen, du nichtsnutziger Bauerntölpel?! Verflucht! Lass mich in Frieden und sorge dafür, dass die Schattengeküssten für das Abendmahl hergerichtet sind und der Obsidian für die Nacht vorbereitet wird! Ansonsten stillst gleich du meinen Durst!«

Ich interpretierte seine aufgebrachten Worte als Erlaubnis - oder als Aufforderung, mich zügig zu entfernen, weshalb ich nach dem Türknauf griff, während er noch weitere Flüche von sich stieß. Still und leise stahl ich mich aus dem Zimmer.

Allmächtiger, hatte dieser Mann miese Laune. Wenn das seine Lordschaft war ... Ich schüttelte mich und war wieder einmal unendlich froh darüber, dass Aura nicht hier war und diesem unhöflichen Mann als Weib gehörig sein musste. Seiner rauchigen, dunklen Stimme nach zu urteilen, bedauerte ich alle Mädchen, die darauf hofften, einem Jüngling vorgestellt zu werden. Die Träume so einiger Töchter würden heute Abend wie Seifenblasen zerplatzen.

Ansonsten stillst gleich du meinen Durst. Was für ein seltsamer Ausdruck. Wofür auch immer dieser Quentin bezahlt wurde, ich war froh, nicht er zu sein.

Doch meine Erleichterung hielt nicht lange an, denn zurück auf dem schmalen Korridor hörte ich weitere Stimmen.

»Das hier sind Eure Zimmer. Das erste gehört dem Obsidian, das müsste … Moment … Meine Aufzeichnungen …«

Verdammt! Ich lehnte mich ans kühle Gemäuer und hielt inne. Die Stimmen und Schritte entfernten sich von mir, was ein gutes Zeichen war. Niemand schien mich bemerkt zu haben, weshalb ich mich kurzerhand in die andere Richtung drehte und den Korridor hinabeilte.

Wie weit würde ich kommen, ohne geschnappt zu werden?

Ich hatte noch immer eine Möglichkeit zur Flucht, doch sie zerschellte, als ich eine Treppe hinablief, auf ein Tor zusteuerte, das mich nach draußen führen konnte, und es öffnete. Denn davor standen zwei von diesen in Lumpen gekleideten Wachen. Sobald ich sie sah, fuhren sie zu mir herum und zischten.

Schnell schloss ich das Tor wieder und torkelte zurück. Mein Herz raste. Bewachten diese Kreaturen etwa alle Eingänge? Und warum sprachen sie nicht wie Menschen?

Meinem Orientierungssinn zufolge musste ich mich gerade im Westflügel des Schlosses aufhalten und außer den schwarzen vermummten Biestern, den vier Auserwählten und dem aggressiven älteren Mann, den ich beim Schlafen gestört hatte und den ich für den Gastgeber hielt, war ich bisher niemandem begegnet. Die Burg schien beinahe wie ausgestorben zu sein. Lebte der Lord komplett allein hier?

Wo waren all seine Bediensteten? Seine Familie? *Oder die Frau, die er vor fünf Jahren hierbehalten hat?*

Ich sah mich genauer im Erdgeschoss des Westflügels um – hauptsächlich, weil ich nach einem weiteren Ausgang suchte – und fand viele Zimmer verschlossen oder mit verhüllten Möbeln vor. Weiße Laken, die die Garnitur vor Staub schützen sollten. Es wirkte so, als hätte hier schon jahrelang niemand gewohnt ... Die Kerzenhalter an den Wänden waren mit Staub und Spinnweben bedeckt. Eine Gänsehaut kroch über meine Arme.

Auf der Nordseite fand ich schließlich eine weitere Tür in die Freiheit, eher gesagt eine meterlange gläserne Fassade, die den Blick auf einen Garten ermöglichte. Das Glas bot mir allerdings auch die Sicht auf drei weitere schwarz verhüllte Kreaturen, die vor den Fenstern patrouillierten. Es sah aus, als würden sie schlürfen oder humpeln. Mir fiel auf, dass sie generell nicht sonderlich flink oder sportlich wirkten.

Vielleicht gelang es mir ja, an ihnen vorbei zu schlüpfen und schneller zu rennen als sie? Sollte ich das Risiko eingehen? Selbst wenn sie mich nicht schnappten, würden sie Alarm schlagen und der Lord würde erfahren, dass eine seiner Auserwählten geflohen war. Welche Konsequenzen würde er ziehen?

Vor lauter Überlegungen dröhnte mir der Kopf. Hin und hergerissen zwischen Flucht und der Sorge um meine Familie. Ich war seit der stundenlangen Fahrt in der Kutsche ohnehin schon angeschlagen. Der bohrende

Hunger tat sein Übriges. Lange würde mein gestiegener Adrenalinpegel mich nicht über Wasser halten.

Vielleicht sollte ich aufhören, ein Feigling zu sein und das Versteckspiel beenden. Als ich Aura beschützen wollte, war ich mir des Risikos bewusst gewesen. Nun sollte ich auch zu dem stehen, was ich getan hatte. Der Lord hatte etwas von einem Abendmahl gesagt, zu dem die Auserwählten erscheinen sollten. Ich könnte mich zumindest auf die Suche nach der Küche machen und hoffen, dass diese erfolgreicher war als die Suche nach ein paar Kleidungsstücken. Mittlerweile hatte ich mich schon fast damit abgefunden, mit meinem weißen Nachthemd herumzuspazieren, woran ich mich jedoch nicht gewöhnen konnte, waren die leeren riesigen Räume und Korridore in diesem Schloss. Einige von ihnen wirkten kahl, trostlos und verstaubt, andere hingegen sehr prunkvoll, als wären sie Zeugen von vergangenen Bällen und Festmahlen gewesen. Es war so absurd, völlig allein hier herumzustreifen, dass ich mir vorkam wie in einem Traum. Auch wenn ich mir sicher war, dass meine Fantasie im Schlaf solche Orte niemals erschaffen könnte. Das abendliche Sonnenlicht, welches durch die Fenster hereinbrach, schimmerte an vergoldeten Kerzenhaltern oder verfing sich in den Spinnweben. Von der Größe und der Stille dieses Schlosses übermannt, vergaß ich fast die Zeit oder dass ich nicht völlig allein hinter diesen Mauern war.

Erst, als ich einen schmalen Korridor an der Außenseite des Schlosses entlangging, der kleine Fensternischen ohne Glas im Gemäuer eingelassen hatte, und ich eine Stimme von draußen hörte, wurde ich mit voller Wucht zurück in die Realität gerissen.

»Du hast fünf Kutschen angenommen. Es sind also auch fünf Auserwählte angekommen! Aber wo ist die fünfte?«, schrie ein Mann beinahe hysterisch.

Ich presste mich neben eine der Fensternischen an die Wand und lauschte.

»Ich ... ich habe keine Ahnung«, stammelte ein Junge. »Ich habe nur die Pferde zurück in den Stall gebracht und mich um sie gekümmert.«

»Alle Kutschen sind hier. Sie muss also heil angekommen sein und sich irgendwo verstecken. Der Lord wird mich umbringen. Er wird mich umbringen, wenn er das erfährt.« Die Stimme des panisch klingenden Mannes entfernte sich, als würde er ein Stück laufen.

Ich wandte meinen Kopf und linste durch den Spalt im Gemäuer. In der Abenddämmerung sah ich, wie sich ein Mann die Haare raufte und davon stampfte, während ein junger Bursche, nicht älter als dreizehn, zurück in den Stall rannte.

Mein Fehlen war also durchaus schon bemerkt worden. Lange würde ich mich nicht mehr verstecken können. Außerdem wollte ich anderen Menschen durch mein Verhalten ungern zusätzliche Probleme schaffen. Die Untertanen des Lords sollten wegen mir nicht einen Kopf kürzer gemacht werden.

Ach verdammt, egal wie ich es drehte und wendete, ich kam immer zum selben Schluss. Ich ballte meine linke

Hand zur Faust und spürte ein leichtes Brennen des Schnittes, den ich mir vor drei Tagen zugefügt hatte.

Aura.

Der Name meiner Schwester war wie die goldenen Lichtstrahlen der Abendsonne, die in ein dunkles kaltes Zimmer fielen. Auch wenn sie es nicht wusste, half sie mir stets, den richtigen Weg zu finden.

Ich hatte mir mittels eines der Laken, mit denen die Möbel verhüllt waren, eine Art Tunika um den Körper geschlungen. In einem Zimmer fand ich auch eine Brosche, mit der ich den Stoff zusammenhalten konnte, sodass ich mich zumindest nicht mehr halbnackt fühlte. Der Rückweg erwies sich als kleines Labyrinth, doch schließlich konnte mich der Geruch eines warmen Abendmahls zurück auf die Südseite des Schlosses führen, wo ich nachmittags angekommen war. Der Duft von gebratener Gans und gerösteten Kartoffeln hing in der Luft und ließ meinen Magen erneut aufknurren.

Ob der Lord mich mit ihnen speisen ließ? Oder sollte ich mein Glück lieber erst in der Küche versuchen?

Ich folgte dem Klappern von Besteck und leisen Stimmen. Den Gesprächsfetzen nach, die ich auffing, war der Lord noch nicht zu den vier Auserwählten gestoßen. Die Mädchen tuschelten aufgeregt.

Ich schlich mich gerade um die nächste Ecke, als ich mit etwas – oder jemandem - zusammenstieß. Meine Stirn prallte gegen eine Nase, meine Hände landeten automatisch auf einer steinharten Brust.

»Verdammt! Pass doch auf, wo du hinläufst«, brummte mich eine Stimme an, und obwohl sie weniger heiser und verschlafen klang, erkannte ich sie, noch bevor mein Blick die Person vor mir fokussieren konnte. »Du bekommst hier nichts zu essen! Du kannst unten mit den Küchenmägden speisen, wenn ein paar der Reste übrigbleiben«, zischte der Mann und würdigte mich keines weiteren Blickes, bevor er an mir vorbei in den Speisesaal trat.

Für ein paar Sekunden blieb ich wie erstarrt stehen.

Ich sah seiner hochgewachsenen Statur nach, die in einem schwarzen Hemd, einer eleganten Weste und einer ebenso dunklen Hose steckte. Obwohl ich nur einen kurzen Blick in sein Gesicht werfen konnte, hatte es mir die Sprache verschlagen. Die Schauermärchen und meine eigene Vorstellung zerbröselten unter der Realität, die ich nie für möglich gehalten hatte.

Offenbar waren die naiven Märchenträume, an die so manch eine glaubte, näher an der Wahrheit gewesen, als ich mit meinen Vorstellungen jemals lag. Der Lord war zwar kein strahlender Jüngling, doch er war weit davon entfernt, ein abstoßender Greis zu sein.

Ich riss mich aus meiner Starre und zwang meine Beine, sich weiterzubewegen. Meine Wangen glühten, weil es mir durchaus unangenehm war, nach dem Lord den Saal zu betreten, obwohl er mich gerade für einen Bediensteten gehalten und fortgeschickt hatte. Vielleicht wäre es wirklich ratsamer, mich unten in der Küche zu verstecken, dort auf die Reste des Essens zu warten und meine Tarnung beizubehalten, bis ich einen Plan hatte, aber mein grummelnder leerer Magen trieb mich einfach vorwärts.

Ich schritt durch eine geöffnete Tür und wurde von warmem Kerzenschein und appetitlichen Düften umfangen.

An der langen gedeckten Tafel, die in der Mitte des Saals stand, saßen vier wunderschöne Frauen. Sie alle waren vom Lord dermaßen abgelenkt, dass niemand auf mich achtete. Sie starrten den Lord an, der ohne ein Wort auf das hintere Ende der Tafel zusteuerte. Ich konnte mich selbst nicht entscheiden, ob ich lieber die erstaunten Gesichter der Auserwählten betrachten sollte oder den hochgewachsenen Mann in Schwarz, der eine solch finstere Ausstrahlung besaß, dass man sich kaum zu atmen traute.

Obwohl mich die Blicke der Frauen amüsierten, verweilte ich nicht lange bei ihnen. Der Burgherr war einfach eine Erscheinung, die beinahe gewaltsam die Aufmerksamkeit auf sich zog. Es hatte etwas Schmerzhaftes, ihn anzusehen. Aber vielleicht verkrampfte sich mein Körper auch nur so, weil ich mich vor der Reaktion fürchtete, die unweigerlich folgen würde, wenn er sich setzte und mich bemerkte. Denn dass ich nicht für immer unsichtbar wie ein Geist hier stehen konnte, war klar.

Warum fürchtete ich mich so vor ihm?

Er würde mich schon nicht dafür köpfen, dass ich hier war. Oder? Und mit ein paar Wochen Kerker würde ich leben können – auch ein paar Peitschenhiebe auf dem Marktplatz würde ich über mich ergehen lassen, wenn der

Lord glaubte, an mir ein Exempel statuieren zu müssen. Ich hatte keine Angst vor Schmerzen. Trotzdem knotete mir etwas die Eingeweide zusammen, während ich diesen Mann beobachtete. Sein langes schwarzes Haar fiel ihm seidenglatt bis über die Schultern, fast bis zur Brust. Es war das längste Haar, das ich bei einem Mann je gesehen hatte. Sein Alter war schwer zu schätzen, sein Gesicht irgendwie zeitlos. Es hatte kaum Falten, wirkte beinahe makellos und trotzdem sehr reif, sodass ich mir sicher war, dass er deutlich mehr Winter gezählt hatte als ich oder eine der Auserwählten. Er war damit dennoch um einiges jünger, als ich erwartet hatte und ich hegte den Verdacht, dass die meisten der Auserwählten allein vom optischen Standpunkt nichts dagegen hätten, ihn zu ehelichen.

Wenn er nicht eine solche schlechte Laune und Kälte ausstrahlen würde. Er wirkte alles andere als erfreut, seine potentiellen künftigen Gattinnen kennenzulernen.

Die Beine des Stuhls kratzten hörbar über den Boden, als er Platz nahm und näher zum Tisch rückte. Sein Blick hob sich und glitt der Reihe nach über die vier Frauen, streifte sie allerdings nur flüchtig und heftete sich binnen Millisekunden auf mich. Sofort verfinsterte sich seine Miene um noch eine Nuance.

Scheiße.

»Hast du nicht gehört, Junge? Du kriegst hier nichts zu essen.« Er durchbohrte mich mit einem dunklen Blick, dann schnalzte er mit der Zunge und murmelte etwas, das sich von hier anhörte wie »Alle fünf Jahre derselbe Ärger«. Er lächelte den Damen am Tisch zu. Wenn man es denn als

Lächeln bezeichnen konnte. Eigentlich hob er nur einen Mundwinkel. »Verzeiht. Ich habe für eure Ankunft ein paar neue Bedienstete eingestellt. Sie sind noch nicht mit allen Regeln vertraut.«

So langsam entfachte seine Arroganz eine warme Welle der Wut in mir. Er kannte noch nicht einmal die Gesichter seiner eigenen Dienerschaft. Ich wollte gerade einen Schritt vortreten und den Lord aufklären, als er sich wieder an mich wandte. »Wenn du schon einmal hier bist, kannst du uns auch den Wein einschenken.«

Baff ratterte mein Gehirn die Möglichkeiten durch. Mein Körper setzte sich allerdings schon in Bewegung und ging auf die lange Tafel zu. Vielleicht wäre es gar nicht so schlecht, erst einmal abzuwarten, wie das Abendessen verlief und was der Lord den vier Auserwählten zu sagen hatte. Er hatte noch kein Wort darüber verloren, dass er nur vier von fünf Frauen am Tisch vorfand. Offensichtlich hatte ihn der Ärger mit mir bisher von dieser Tatsache abgelenkt. Da ich diesen Mann vorerst nicht weiter verstimmen wollte, griff ich nach dem Weinkrug und schüttete der ersten Auserwählten etwas in ihren Becher.

Vielleicht würde genügend Wein die Stimmung des Lords heben.

Die Mädchen schienen allesamt ebenfalls eingeschüchtert, zumindest sagte keine von ihnen ein Wort. Außer ein geflüstertes Danke, das zwei von ihnen über die Lippen brachten, nachdem ich ihnen einschenkte.

Der Lord räusperte sich. »Ich freue mich, euch hier auf Burg Dawncliff willkommen zu heißen. Lasst uns auf fünf lange Tage und Nächte trinken, in denen ihr euch hier wie zuhause fühlen dürft.«

Seine Ansprache hörte sich an wie auswendig gelernt.

Warum verdammt zitterte meine Hand so, während ich dem Lord seinen Wein einschenkte? Ich hoffte, er war zu abgelenkt, um es zu bemerken. Sobald ich einen Schritt zurücktrat, nahm er den Becher in die Hand und hob ihn an. Die vier Auserwählten taten es ihm gleich.

Mein Herz hämmerte in der Brust, als hielte es das Versteckspiel keine Sekunde länger aus. Aber ich biss die Zähne aufeinander und schwieg.

»Auf das eine von euch in fünf Tagen zu meiner Braut auserkoren wird und den Rest ihres Lebens an meiner Seite verbringt.«

Große, bedeutend schwere Worte. *Den Rest ihres Lebens.* Die Runde prostete sich zu und ich versuchte den Gesichtern der Mädchen abzulesen, ob es einer von ihnen bei der Ansage ebenfalls kalt den Rücken hinunterlief. Statt romantischer Stimmung vermittelten seine Worte eine Todesdrohung. Zumindest in meinen Ohren.

Wie oft mochte er diese Worte schon gesprochen haben? Würde eine der Auserwählten den Mut haben, ihn auf seine vorige Braut anzusprechen?

Verdammt, war ich paranoid geworden? Stieg mir die angespannte Atmosphäre zu Kopf?

Mir wurde kurz schwarz vor Augen und ein Schwindelgefühl packte mich. Ich wusste nicht, ob es von dem mittlerweile unerträglichen Hunger herrührte oder von meinem unregelmäßig ausschlagenden Puls. Der Angst, dass mein Versteckspiel jeden Moment aufflog.

Die vier Auserwählten und der Lord tranken und ich fühlte mich noch nie in meinem Leben so fehl am Platz. Am liebsten hätte ich mich in Luft aufgelöst, aber vielleicht gehörte das zu meiner Strafe dazu. Ich hatte für Aura gegen Regeln verstoßen und sich nun etwas unwohl zu fühlen, war wohl nichts im Vergleich zu dem, was mir noch blühen würde.

»Aber es fehlt eine. Ist sie gerade unpässlich? Hat ihr die Fahrt nicht bekommen?«, erkundigte sich der Lord van Windsor wie aufs Stichwort.

Unbemerkt ging ich noch einen Schritt vom Tisch zurück, verharrte im Hintergrund, als würde ich zum Mobiliar gehören.

Eines der Mädchen, eine dunkelhaarige Schönheit mit offenem Blick, antwortete ihm. »Sie fehlt schon den ganzen Abend. Niemand hat sie bisher gesehen, Mylord.«

Es schien, als hielte daraufhin jeder am Tisch den Atem an – inklusive mir.

Der Lord schwieg für ein paar Herzschläge und da ich seitlich hinter ihm stand, konnte ich anhand seiner Mimik nicht ausmachen, was er von dieser Information hielt.

»Das ist unmöglich«, sagte er schließlich sachlich und legte das Besteck auf dem Tisch ab, das er zuvor in den Händen gehalten hatte. Einzig an dem dumpfen Klang von Metall auf Holz vernahm ich, dass er innerlich weitaus wütender war, als er nach außen vorgab.

Offenbar wollte er vor seiner potentiellen Zukünftigen nicht direkt am ersten Abend aufbrausend werden. Wie lange er die Scharade des höflichen Gastgebers wohl aufrecht erhielt? Bisher drückte er sich vornehm aus, beinahe so makellos wie sein faltloses Antlitz. Ich wusste nicht, ob es daran lag, wie unwirsch er mich nach dem Aufstehen angefahren hatte oder an seiner finsteren, überheblichen Mimik, aber ich glaubte zu ahnen, dass dieser Mann zu ungehaltenen spontanen Wutausbrüchen neigte. Und das würden die Frauen an diesem Tisch innerhalb der nächsten fünf Tage vermutlich eher früher als später noch mitbekommen. Wofür sollte dieser Mann sich auch verstellen? Er hatte die Macht und das Gold, um sich das Schweigen jeder dieser Damen zu sichern. Seine bisher einigermaßen höflichen kleinen Ansprachen gegenüber den Auserwählten waren vermutlich nur das Überbleibsel einer guten Erziehung, die er hinter diesen Mauern einst genossen haben musste.

»Nun gut, ich werde das nachher mit Quentin und meinen G... Wachen besprechen. Irgendwer muss sie ja gesehen haben, falls sie sich innerhalb dieser Mauern versteckt. Das arme Ding hatte vermutlich nur unbegründet Angst. Ihr könnt euch sicher sein, dass euch hier nichts passiert, solange ihr euch an die Regeln haltet.«

Ich sah zu, wie ein paar der Frauen sich fragende Blicke zuwarfen, aber nur eine traute sich, die Frage laut auszusprechen. Es war wieder die Schwarzhaarige. Sie schien am wenigsten eingeschüchtert von der Präsenz des Lords. »Auf welche Regeln müssen wir denn achten?«

»Gut, wir kommen direkt zum Wesentlichen, so mag ich das«, sagte er, hob sein Besteck wieder auf und begann das Fleisch auf seinem Teller zu schneiden. Der Anblick lenkte mich fast von seinen darauffolgenden Worten ab. »Es gibt nicht viele Regeln. Quentin hätte euch zu Beginn direkt unterweisen sollen. Für die Dauer eures Aufenthaltes dürft ihr das Schloss nicht verlassen. Tagsüber dürft ihr auf der Nordseite in den angrenzenden Gärten spazieren, doch ihr müsst bei Anbruch der Dunkelheit wieder im Schloss sein und ihr dürft niemals die Mauern passieren. Niemals. Jenseits des Burgwalls findet ihr auf der einen Seite ohnehin nur die Klippen und das Meer, und auf der anderen Seite den Schattenwald – einen Spaziergang würde ich euch zu keinem der beiden Gebiete raten, wenn ihr an eurem Leben hängt.«

Obwohl er es ‚Spaziergang' nannte, klang es eher so, als würde er uns von vornherein jegliche Fluchtgedanken ausschlagen wollen. Das ungute Gefühl in meinem Inneren wuchs. Hier stimmte etwas ganz und gar nicht. Weder mit diesem Mann, noch mit diesem Ort.

»Außerdem erwarte ich, dass ihr mir im Rahmen der Brautwahl die Möglichkeit gebt, euch einzeln und persönlich kennenzulernen. Diese Treffen mit mir werden ausschließlich nach Sonnenuntergang stattfinden. Ihr werdet mir Gesellschaft leisten, wann ich es mir wünsche. Und wie ich es mir wünsche.« Er hob den Kopf und schaute in Richtung der Mädchen. Zu gerne hätte ich jetzt den Blick gesehen, den er ihnen zuwarf, denn eine der jungen Frauen, eine eher unscheinbare Brünette, verschluckte sich an ihrem Essen und starrte daraufhin rot angelaufen auf den Teller.

Benehmen und Taktgefühl waren diesem Lord scheinbar fremd.

Jeder im Dorf wusste, dass er sich die Unschuld der fünf Auserwählten einverleibte. Ungeschrieben gehörte es zum Pakt dazu und niemand lehnte sich dagegen auf – nein, es war geradezu eine *Ehre* für die Mädchen im Dorf, den Lord beglücken zu dürfen. So hatte ich es zumindest hier und da von befreundeten Familien mitbekommen. Es den Frauen jedoch nun am Tisch derartig ins Gedächtnis zu rufen, war unverschämt – selbst für einen Mann in seiner Position. *Vor allem* in seiner Position.

»Erzählt etwas über euch, seid nicht so schüchtern. Die Stille hier ist ja kaum auszuhalten«, verlangte er, als hätte er nicht gemerkt, dass einzig er Schuld an der angespannten Atmosphäre trug. Jedes Wort, das aus dem Mund des Lords kam, machte das Abendessen nur noch ungemütlicher und bizarrer. Empathie schien dem Mann ein Fremdwort zu sein, stattdessen wirkte er geradezu angriffslustig. Hätte ich mir nicht den Stellenwert eines Kammerdieners erarbeitet, hätte ich mich in das Gespräch eingeklinkt, um die vier Frauen zu erlösen. Jede von ihnen schien sichtbar verunsichert von dem unsensiblen Auftreten des Lords.

»Ich glaube ... wir sind noch alle etwas überfordert mit der neuen Situation«, traute sich die Blondine mit der großen geraden Nase vor.

»Solltet ihr euch nicht freuen, mit mir zu Abend zu speisen? Oder entspreche ich nicht euren Erwartungen?«

Die Frage hing für einen Moment wieder einmal wie eine Drohung in der Luft.

»Natürlich, Mylord«, beeilte sich die Schwarzhaarige zu sagen. »Ich glaube, einige von uns sind erleichtert darüber, dass die Schauergeschichten über Euch nicht der Wahrheit entsprechen.«

»Schauergeschichten?«

Die Auserwählten tauschten unbehagliche Blicke. Auch ich hielt kurz die Luft an. Wusste Van Windsor nichts von den Gerüchten, die über ihn und diese Burg kursierten?

»Nun ... Ihr wisst schon. Dass Ihr ein entstellter alter Mann seid mit Narben, die Euch so verunstalten, dass niemand sie sehen darf.«

»Entstellt?«

»Verzeiht, Mylord, ich ...«

»Schon gut«, unterbrach er sie wirsch. Danach schwieg der Lord für ein paar Sekunden. »Nicht jede Narbe muss auf dem Gesicht getragen werden. Nicht wahr?«

Stille. Nicht einmal das Besteck klapperte.

»Verzeiht. Meine kommunikativen Fähigkeiten sind etwas eingerostet«, entschuldigte sich der Lord unerwarteterweise, doch seine Entschuldigung klang gestellt. Als wäre ihm verspätet eingefallen, dass er sich den Auserwählten gegenüber lieber respektvoll verhalten sollte. »Ich hatte lange keinen Besuch mehr. Mein Vater würde sagen, man vereinsamt in einem so großen Gebäude, wenn kein Leben die Zimmer füllt.«

»Aber warum lebt Ihr dann ganz allein hier, Mylord?«, fragte die schüchterne Brünette. Ihre Stimme klang wie das

Piepsen einer Maus. Nervös rutschte sie auf ihrem Stuhl herum.

Wo sind alle anderen, die auf dieser Burg leben sollten? Diese unausgesprochene Frage hing der ersten hinterher. Der verwahrloste und gespenstische Zustand einiger Räume war wohl auch den Frauen nicht entgangen.

»Das ist eine Geschichte für einen anderen Abend. Du, Junge.« Der Lord drehte sich plötzlich zu mir um und ich verschluckte mich an meinem eigenen Speichel. Kein Wunder, lief er mir schon bei den ganzen Gerüchen seit geraumer Zeit im Mund zusammen. Außerdem hatte ich nicht erwartet, so schnell wieder von dem Lord beachtet zu werden.

»Ja?«, stammelte ich wenig geistreich, nachdem ich mein Verschlucken mit einem Husten kaschierte.

»Schenk mir noch nach und hole mir dann Quentin herbei. Er soll das ganze Anwesen nach der fünften Auserwählten durchsuchen. Bei Nacht sollte sie nicht unbeobachtet durch die Gänge streifen.«

Jetzt oder nie.

»Das ähm ... wird nicht nötig sein, Mylord.«

»Wie bitte?«

»Es gibt ...« Ich holte tief Luft. »... keine fünfte Auserwählte.«

7.

AARON

Der Blick des Lords verdunkelte sich und ich wusste nicht, ob es das flackernde Kerzenlicht war oder etwas anderes, das kurz in seinen Augen aufflammte.

»Was meinst du mit, es gibt keine fünfte Auserwählte?«, presste er zwischen zusammengebissenen Zähnen hervor. Sichtlich bemüht, nicht zu laut zu werden. »Ich persönlich habe fünf Frauen ausgesucht und hierherschicken lassen.«

Falsch. Er hatte vielleicht fünf Blutproben ausgesucht. Aber nicht fünf Frauen.

»IchwurdealsfünfterAuserwählteraufdieBurggebracht«, murmelte ich so schnell und leise, dass die Worte in einem Einheitsbrei über meine Lippen purzelten. Mein Herzschlag dröhnte lauter als meine Stimme. *Jetzt sieh ihm dabei gefälligst in die Augen*, ermahnte ich mich und hob den Blick, den ich kurzzeitig auf meine Füße geheftet hatte.

In seinem blassen Gesicht pochte eine Ader über dem rechten Auge an der Schläfe. Innerhalb des nächsten Wimpernschlags hatte er sich erhoben und stand direkt vor mir. »Was hast du gesagt?«

Ich schluckte. »Mein Blut wurde ausgesucht, also haben Eure Männer mich auf diese Burg gebracht.«

Im Hintergrund hörte ich eine Mischung aus ungläubigem Aufkeuchen und scharfem Lufteinsaugen. Doch meine Aufmerksamkeit löste sich nicht von den dunkelbraunen Iriden, die von dichten schwarzen Wimpern eingerahmt waren. Noch einmal wegzuschauen, durfte mir nicht passieren.

»Wie zur Hölle soll das möglich sein? Dein Blut hätte gar nicht dabei sein dürfen, denn wenn mich meine Augen nicht täuschen, bist du keine Frau. Oder bist du ein so hässliches, dürres Weib mit kurzen Haaren, dass dich jeder für einen Knaben hält?«

Atmen, Aaron. Atmen.

Denk an Aura. Denk daran, dass du sie gerettet hast. Das hier ist für sie.

»Ihr habt recht, ich bin keine Frau. Ich habe das Blut meiner Schwester durch das meine ersetzt, damit sie nicht ausgewählt wird.«

Ehe ich mich versah, hatte mich plötzlich etwas an der Kehle gepackt. Seine Hand war so schnell vorgeschossen, dass ich sie nicht kommen sah. Seine Finger, kalt und steif, umklammerten meinen Hals und hoben mich vom Boden.

Ich kämpfte mit dem Drang, meine Augen zu schließen und in alle Richtungen auszutreten. Stattdessen verharrte ich in völliger Ruhe und starrte ihm weiterhin in die Augen. Die seinen waren zu Schlitzen geformt und ich spürte förmlich, wie er mich allein mit seinem Blick niederringen wollte. Die Hand um meine Luftröhre tat ihr Übriges.

Verflucht, wie stark war dieser Mann überhaupt?

»Das. Ist. Nicht. Möglich«, stieß er abgehackt hervor und ließ mich so plötzlich los, dass meine Beine unter mir nachgaben, sobald ich wieder Boden unter den Füßen hatte. Ich taumelte und schlug auf dem marmorierten Stein auf. Meine Hände fingen den Fall zwar ab, dennoch lag ich nun in völliger Demütigung zu seinen Füßen. Ich biss mir auf die Unterlippe, um meine brodelnden Gefühle zu unterdrücken. Alles in mir schrie danach, sich zu wehren, doch er war der Lord. Und ich war ein Niemand. Ein Niemand, der seine Regeln gebrochen hatte. Mich gegen ihn aufzulehnen, noch dazu vor den Blicken von vier anderen Gästen, wäre nicht nur kindisch, sondern auch töricht. Also fügte ich mich seinem Zorn.

Langsam und ruhig stand ich auf und hob erneut den Blick. »Mir ist bewusst, dass ich die Regeln des Pakts gebrochen habe. Ich bitte um Verzeihung, Mylord, und bin bereit, meine Strafe zu erhalten.«

Lord van Windsors Gesicht war vor Fassungslosigkeit und Wut verzerrt, er zischte etwas, drehte sich um, ballte die Fäuste und drehte sich erneut zu mir. »Weißt du eigentlich, was du getan hast?«, fauchte er mich an. »Wachen!«, schrie er dann und im nächsten Moment stürmten vier vermummte schwarze Kreaturen den Speisesaal, als hätten sie nur auf diesen Befehl gewartet.

»Ergreift ihn! Schafft ihn mir aus den Augen! Sofort!«

Eisige Klauen bohrten sich in meine Oberarme und zerrten mich rückwärts. In einem Impuls bäumte mein Körper sich auf, wollte sich wehren, auch wenn ich wusste, dass es vergeblich wäre. Ich biss die Zähne zusammen, um nicht zu schreien oder dem Lord unüberlegt etwas an den Kopf zu schleudern. Stumm ließ ich mich abführen und obwohl meine Welt in diesen Sekunden Kopf stand, spürte ich trotzdem alle Blicke auf mir. Fünf Augenpaare folgten mir auf dem Weg hinaus, brannten sich in mein Gedächtnis. Ob ich sie heute zum ersten und letzten Mal gesehen hatte?

Was würde man sich anschließend im Dorf über mich erzählen? Würden die Auserwählten später von diesem Abend berichten? Ich bezweifelte es. Wenn es drei von ihnen hier tatsächlich lebend herausschaffen sollten, würden sie über alles Geschehene schweigen oder beteuern, sich nicht mehr zu erinnern. So war es immer gewesen. So würde es auch dieses Jahr sein.

Meine Familie würde nie erfahren, was mit mir passiert war.

BRUNA:

Als die vermummten Wachen diesen Jungen abführten, war mein Verstand noch nicht fertig damit, das soeben Geschehene zu verarbeiten.

Hatte dieser Junge die Auslese ernsthaft manipuliert, indem er das Blut seiner Schwester gegen seines austauschte? Wenn er das tatsächlich getan hatte, war es das Dämlichste und auch Heroischste, was ein Bruder für seine Schwester tun konnte. Ich wünschte, meine Familie hätte sich so um mich gesorgt, anstatt mich freudestrahlend in den Abgrund zu stoßen.

Sie wollten mich schon immer an den Meistbietenden versteigern, als wäre ich eine Stute, die man herrichten und verkaufen konnte. *Du hast schön zu sein. Du hast dich adrett zu kleiden. Aber nicht zu freizügig, um keine falschen Signale zu senden. Du hast deine Haare zu flechten und jeden Morgen zu bürsten. Du hast nett und freundlich zu sein und jedem Mann schüchtern zuzulächeln. Nicht zu offen, sondern unschuldig. Du hast nicht breitbeinig auf Pferden zu reiten. Du hast nicht zu lernen, wie man mit Pfeil und Bogen oder einem Schwert umgeht. Du hast die perfekte Frau zu spielen. In der Küche, im Schlafzimmer, in Gesellschaft, in Zweisamkeit.*

Dass ich die Chance bekam, dem Lord vorgestellt zu werden, war für meine Eltern wie die Erfüllung eines Lebenstraums gewesen. Wenn ich ihn heiraten sollte, würden wir zu den reichsten Familien im Umkreis von hundert Meilen gehören. Selbst wenn ich ihn nicht heiratete, bescherten mir die fünf Nächte hier einen Sack voll Gold, der den Lebensunterhalt meiner Familie für mindestens zwei Jahre sicherte. Für mich kam die Teilnahme an der diesjährigen Brautwahl allerdings einem Albtraum gleich. Ich hatte keine Angst vor dem Lord, vor den Legenden um diese Burg oder vor den Geschichten eines Fluchs. Ich nahm es hin, dass ich hier war, auch das, was ich diesem Fremden würde schenken müssen, doch ich hasste es, dass ich bei dem Ganzen keine Wahl hatte. Dass alle mir sagten, ich solle mich hierüber freuen, ohne mich nur einmal zu fragen, was ich mir in meinem Leben wünschte. Vielleicht wollte ich gar kein Leben in Reichtum. Vielleicht wollte ich nicht die Braut eines fremden, reichen Mannes werden.

Hätte ich einen Bruder, der mich derartig beschützen wollte ... Nein, ich wusste nicht, wie mein Leben dann verlaufen wäre. Aber ich wusste, dass diese Art von Liebe ein Geschenk war, die ich in meinem Leben nicht kannte. Es rührte mich so sehr, dass ich sprach- und fassungslos war, was für meine Verhältnisse selten vorkam.

Auch die Angst, die sich um mein Herz schlang, war mir neu. Keine Angst um mich. Sondern ernsthafte Sorge darüber, was diesem jungen Burschen mit den blonden Locken nun blühte. Ich bezweifelte, dass er ohne weitere Strafe zurück zu seiner Familie geschickt werden würde. *Vielleicht würde er seine Schwester niemals wiedersehen.*

Das Abkommen derartig umgehen zu wollen, kam einem Betrug gleich, keine Frage. Und in all den Jahrzehnten hatte sich das nie jemand getraut – zumindest war mir das nicht zu Ohren gekommen.

Zu meiner Überraschung folgte der Lord seinen Wachen und verließ ebenfalls den Speisesaal. Ohne ein Wort an uns zu richten, ließ er uns allein.

Ich stieß die Luft aus und merkte erst dann, dass ich sie angehalten hatte. Auch die anderen drei entspannten sich sichtlich. Estelle, die rechts neben mir saß, rutschte ein paar Zentimeter in ihrem Stuhl hinunter, als wäre sie zuvor mit einem unsichtbaren Faden an der Lehne befestigt worden, der nun durchtrennt war.

Carola sah noch immer zur Tür und schüttelte den Kopf. »Ungeheuerlich, was der Junge seiner Schwester und seiner Familie angetan hat. Eine unaussprechliche Schande.«

Bei ihren Worten verzog ich den Mund. Ich wollte schon widersprechen und einwerfen, wie tapfer es von ihm war, als Dalia sagte: »Und jetzt lässt der Lord uns wegen dieses Bauerntölpels allein? Sollen wir hier auf ihn warten oder was?«

»Also ich werde in Ruhe zu Ende essen und dann zurück auf mein Zimmer gehen.« Carola warf ihr langes blondes Haar zurück und hob Gabel und Messer vom Tisch. »Egal wie gutaussehend und reich dieser Mann sein mag, ich werde hier nicht auf ihn warten. Ich bin erschöpft und will nur noch ins Bett.«

»Gutaussehend ist er, das stimmt. Das wird so einiges leichter machen«, murmelte Dalia und spießte gedankenverloren ein Stück Fleisch auf die Gabel.

Ungläubig sah ich von einer zur anderen. »Ist euch egal, was jetzt mit dem Jungen passiert?«

»Er hat den Lord betrogen und ein jahrhundertealtes Abkommen gebrochen. Es ist ziemlich klar, was jetzt mit dem Jungen passiert.« Carola schnalzte mit der Zunge und steckte sich mit der Gabel ein Stück Kartoffel in den Mund. Sie wirkte, als würde sie das soeben Gesehene tatsächlich kalt lassen.

Dalia zuckte nur mit den Achseln, als würde sie dem zustimmen und Estelle blickte eingeschüchtert auf ihren vollen Teller, von dem sie noch keinen Bissen genommen hatte.

»Tut mir leid, Bruna. So heißt du doch, oder? Aber wir sollten uns alle lieber um uns selbst Gedanken machen«, fuhr Carola fort.

Die Rothaarige nickte. »Sie hat recht. Ich kann mir den Kopf jetzt nicht über einen fremden Burschen und seine Dummheiten zerbrechen. Quentin hat gesagt, ich bin die Erste, die der Lord in seine Gemächer lädt. Heute Nacht schon ...« Sie holte tief Luft.

Carola musterte Dalia kurz – besonders ihr offenherziges Dekolleté. »Ich hätte auch nicht gedacht, dass es so schnell gehen wird.«

»Ich hoffe nur, dass er sich heute Nacht auch auf *mich* konzentrieren kann und dieser ... *Vorfall* den Lord nicht zu sehr ablenkt«, erwiderte Dalia ohne auf Carolas Kommentar einzugehen. Sie wirkte gefasst.

»Hast du keine Angst davor, das Bett mit ihm zu teilen?«, fragte Estelle leise.

Als Antwort leckte Dalia sich über die Lippen und spießte sich ein Stück Fleisch auf die Gabel, bevor sie es sich lasziv in den Mund schob. Das war wohl Antwort genug. Ich sah, wie Estelle mir roten Wangen den Blick senkte.

Das reichte mir. Dass Dalia die erste Nacht mit diesem finsteren fremden Mann gehörte, schien sie nicht zu beunruhigen. Im Gegenteil.

Ich saß hier beisammen mit drei Frauen, von denen eine sich nur Gedanken um die Verführung des Lords machte, die andere stellte ihren Schönheitsschlaf über das Wohl anderer und die dritte konnte vor Angst kaum den Blick von ihrem Teller heben. Was waren das nur für Auserwählte?

»Mir ist der Appetit vergangen«, sagte ich und stand auf.

Als ich mich vom Tisch entfernte, wusste ich noch nicht wohin. Aber hier weiter sitzen zu bleiben und in Ruhe zu Ende zu speisen, erschien mir unmöglich, auch wenn mein Hunger groß und das Essen vorzüglich war.

Ich verließ den Speisesaal, wandte mich nach links und ging ein paar Schritte.

Als ich heute Morgen in der Kutsche gesessen hatte, hätte ich mir nicht ausmalen können, in welche Richtung dieser erste Abend hier verlaufen würde. Nach der forschen Abreise hatte ich mit dem Schlimmsten gerechnet, hatte mir hier nie etwas Märchenhaftes erhofft, dennoch wirkten der Lord und die Burg auf den ersten Blick beinahe makellos. Irgendwie düster und verlassen, aber dennoch imposant. Viel zu schön, um wahr zu sein. Das galt für das Gebäude und den Mann. Doch sowohl die Mauern dieser Burg als auch die, die den Lord umgaben, warfen tiefe Schatten. Das hatte ich sofort bemerkt – noch bevor der Lord diesen armen Jungen vor unseren Augen gewürgt und anschließend auf den Boden fallen gelassen hatte. Wie war es überhaupt möglich, dass er ihn einhändig in die Luft heben konnte?

Mich schüttelte es. Es war mir schleierhaft, wie Dalia dabei so ruhig bleiben konnte, wenn sie in wenigen Stunden zu diesem Mann ins Schlafgemach musste. War sie so von ihrer Familie beeinflusst worden, diesen Pakt als Geschenk anzusehen, oder war sie von dem Äußeren des Lords, der Schönheit der Kleider, die hier auf uns warteten, und dem Duft der gebratenen Gans geblendet worden?

Als ich eine Stimme hörte, riss sie mich aus den Gedanken. Ich ging in Deckung, schlich mich an der Wand entlang, bis ich an eine Gabelung kam.

»Wie konnte das passieren?«, grollte die unverkennbare Stimme des Lords. Sie war tief und kehlig vor unterdrückter Wut.

Mein Herzschlag beschleunigte sich und ich riskierte einen Blick um die Ecke. Der Lord befand sich mit einer seiner zerlumpten Wachen allein auf dem Gang. Sie standen in einer Nische vor einem großen Erkerfenster, hinter dem tiefste Nacht herrschte. Die beiden wurden nur von ein paar Kerzen im Flur beleuchtet, die gespenstische Schatten warfen und sich im Glas des Fensters spiegelten. Wie flammende Sterne.

Ich lehnte mich zurück an die Wand und hielt den Atem an.

»Wie konntet ihr es wagen, ihn hierherzubringen? Seid ihr so dämlich oder haben euch die Maden die letzten Gehirnzellen aus eurem Schädel gefressen? Ihr habt doch Augen im Kopf! Sieht für euch so eine Jungfrau aus?«

Als Antwort knurrte die Wache irgendetwas, das ich nicht verstand.

»Komm mit und zeig mir das verdammte Blut, welches zu dem Jungen gehört«, forderte der Lord und ich hörte anhand der Schritte, wie sie sich entfernten.

Schnell raffte ich meinen Rock und eilte ihnen hinterher, ohne groß darüber nachzudenken. Meine Neugierde war geweckt. Mit genug Abstand, dass sie mich nicht sahen und hörten, folgte ich ihnen durch die dunklen Gänge der Burg, ein paar Treppen hinauf, bis wir uns in einem der hohen Türme befinden mussten. Ich war außer Atem, obwohl ich auf Zehenspitzen geschlichen war und immer wieder ein paar Sekunden Pause machte. Als ich um die nächste Ecke lugte, war von dem Lord und der knurrenden Kreatur plötzlich nichts mehr zu sehen. Als hätten sie sich in Luft aufgelöst.

Mit hämmerndem Herzen ging ich den kurzen Gang entlang und fand rechts eine schmale geschlossene Tür vor. Dort hinter müssten sie sein. Ich lehnte mein Ohr an das Holzblatt und lauschte.

Plötzlich hörte ich einen wütenden Schrei und ein Splittern, als würde ein Glas zu Bruch gehen. Ich zuckte zusammen. Daraufhin lachte jemand hinter der Tür, doch es hörte sich so fehl am Platz an, dass es mir kalt den Rücken hinunterlief. War das das Gelächter des Lords? Solche Stimmungsausbrüche waren alles andere als gesund. Was hatte er nochmal über die Einsamkeit in dieser Burg gesagt? Vielleicht hatte sie ihn wahnsinnig gemacht.

8.

JEREMIAS

Anhand ihres Blutes ließen sich Menschen in sechs Klassen einteilen. Das war eine der Lehren, die Sarina an mich herangetragen hatte, und es war die, die die meiste Übung erforderte. Es dauerte Jahrzehnte, bis man fähig war, mit seinen Geschmacksknospen die verschiedenen Nuancen herauszuschmecken. Das Blut eines Rubins erkannte man auf Anhieb, es war so selten und erlesen, dass man es nicht übergehen konnte. Doch für eine genaue Unterteilung der unteren Klassen brauchte es mehr Feingefühl. Zum Glück war ich schon immer ein Mann des Details gewesen. Ein Mann der Geduld – zumindest früher einst, besonders im Vergleich zu meinem Bruder. Doch je mehr Jahre verstrichen, desto öfter fand ich mich in Reaktionen wieder, die ihm entsprungen sein könnten. Manche Söhne hatten Angst davor, wie ihre Väter zu werden. Ich hatte Angst, wie mein Bruder zu werden.

Dass ich ausgerechnet jetzt an ihn denke. Lächerlich.

Als mein Wutausbruch und das heisere Lachen aus meiner Kehle verklangen, starrte ich auf die zerbrochenen Flakons, die ich vom Tisch geschleudert hatte. Zuvor waren sie fein säuberlich von mir in einer Reihenfolge hingelegt und beschriftet worden. Jedes Blut hatte seinen Platz. Seinen Namen. Nicht jede Klasse kam alle fünf Jahre zu mir aufs Schloss; manchmal hatte ich auch zwei Smaragde hier, oder eine andere der höher erlesenen Sorten doppelte sich. Es war wie ein Projekt, ein Strategieplan, in den ich all meine Sorgfalt steckte. In den frühen Morgenstunden noch hatte ich den Duft der diesjährigen Blutproben eingesogen und mir vorgestellt, wie die Frauen sein könnten, denen es gehörte. Besonders das Blut des Rubins hatte es mir angetan und nun sagte mir dieser Ghul, dass ausgerechnet dies dem nichtsnutzigen Burschen gehörte? Es gab keine intelligente, schöne Frau, in dessen Adern dieses seltene Elixier floss, sondern nur diesen Jungen?

»Bringt ihn in sein Zimmer, solange ich nicht weiß, was ich mit ihm machen soll«, orderte ich an. Resigniert. Jetzt, da die Wut langsam verklang, spürte ich nur bittere Enttäuschung. »Gebt ihm etwas zu essen.«

Die vermummte Gestalt verbeugte sich und eilte dann hinkend an mir vorbei zur Tür. Als diese dumpf ins Schloss fiel, stand ich immer noch regungslos da und starrte auf das zerbrochene Glas und die dunkelroten Tropfen auf dem steinernen Boden. Der süße Duft lockte mich, schien den ganzen Raum auszufüllen.

Nach einer langen Schlafperiode reagierten meine Sinne auf diese rote Flüssigkeit immer besonders empfindlich. Meine Fangzähne bohrten sich bereits schmerzlich durch mein Zahnfleisch, wollten sich ausfahren, doch ich unterdrückte den Drang. Ich würde nicht wie ein Tier am

Boden hocken und das Blut von den Steinen lecken. Nein, ich hatte fünf Nächte vor mir, in denen ich meinen Durst auf angemessene Art und Weise stillen konnte. Ein Luxus, den ich mir nur alle fünf Jahre gönnte. Da ich die vergangenen vier Jahre zum größten Teil schlafend verbracht hatte, erinnerte ich mich an die letzte Auslese, als wäre sie erst gestern gewesen.

Penelope. So hieß meine letzte Braut ... Ich hatte nie viel Hoffnung in sie gesteckt, trotzdem verstarb sie schneller, als ich zuvor angenommen hatte. Ich kniff die Augen zusammen und ballte die Fäuste. Jetzt war nicht der Moment, um in Erinnerungen zu schwelgen. Ich hatte mir fünf neue Frauen ausgesucht. Hatte eine neue Chance. Das war das Positive an der Ewigkeit: Auf jedes Scheitern folgte ein neuer Versuch. Der einzige Feind war die Hoffnungslosigkeit, die bei jedem Fehlversuch wuchs und einen von innen heraus auffraß.

Ich öffnete die Augen und beinahe wäre mir erneut ein Lachen über die Lippen gekommen. Wie poetisch verzweifelt meine Gedanken heute waren. Als würde es alle fünf Jahre schlimmer mit mir werden. Irgendwann würde ich mich vermutlich nicht einmal mehr im Spiegel erkennen, auch wenn mein Spiegelbild jedes Jahr dasselbe war.

Ohne den Scherbenhaufen am Boden zu beseitigen, verließ ich das Turmzimmer und stieg die Treppen hinab zu meinem Gemach. Es war Zeit, sich erfreulicheren Dingen zu widmen, die die Nacht für mich bereithielt. Auf noch mehr ungeplante Überraschungen konnte ich verzichten, weshalb ich hoffte, dass zumindest der Rest der Nacht genauso ablief, wie ich es mir ausmalte. Ich hatte die Regeln für den fünftägigen Aufenthalt der Schattengeküssten schließlich klar formuliert. Auch wenn ich statt fünf Jungfrauen nun lediglich vier hatte ...

Verdammt, ich merkte, meine Laune würde heute nicht mehr besser werden. Hoffentlich könnte mich der Obsidian für ein paar Stunden auf andere Gedanken bringen. Ich wusste nicht, welche der vier Frauen am Esstisch das Blut des Obsidians in sich trug, aber ihr Äußeres war für mich ohnehin nur zweitranging. Schön waren sie auf ihre Weise immer. Auf den ersten Blick – in den ersten zwei Tagen – erschienen sie mir oft austauschbar. Das war eines der Probleme der Ewigkeit: irgendwann wurden einzelne Menschenleben bedeutungslos. Je länger ich lebte, desto schwieriger wurde es für mich, in den fünf Frauen etwas Besonderes zu sehen. In ihnen etwas zu finden, das mich interessierte und anzog. Etwas, was über den Geschmack ihres Blutes und der Schönheit ihrer Körper hinausging.

Ich stieg in die volle Badewanne mit warmem Wasser und Rosenblättern, die für mich vorbereitet worden war. Die Wärme des Bads würde meinem Körper eine etwas menschlichere Temperatur verleihen – zumindest für ein, zwei Stunden. Danach würde *ihr* warmes Blut durch meine Adern fließen und die restliche Kälte aus meinen Gliedern vertreiben.

Ich versuchte mich zu entspannen und eine gewisse Vorfreude zu entwickeln. Es gab Zeiten, da hatte ich monatelang auf die Auserwählten hingefiebert. Das

Zusammenliegen mit einer Frau ersehnt – auch unabhängig von dem Stillen meines Durstes. Ich hatte mich in diesen Nächten, in denen sie bei mir lagen, weniger allein gefühlt. Hatte es genossen, sie kennenzulernen, mit ihnen zu reden und ihre Eigenheiten zu erfahren. Sie gaben mir das Gefühl, ein Teil des Lebens da draußen zu sein, von dem ich mich selbst abgeschottet hatte.

Manchmal – wenn die Gesellschaft einer Frau besonders angenehm war – vergaß ich für den Moment sogar, was ich war und was ich getan hatte.

Jetzt gerade wusste ich nicht, ob ich diesen Zustand jemals wieder erreichen würde. Mit jedem Jahr, das verstrich, wurde das Abkommen sinnloser. Wieso führte ich es noch fort? Heute hatte ich darauf keine Antwort. Aber nun waren die Mädchen hier und ich würde sie in Empfang nehmen.

Als ich aus der Wanne stieg, verzichtete ich darauf, mich anzukleiden. Stattdessen stellte ich einen silbernen Kelch auf den kleinen Tisch neben dem Bett und strich mit den Fingerspitzen über die Schneide des Dolches, den ich bereitgelegt hatte. Ein Accessoire, das ich nicht brauchte, aber das ich doch hin und wieder gerne einsetzte, einfach, weil es zur Ästhetik der Situation beitrug. Danach stellte ich mich ans Fenster und sah hinaus in die rabenschwarze Nacht.

Der Mond war von dunklen Wolken verhüllt, sodass er kein Licht spendete. Es war absolut still in der Burg. Wenn ich mich konzentrierte, konnte ich draußen das Heulen des

Windes hören und das Rufen einer Eule. Hier im Zimmer knisterten die Flammen mehrerer Kerzen.

Ich hörte ihre Schritte auf dem Gang, noch bevor sie an meiner Tür klopfte. Zaghaft und doch laut.

»Herein«, bat ich, ohne mich umzudrehen.

»Quentin hat gesagt, ich wäre ... Oh.« Das war der Moment, in dem sie mich vermutlich nackt sah.

Ich grinste in mich hinein, senkte ein wenig das Kinn und drehte mich zu ihr um.

Die Rothaarige mit dem leicht abwesenden Gesichtsausdruck also. Interessant. Sie trug noch immer dasselbe Kleid wie heute beim Abendessen. Ihre roten gewellten Haare waren kunstvoll hochgesteckt. Schmuck zierte ihre Ohrläppchen und ihr Dekolleté. Ein üppiges Dekolleté. Von den diesjährigen Auserwählten das best gefüllteste, das war mir schon beim Essen aufgefallen.

»Komm rein und schließe die Tür hinter dir«, wies ich sie sanft an, da sie im Türrahmen vor Überraschung erstarrt war.

Sie folgte meiner Aufforderung und versuchte sich dann an einem schüchternen Lächeln. Doch ich durchschaute sofort, dass es nicht echt war. Dieses Mädchen war nicht schüchtern, stellte ich fest. Wäre sie es, hätte sie errötend die Augen niedergeschlagen und meinen Anblick gemieden. Sie hingegen errötete nicht, sondern sah fast neugierig immer wieder flüchtig meinen Körper hinunter.

Interessant.

»Wie heißt du, meine Schöne?«, fragte ich sie und deutete mit einer Handgeste auf das Bett zu meiner Rechten.

»Dalia, Mylord«, antwortete sie und machte einen Knicks, bevor sie auf das Bett zusteuerte. Sie wirkte selbstbewusst, überrascht vielleicht, aber keinesfalls verängstigt.

»Dalia«, wiederholte ich murmelnd. *Mal sehen, wie viele Jahrzehnte mir dieser Name im Kopf bleiben wird.* Ich setzte mich neben sie auf die Bettkante, nahm ihre Hand und führte sie zu meinen Lippen. Der erste Hautkontakt war immer einer der intensivsten. Ich spürte dabei mehr als ihre Haut an meiner – ich fühlte ihren Puls, spürte das Pochen, das von ihr ausging, roch ihren Duft. Das alles regte unweigerlich meinen Durst an – und meine Lust. Diese beiden Gelüste gingen oft Hand in Hand. Natürlich könnte man das eine auch ohne das andere genießen, aber wozu, wenn es doch im Zusammenspiel so viel mehr Spaß machte?

»Verzeih, dass ich heute bei Tisch so früh gegangen bin«, entschuldigte ich mich. Bemühte mich zumindest ein klein wenig, um eine Konversation, auch wenn ich mir innerlich schon ausmalte, wie es sein würde, sie gleich zu nehmen. Für ein langes Theaterspiel fehlten mir heute die Nerven.

Sie lächelte zaghaft. »Ihr müsst Euch für nichts entschuldigen, Mylord. Ich hoffe, Ihr habt diesen Knaben gerecht bestraft.«

Nun, *noch* hatte ich ihn gar nicht bestraft und ihm sogar etwas Essen bringen lassen. Doch mir war jetzt nicht danach, über ihn zu reden. Ich wollte viel lieber über sie reden. Oder das Reden gleich überspringen.

»Bist du schüchtern, Dalia?«, fragte ich und sah ihr forschend in die Augen. Sie waren von einem dunklen Blau und gaben einen interessanten Kontrast zu ihren orangeroten Haaren. Vor wenigen Jahrzehnten noch hätte man sie allein dafür als Hexe betitelt.

»Nein, Mylord«, antwortete sie und befeuchtete ihre Lippen. Ob beabsichtigt oder beiläufig, konnte ich nicht sagen. »Es ist mir eine Ehre, Euch kennenzulernen, und ich muss sagen …« Nun errötete sie doch kurz, als sie den Blick senkte. »Ihr seid schöner, als ich es mir in meinen Träumen zu wagen vorstellte.«

Oh verdammt … Nicht ihre Schmeicheleien, aber ihr Erröten jagte wie ein Funke durch mich hindurch. Mein Blick heftete sich auf ihre Halsschlagader, die bei ihren Worten schneller zu pochen begonnen hatte. Schlug ihr Herz so heftig, weil sie log oder weil sie die Wahrheit sagte?

Dass ich auf die meisten Menschen attraktiv wirkte, war mir nicht neu, aber viele von ihnen legten doch eine gewisse Vorsicht an den Tag, wenn sie mir gegenüberstanden. Als würde ihr Körper sie intuitiv von der Gefahr warnen, die von mir ausging.

Dieses unschuldige, naive Ding hatte ja keine Ahnung, was sie gleich erwarten würde. Welche Schatten in mir kämpften. Sie war vielleicht bereit, mir ihre Unschuld zu schenken – das sah ich daran, wie offen zugewandt sie mir saß, obwohl ich vollkommen nackt war, aber wie würde sie reagieren, wenn sie merkte, welch bestialisches Monster in mir wohnte?

Am liebsten würde ich ohne lange zu zögern, meine Fangzähne in ihre zarte Porzellanhaut bohren und ihren weichen, weiblichen Körper mit meinem erobern. Der Bestie in mir freien Lauf lassen. In den ersten Tagen mit den Auserwählten gab ich mir wenig Mühe mit einem Vorspiel – zu ausgehungert war ich nach dem jahrelangen Tiefschlaf. Aus diesem Grund waren die ersten Nächte auch den weniger erlesenen Blutklassen gewidmet. Die Klasse des Obsidians war nahezu gewöhnlich. Das vielversprechendste Blut bewahrte ich mir bis zum Schluss auf ... Nur dass es diesmal in einem männlichen Körper floss ... Verdammt, ich dachte schon wieder an diesen lausigen Burschen. Dass er hier war, war mir ein Dorn im Auge.

»Wie wäre es, wenn du dich etwas freimachst, meine Schöne, und ich schenke uns solange von dem Wein ein?«, versuchte ich mich selbst auf andere Gedanken zu bringen. Ich erhob mich vom Bett, nahm den Kelch in die Hand und drehte ihr den Rücken zu. Statt Wein füllte ich den Becher allerdings mit meinem eigenen Blut. Ich biss mir ins Handgelenk und ließ es hineintropfen. Es floss allerdings nur langsam, war dunkel und zäh. Nicht das frischeste, das tat mir für die Rothaarige jetzt schon leid. Zu meinem Erwachen vor einer Woche hatte ich mir den erstbesten Menschen geschnappt, der sich in die Nähe des Schattenwaldes verirrt hatte. Quentins Blut hatte mir geholfen, wieder zu Kräften zu kommen und die Starre des Schlafes aus meinen Gliedern zu vertreiben. Doch seit diesem ersten Tag hatte ich kein anderes menschliches Blut mehr zu mir genommen – abgesehen von der Verkostung der Blutproben, die meine Ghule mir gebracht hatten. Das Nippen daran kam jedoch dem gleich, was ein Verdurstender empfinden musste, wenn er seine Zunge in einen sprudelnden Bach streckte, unfähig einen Schluck daraus zu nehmen.

Ich leckte mir über die Bisswunde an meinem Handgelenk, damit der Heilungsprozess schneller einsetzte, dann drehte ich mich mit dem halb gefüllten Kelch wieder zu meiner Auserwählten um.

Sie war meiner Bitte gefolgt und hatte sich dem Kleid entledigt. Der Stoff lag zu ihren Füßen und mein Blick glitt an ihrem nackten, wohlgeformten Körper hoch und runter. Sie bedeckte sich nicht mit den Händen, sondern ließ mir freie Sicht auf alles.

Sie war eine gute Wahl für die erste Nacht. Unkompliziert.

Ich kam auf sie zu und reichte ihr den Kelch. »Trink das«, flüsterte ich und strich ihr mit einer Hand eine Haarsträhne hinters Ohr. Sie zuckte nicht zusammen, was ich als gutes Zeichen wertete. Normalerweise hatte ich auch meinen Spaß daran, wenn sie vor Angst zitterten, doch heute brauchte ich es einfach. Ohne viel Drama.

Während sie an meinem Blut nippte, öffnete ich ihre Hochsteckfrisur und ihre rote Mähne ergoss sich in sanften Wellen bis zu ihrem prallen Busen.

Der Inbegriff weiblicher Schönheit.

Auch mein Glied stimmte dem zu, denn ich spürte erste Regungen in meinen Lenden. Alles, was mein untoter Körper an Wärme und Blut bündeln konnte, sammelte sich in meinen unteren Regionen.

Dalia setzte den Kelch kurz ab, runzelte die Stirn und rümpfte ihre kleine Nase. »Was ist das für ein Wein?«

»Ein sehr teurer«, erwiderte ich und streichelte mit meinen Fingerspitzen über ihre Rundungen. Ihre Nippel richteten sich auf und in mir keimte das Verlangen, diese rosigen Knospen in den Mund zu nehmen, an ihnen zu saugen, bevor ich zärtlich in sie hineinbiss ... Instinktiv fuhr meine Zunge über meine ausgefahrenen Fangzähne.

Ich wartete, bis meine Auserwählte den Kelch leergetrunken hatte und sinken ließ, dann hob ich ihr Kinn an, damit sie mir in die Augen sah.

»Du wirst nicht um Hilfe schreien, wenn ich meine Zähne in dir versenke. Du wirst es als normalen Akt beim Liebesspiel ansehen. Du wirst niemandem je davon erzählen, was heute Nacht passiert, und du weißt auch nicht, woher deine Wunden stammen, wenn dich jemand danach fragen sollte«, raunte ich ihr zu. Solange mein Blut durch sie hindurchströmte, könnte ich ihr beinahe alles erzählen und sie würde gehorchen. »Sobald du diese Burgmauern verlässt, wirst du dich an nichts mehr erinnern, was hier vorgefallen ist.«

Die rothaarige Schönheit blinzelte und ihre dunkelblauen Augen wurden eine Spur matter, als hätte ein feiner Schleier sie überzogen. Sie nickte und diese kleine Geste des Gehorsams reichte, um meine inneren Schatten zu entfesseln. Die Sicherheitsvorkehrungen waren getroffen. Das Monster in mir sprengte die Ketten. Gierig nahm ich ihren Mund in Besitz, erforschte ihn mit meiner Zunge, biss ihr sanft in die Lippe, glitt dann an ihrem Hals hinunter bis zur Brust, die ich wie zuvor in meiner Vorstellung liebkoste, während ich die andere mit meiner Hand knetete.

Meine Erregung drängte mittlerweile gegen ihren Bauch. Ihre Hände schlangen sich haltsuchend um meinen Nacken, während sie leise stöhnte.

Ich biss etwas fester zu, bis ich ihr warmes süßes Blut an meinen Lippen spürte. Es benebelte meine Sinne, riss mich in einen Strudel, bis ich nicht mehr wusste, wo oben und unten war. Irgendwie landeten wir schließlich auf dem Bett, denn ich weiß nur noch, dass ich mich im nächsten Moment auf ihr befand und mich gegen ihre Mitte drängte. Ich konnte nicht länger warten. Zu lange schon war kein weiblicher, warmer Körper unter mir gewesen.

Ein Knurren löste sich aus meiner Kehle, bevor ich mit einem kräftigen Stoß in sie eindrang.

Sie schrie nicht auf, sondern japste bloß nach Luft.

Erschöpft war sie eingeschlafen, kurz nachdem ich meine Lust in ihr entleert hatte. Ich begutachtete noch einige Minuten mein Werk. Das Licht der Kerzenflammen tanzte über ihren schweißnassen Körper, der von zahlreichen Bisswunden übersät war. Die meisten davon hatte ich mit meinem Speichel schnell geschlossen, sodass sie nicht ausblutete. Dennoch würde sie anschließend noch verarztet werden müssen.

Mein Blick blieb ein wenig zu lange an den weißen Laken hängen. Teilweise waren sie von Blut befleckt, doch mein Augenmerk lag auf dem untersten Laken, mittig auf Höhe ihres Schoßes. Die Auserwählte lag nun etwas seitlich zusammengerollt, sodass die Stelle, an der ich zum ersten Mal in sie eingedrungen war, frei lag. Ich sah keine Blutspuren, die auf eine Entjungferung hindeuteten. Auch zwischen ihren Beinen hatte ich kein Blut bemerkt.

Sollte mir das zu denken geben? Je länger ich mir den Kopf darüber zermarterte, desto mehr steigerte ich mich in die irrsinnige Vorstellung hinein, dass meine Auserwählte vielleicht gar keine Jungfrau mehr gewesen war. Doch das war unmöglich, oder? Ich dachte zurück, schob den Schleier der Lust von meinen Erinnerungen und stellte fest, dass ich beim Eindringen kaum Widerstand gespürt hatte. Sie hatte nicht schmerzlich zusammengezuckt oder mich aufhalten wollen. Nein, sie schien unseren wilden Akt fast genauso genossen zu haben wie ich.

Mit zwei Fingern rieb ich mir den Nasenrücken und versuchte meine Stirn zu entspannen, die sich in tiefe Falten gelegt hatte.

Nein, das Verhalten des Burschen musste mich paranoid gestimmt haben. Niemand sonst in Dawncliff würde es wagen, das Abkommen zu entehren, indem er oder sie die Auslese manipulierte. Niemand sonst würde es wagen, den Lord zu hintergehen. Oder? Hatte ich durch die langen

Schlafperioden und den andauernden Frieden meine Macht über die Bewohner Dawncliffs verloren?

Vielleicht hatte das eine Mädchen vom Esstisch recht und es kursierten nur noch Schauergeschichten im Dorf, die man seinen Kindern erzählte, als wären sie Märchen. Vielleicht hatte ich mich so lange zurückgezogen, dass man vergessen hatte, wieso dieses Abkommen einst geschaffen worden war.

Ich stand vom Bett auf und kleidete mich an. Etwas frische Luft würde mir mit Sicherheit guttun.

Die leeren Gänge der Burg wirkten heimisch und vertraut, dennoch spürte ich kaum noch einen Bezug zu ihnen, zu oft hatte ich sie durchquert, zu lange war es her, dass diese Burg wirklich ein Zuhause gewesen war.

Ich verirrte mich nicht in Erinnerungen, hatte sie schon vor Ewigkeiten in mir verschüttet, sondern nahm den kürzesten Weg in den Nordflügel, um in den Garten zu gelangen. Die Ruhe der Nacht machte die Welt für ein paar Stunden zu einem nahezu friedlichen Ort. Ich wusste nicht, wann ich zum letzten Mal die Sonne gesehen hatte. Seit meinem Tod mied ich sie, da sie mich schwächte. Am Anfang hatte sie mir noch gefehlt. Heute fehlte sie mir nicht.

Ich sah nach oben in den Nachthimmel. Der beinahe volle Mond schälte sich gerade aus dunklen Wolken, als würde er erwachen. Ein lauer Wind ließ die Blätter in den

Baumkronen rascheln, über meine Haut fuhr er kaum merklich.

Plötzlich hörte ich etwas, was hier nicht hingehörte.

Ein leises planschendes Geräusch zerriss die Idylle der Nacht. Irgendwer war hier in meinem Garten!

Meine Nackenhaare stellten sich auf und ein Knurren lag in meiner Brust, als ich zielstrebig über die Pfade Richtung Teich marschierte. Vielleicht hatte sich nur eine Ente oder ein Frosch hinein verirrt, doch eigentlich gab es kaum Kleintiere, die von den Ghulen verschont blieben. Kein Lebewesen war nachts vor ihnen sicher, weshalb sich auf und um das Burggelände auch keine Tiere hin verirrten. Und wenn sie sich hierhin verirrten, blieben sie nicht lange am Leben.

Sobald der Teich in Sichtweite war, zerplatzte meine Theorie. Von wegen Ente. Hier im Mondschein badete definitiv ein Mensch. Dabei hatte ich jedem auf dieser Burg strengstens verboten, nach Sonnenuntergang noch hinauszugehen.

Meine Schritte wurden langsamer und somit auch leiser. Ich schlich mich an die badende Person gemächlich heran wie ein Raubtier auf seiner Jagd, bis ich ihre Silhouette ausmachen konnte. Der blasse nackte Rücken, der sich von der Dunkelheit abhob, war zwar nicht sonderlich breit, aber er verlief zu V-förmig, um einer Frau zu gehören. Quentin schlief zu dieser Nachtzeit tief und fest im Nebengebäude an den Stallungen, genauso wie der junge Stallknecht Tommen. Da die beiden mit meinem Blut manipuliert waren, würde niemand von ihnen meine Regeln missachten. Blieb also nur einer meiner Gäste, dem dieser männliche Rücken gehören konnte.

»Liegt es in deiner Natur, Regeln zu brechen?«, fragte ich in die Stille hinein.

Der blonde Junge fuhr so panisch herum, dass es mich nicht gewundert hätte, wenn er wie ein Weibsbild aufgeschrien hätte.

Ich blieb am Ufer stehen, ein paar Schritte von ihm entfernt, verschränkte die Arme vor der Brust und starrte dem Jungen unverhohlen entgegen. Selbst für menschliche Augen war das Mondlicht nun hell genug, um seinen blassen Körper zu erleuchten. Er trug nur eine dünne Stoffhose am Körper, die vom Wasser so getränkt war, dass sie wie eine zweite Haut an ihm klebte.

»Jeder von euch hat ein eigenes Bad mit einer Wanne«, erklärte ich ihm überflüssigerweise.

Der Rubin erholte sich von seinem Schreck und Bewegung kam in seinen Körper. Er eilte aus dem Gewässer, das ihm bis zum Oberschenkel reichte, stolperte dabei beinahe über seine eigenen Füße und stotterte eine Entschuldigung. »Verzeiht. Ich bade lieber in offenen Gewässern als in einem engen Behältnis. Da fühle ich mich so ...« Er schluckte. »Eingeengt.« Er bückte sich und klaubte am Ufer – nur zwei Armlängen von mir entfernt – seine Gewänder aus dem Gras. Wenigstens schien er mittlerweile etwas Vernünftiges zum Anziehen gefunden zu haben, auch wenn das in seinen Armen nur wie die schlichte Bekleidung eines Bediensteten aussah. Vielleicht hatte Quentin sie ihm gegeben.

Zum Teufel, ich musste mir langsam überlegen, ob ich den Anblick dieses Knaben die nächsten Tage ertragen wollte. Vielleicht hätte ich ihn doch heute Abend direkt fortjagen sollen. Was brachte es mir, wenn kostbares Rubin-Blut in ihm floss, er aber ein *Mann* war?

Natürlich könnte ich auch versuchen, einen brüderlichen Gefährten zu erschaffen, doch die Chancen waren halbiert, wenn mir nur der Austausch über unser Blut blieb und ... obwohl die Jahrzehnte mich Besseres gelehrt haben sollten, so wollte ein Teil von mir noch nicht von der aberwitzigen romantischen Vorstellung abweichen, meine Ewigkeit mit einer Frau zu verbringen. Eine, die nicht nur Freundschaft mit mir teilte, sondern auch das Bett. Eine Gemahlin an meiner Seite, deren Schönheit mich vergessen ließ, wie trist die Nacht sein konnte. Nach all den Jahrzehnten war ich offenbar immer noch ein Narr – genauso wie mein Bruder mich immer genannt hatte.

Meine Stimmung verdunkelte sich und ich ballte die Fäuste, bis meine Fingerknochen knackten. Selbst als skrupelloses Monster mit Blut an den Händen jagte ich dem Aberglauben nach, dass Liebe alles andere aufzuwiegen vermochte. Jeder Mensch suchte danach – und ich hatte offenbar auch als Bestie nicht damit aufgehört. Vielleicht, weil Sarina mir in meiner schwächsten Zeit diese Flausen in den Kopf gesetzt hatte und ich ihre Worte aufgesogen hatte, als wären sie mein Lebenselixier. *Verfluchte Sarina. Hättest du mich bloß niemals geweckt!*

Ich schüttelte die Gedanken an meine Vergangenheit ab und konzentrierte mich wieder auf das Hier und Jetzt. Der

Rubin hatte sich mittlerweile angezogen. Seine sonst blonden Locken hingen ihm nass in die Stirn. Wirkten beinahe so dunkel wie mein eigenes Haar.

»Du hast aber schon zugehört, als ich euch die einzige Regel erläutert habe, die auf dieser Burg wichtig ist?«, fragte ich und ging einen Schritt auf ihn zu. Offenbar hatten meine Worte heute Abend keine Wirkung auf ihn gezeigt, wenn er sich so leichtfertig darüber hinwegsetzte. Bei Frauen war es leicht, sie einzuschüchtern und ihr Gehorsam zu ergattern. Bei Männern war es schwieriger ... ein weiterer Grund, weshalb es keinen Sinn hatte, diesen Jungen hierzubehalten. Ein Teil von mir wollte ihn nur zu gerne bestrafen, aber wenn ich es tat, dann würde ich es auf *meine* Weise tun.

Ich blieb vor ihm stehen, als uns nur noch eine Handbreit trennte. Sein Geruch stieg mir in die Nase und er hatte eine Note an sich, die mich unwillkürlich an den Geschmack seines Blutes erinnerte. Es war nur ein Tropfen gewesen. Dennoch hatte meine Zunge sein Aroma nicht vergessen. Obwohl ich nach heute Nacht schon gesättigt und der gröbste Durst der letzten fünf Jahre gestillt war, so spürte ich doch, wie ein dumpfer Schmerz durch mein Zahnfleisch ging, als meine Fangzähne sich ihren Weg nach draußen bohren wollten.

Die Vorstellung irgendwann von ihm zu trinken, wie ich gerade von Dalia getrunken hatte, war ... verführerisch.

»Wir dürfen bei Anbruch der Dunkelheit nicht mehr in die Gärten. Ich habe zugehört, Mylord. Es wird nicht wieder vorkommen«, erwiderte der Junge. Er zuckte vor mir nicht zurück und obwohl seine Stimme gepresst klang, versuchte er sich nicht anzumerken, dass er Angst vor mir hatte.

Aber die sollte er haben. Sobald ich der vollkommenen Überzeugung wäre, dass ich ihn nicht brauchte, würde die Bestie in mir keinen Grund mehr haben, ihm *nicht* die Kehle durchzubeißen. Ich könnte ganze Kelche mit seinem kostbaren Blut füllen. Ich könnte es in eine Wanne geben und darin baden. Gütiger Gott, die Vorstellung war so verlockend, dass mir der plötzliche Hunger heiß in den Adern pulsierte und meinen Verstand benebelte.

Dalias Blut war nicht genug gewesen. Vielleicht würde kein Blut der Welt je genug sein.

Ungewollt war ich noch näher an ihn herangetreten und sog die Nachtluft ein, die seinen Duft mit sich trug. Ich bildete mir sogar ein, seinen Puls zu hören. Seinen trommelnden Herzschlag. Ich öffnete die Augen und blinzelte zu ihm herunter. Er war nur wenige Zentimeter kleiner als ich, kaum merklich eigentlich. Aber da er ansonsten so dünn war, wirkte er zierlich. Wie ein Ast, den man mit zwei Fingern brechen könnte.

»Weißt du was?«, fragte ich leicht knurrend. »Mir macht es gar nichts aus, wenn du weiter des Nachts durch meine Gärten streifst. Wenn du krepierst, hat das für mich den Vorteil, dass dein Tod nicht länger in meiner Hand liegt. Die Entscheidung über den Fortgang deines Lebens nimmst du mir durch deine eigene Dummheit ab.« Ich sah ihm in die Augen, um seine Reaktion nicht zu verpassen. Doch da war noch nicht genug Angst oder Schrecken in ihnen. Ich atmete tief aus, bevor ich die nächsten Worte aussprach. »Wobei das schade wäre, nicht dabei zu sein, wenn dein Körper den letzten Atemzug macht.«

Wenn die Ghule ihn fraßen, wäre es eine echte Verschwendung.

Für einen Wimpernschlag entglitten ihm seine Gesichtszüge. Offenbar hatte ihn meine Unverfrorenheit kalt erwischt, doch dann fasste er sich schnell, blinzelte mich ausdruckslos an und reckte kaum merklich das Kinn. »Ich habe nicht vor, in den nächsten fünf Tagen meinen letzten Atemzug zu tun. Und falls dies doch der Fall sein sollte, dann bei dem Versuch, diesem bizarren Ort zu entkommen.«

Von seinen Worten überrascht, die ihm so leichtsinnig über die Lippen kamen, hob ich die Augenbrauen. Doch Goldlöckchen war noch nicht fertig. Er stellte sich auf die Zehenspitzen, um mich zu überragen, und kam mir so nah mit seinem Gesicht, dass seine Nase fast die meine berührte. War dieser Bursche denn völlig lebensmüde? Oder einfach nur unfassbar dumm?

»Und wisst Ihr was, *Eure Lordschaft?*«, er betonte den Titel so provokant, dass jeder andere Lord einen Jungen wie ihn sofort ausgepeitscht hätte. »Ich werde die anderen Auserwählten mit mir nehmen. Keines der Mädchen dort oben hat es verdient, die Nächte mit einem solch finsteren, zornigen Mann zu verbringen. In einem verwunschenen, ausgestorbenen Schloss, bewacht von Kreaturen, die kaum noch menschenähnlich sind, weil Ihr sie dermaßen gefoltert und gebrochen habt.«

Noch bevor seine Zunge das letzte Wort geformt hat, packte ich seine Kehle und hätte sie am liebsten mit meiner bloßen Hand zermalmt, doch ich hielt mich zurück und würgte ihn nur so leicht, dass er es überleben würde.

Trotzdem röchelte er und versuchte mit seinen Fingern verzweifelt die meinen von seinem Hals zu zerren. In den Augen ein panischer Todeskampf. Genau das hatte ich in ihnen sehen wollen. Zufrieden lockerte ich den Griff und der Bursche schnappte nach Luft.

»Ich habe noch nicht entschieden, was mit dir passiert. Mir also zu drohen, während du auf meiner Burg festsitzt, ist das Dümmste, was du tun kannst«, erklärte ich ihm, leise aber bestimmt. »Mir deine Pläne zu offenbaren, noch bevor du weißt, wie du sie umsetzen kannst, zeugt nicht von Mut, sondern von deinem beschränkten Verstand.«

Er hatte nicht den blassesten Schimmer, dass er sich damit gerade selbst ins Aus katapultiert hatte. Einen dämlichen Narren zu verwandeln, käme für mich niemals in Frage – egal ob Mann oder Frau.

9.

AARON

Als er mich losließ, stolperte ich automatisch einen Schritt zurück. Meine Kehle brannte, als stünde sie in Flammen. Mein Puls hämmerte so laut in meinen Schläfen, dass ich kaum denken konnte. Er hatte recht: meine Worte waren nicht mutig, sondern töricht gewesen.

Aber ich hatte Panik bekommen und der Impuls, mich nicht als Schwächling unterzuordnen, hatte mich so plötzlich überkommen, dass ich das Erstbeste gesagt hatte, was mir in den Sinn gekommen war, nur um ihm zu zeigen, dass ich mich nicht einschüchtern ließ.

»Geh, mein Interesse an dir ist erloschen. Wenn du deinen Tod weiterhin so leichtfertig suchst, wirst du fündig werden. Sei dir dessen bewusst. Aber wenn du es wagst, eine der anderen Schattengeküssten mit deinen törichten Ideen anzustecken, wird dein Tod grausam und lang. Das verspreche ich dir.«

»Es ... es tut mir leid«, würgte ich hervor, da ich begriff, dass ich hier nur noch herauskam, wenn ich meine Taktik um hundertachtzig Grad umkrempelte. Vermutlich war es schon zu spät. Es war ohnehin ein Wunder gewesen, dass der Lord mich am Leben ließ, als er von meinem

Täuschungsversuch mit Auras Blut erfahren hatte, aber dass er mich auch jetzt am Leben ließ - zumindest vorerst – war ein Glück, das ich nicht überstrapazieren sollte.

Ich entschuldigte mich ein weiteres Mal, auch wenn mir die Silben nur schwer über die Lippen kamen, und nahm dann die Beine in die Hand. Ich folgte seinem Wunsch, mich zu entfernen, und gab gleichzeitig dem Fluchtinstinkt nach, der schon seit mehreren Minuten an meinen Muskeln zerrte. So schnell ich konnte, lief ich barfuß über die Wiese und anschließend über den angelegten Pfad hoch zur Burg. Erst als ich wieder von den steinernen Mauern umschlossen war, drosselte ich das Tempo.

Der kurze Sprint tat meinem Körper gut. Keuchend stieß ich die Luft aus. Am liebsten wäre ich noch weiter gerannt, doch da das Gelände innerhalb der Burgmauern begrenzt war und ich heute nicht erneut eine Regel brechen wollte, musste ich zurück auf mein Zimmer. Zumindest in das Zimmer, in das die Wachen mich vorhin geworfen hatten.

Er hätte mich ohne Weiteres erwürgen können. Diese Feststellung lähmte mich fast. Niemand hätte den Lord dafür zur Rechenschaft gezogen. Vorsichtig betastete ich meine Kehle. Im Dorf ging vermutlich sowieso kaum jemand davon aus, dass ich lebendig zurückkehren würde, sobald sich herumspräche, was ich für Aura getan hatte. Ich bereute es nicht, das Blut ausgetauscht zu haben, und würde es auch nicht bereuen – nicht einmal in der Sekunde meines Todes. Dennoch wehrte sich etwas in mir dagegen, mich kampflos meinem Schicksal zu ergeben. Aura und Tess warteten auf mich, sie würden die Hoffnung nicht so schnell aufgeben, dass ich bald zu ihnen zurückkehrte. Ich hatte bereits zwei Konfrontationen mit dem Lord überstanden – was wäre, wenn ich auch noch die restlichen vier Nächte an diesem Ort überleben könnte? Wenn ich den Lord ab jetzt nicht mehr reizte und seine Regeln befolgte? Wenn er glaubte, dass er mich kontrollieren konnte und meine Worte am Teich nichts weiter waren als die Floskeln eines ängstlichen Jungen, der dachte, den Helden spielen zu müssen?

Vielleicht würde er mich am Ende zusammen mit drei der anderen Auserwählten gehen lassen.

Ich schälte mich aus den feuchten Kleidern, bis ich vollkommen nackt war, und stellte mich dann ans Fenster, um hinauszublicken. Mein Zimmer hatte die Sicht auf den hinteren Garten, genau dort, wo ich vor wenigen Minuten noch mit dem Lord gestanden hatte. Der Mond warf ein silbriges Licht über den Rasen und die Rosensträucher. Der kleine Teich war leider nicht zu sehen, da Bäume mir die Sicht versperrten.

Aber ich sah plötzlich eine dunkle Gestalt auf dem Weg hoch zur Burg. *Der Lord.* Er musste nach meinem Abgang noch eine Weile dort stehengeblieben sein oder einen Spaziergang gemacht haben und nun zurückkehren. Was er überhaupt da draußen im Garten gesucht hatte, als er mich beim Baden erwischte?

Ich spürte eine Wärme in meine Wangen steigen. Was für ein Pech ich hatte, ausgerechnet schon in der ersten Nacht dabei erwischt zu werden, eine weitere Regel zu brechen. Eigentlich hatte ich geglaubt, dass zu dieser späten Stunde jeder in der Burg tief und fest schliefe. Aber auch dieser voreilige Schluss war meiner eigenen Dummheit geschuldet. Schließlich hatte ich von dem Mittagsschlaf gewusst, den der Lord gehalten hatte. Es war also naheliegend, dass er nachts nicht so müde war wie wir anderen.

Ich entfernte mich vom Fenster und ließ mich stattdessen auf das Bett sinken. Obwohl es so bequem war wie nichts anderes, auf dem ich je gelegen hatte, fiel es mir schwer einzuschlafen. Meine Gedanken wirbelten umher wie Laubblätter in einem Sturm. So viel war heute passiert und dennoch hatte ich im Gefühl, dass dies alles erst der Anfang war. Vor meinen geschlossenen Lidern tanzten die Gesichter des Lords, der Auserwählten, die vermummten knurrenden Biester, bis sich schließlich das Gesicht meiner Schwester dazwischenschob und mir half, Frieden zu finden.

Hoffentlich ging es ihr gut.

»Mädchen, Sie liegen immer noch hier? Haben Sie die Glocke denn nicht gehört? Das Frühstück wartet nicht den ganzen Tag auf Sie!«

Eine fremde weibliche Stimme war es, die mich aus dem Schlaf riss.

Langsam hob ich die Augenlider. Es war hell, doch nicht so hell, dass mich die Sonnenstrahlen blendeten. Bei uns zuhause fiel früh morgens das Licht genau auf mein Bett, weshalb ich nie lange schlief. Hier musste die Sonne irgendwo auf der anderen Seite der Burg aufgegangen sein.

Der Gedanke an dieses Schloss sickerte durch die trübe Schläfrigkeit, die mein Gehirn noch tränkte. Nur langsam drang das volle Ausmaß meiner Lage wieder in mein Bewusstsein und ich wünschte, die fremde Stimme hätte mich nicht geweckt.

Moment einmal. Wer war in diesem Zimmer?

Ruckartig setzte ich mich auf und sah mich um. Zeitgleich erklang ein schriller Schrei.

Vor meinem Bett stand eine stämmige Frau mittleren Alters, die mich mit großen Augen und über dem Mund zusammengeschlagenen Händen ansah. »Wer ... wer sind Sie?«, stotterte sie, nachdem ihr Schrei verklungen war.

Unsicher zog ich mir die Bettdecke über die Brust, weil ich sie mit meiner Nacktheit nicht in Verlegenheit bringen wollte. »Ich bin Aaron«, antwortete ich hastig, auch wenn ihr mein Name vermutlich nicht weiterhalf.

»Ich ... ich dachte, hier wäre das Zimmer der fünften Auserwählten. Die vier Zimmer der anderen Ladys habe ich bereits aufgeräumt und ...« Ihre Stimme brach ab, als gingen ihr die Worte aus.

Langsam – und viel zu spät – wurde mir bewusst, dass ich gar nicht hier sein sollte, sondern beim Frühstück. Mit den anderen vier Auserwählten. Zumindest hatte der Lord gestern Abend nichts Gegensätzliches behauptet. Er hatte gemeint, ich säße hier vorerst fest, bis er entschied, was er mit mir tat. *Und vermutlich, wie er mich umbrachte.*

»Entschuldigung!«, rief ich und sprang vom Bett – die Decke um mich herumgewickelt. »Ich … ich gehe dann mal frühstücken.« Nur ungern wollte ich eine weitere Mahlzeit verpassen. Die Reste, die mir gestern aufs Zimmer gebracht wurden, waren kein Ersatz für ein richtiges Essen.

Mit einer Hand klaubte ich die Kleidung von gestern auf, mit der anderen hielt ich die Decke zusammen, und rannte ins angrenzende Bad, wo ich schnell in die Hose und das einfache Leinenhemd schlüpfte. Die Sachen waren mir etwas zu groß. Der Mann namens Quentin hatte sie mir gegeben, derselbe Mann, den ich auch schon vor den Stallungen panisch auf und ab gehen gesehen hatte. Er meinte vergangene Nacht zu mir, er würde heute Mittag in der Stadt noch andere Kleidung für mich besorgen, was ich als Zeichen wertete, dass ich länger hierbleiben würde und man mich vorerst weder köpfte, noch in die Zellen warf. Denn wer brauchte im Kerker schon frische Hemden? Allerdings war das vor meiner nächtlichen Unterhaltung mit dem Lord gewesen.

Als ich aus dem Bad trat, sah mich die Frau mit der weißen Schürze immer noch fassungslos an. Ich lächelte ihr zu und eilte dann hinaus. Eine Erklärung hierfür könnte ich ihr ohnehin nicht geben. Ich wusste selbst nicht, warum ich noch hier war. Das dürfte seine Lordschaft der Kammerdienerin selbst erklären – oder dieser Quentin würde es übernehmen.

Ich eilte hinunter in den Speisesaal, dessen Türen diesmal geschlossen waren. Als ich sie zögerlich aufzog, verstummte jegliches Gespräch, welches zuvor an der Tafel geführt worden war.

Vier Augenpaare richteten sich auf mich. Von dem Lord war keine Spur.

»Ich hoffe, ihr habt mir etwas übriggelassen«, durchbrach ich die Stille und näherte mich der langen Tafel. Ich versuchte mir nichts von meinem Unbehagen anmerken zu lassen, mit einer großen Klappe ließ sich so einiges überspielen. Und diese Frauen waren schließlich nicht der herrschsüchtige blasse Mann, bei dem ich mir in Zukunft lieber einmal zu oft auf die Zunge beißen sollte.

Es waren noch genügend freie Stühle am Tisch. Ich steuerte den Platz an, für den bereits gedeckt war und der sich neben der schwarzhaarigen Auserwählten befand.

»Das darf doch wohl nicht wahr sein«, murmelte die Blondine am anderen Ende der Tafel und schob ruckartig ihren Stuhl zurück. Sie stand auf und warf mir einen so vernichtenden Blick zu, dass ich unwillkürlich zurückwich.

Kopfschüttelnd stolzierte sie an mir vorbei zur Tür. Ohne ein weiteres Wort verließ sie den Speisesaal und ich hob verwundert die Augenbrauen. War sie jetzt wegen mir gegangen?

»Achte nicht auf sie. Carola scheint heute mit dem falschen Fuß aufgestanden zu sein«, meinte die Schwarzhaarige zu mir.

»Ich glaube, die ist immer so«, murmelte die Rothaarige, ohne den Blick zu heben und stocherte mit der Gabel auf ihrem halbleeren Teller herum.

Obwohl wir noch Sommer hatten, war sie gekleidet, als stünde der Winter vor der Tür. Sie trug ein langärmliges, hochgeschlossenes Kleid und sogar einen Seidenschal, der um ihren Hals gewickelt war. Sie wirkte blasser als gestern, aber vielleicht lag das auch an dem fehlenden wärmenden Kerzenschein oder dem dunklen Grau ihrer Kleider.

»Er hat dich also nicht in den Kerker gesperrt und auch nicht zurück ins Dorf geschickt?«, fragte die Schwarzhaarige neugierig, als ich mich neben sie setzte. In ihrer Stimme klang nicht nur Unglauben, sondern auch ein Hauch Erleichterung mit. Zumindest wenn ich es richtig deutete.

Ich zuckte mit den Achseln, während ich mich dranmachte, meinen Teller mit den Resten des Frühstücks zu bestücken. »Mal sehen, wie lange er mich hierbehält«, gab ich nüchtern zurück. Von unserem nächtlichen Aufeinandertreffen in den Gärten wollte ich lieber nicht erzählen. Zudem dieses Treffen für mich nicht sonderlich gut gelaufen war. Schon zum zweiten Mal hatte der Lord mich fast erwürgt. Es war schwer, seinen starken Griff um meine Kehle zu vergessen. Kaum dachte ich daran, war mir wieder so, als fühle ich seine Finger noch immer an meinem Hals.

Ich schüttele die Vorstellung ab und versuchte mich auf das Essen zu konzentrieren. Währenddessen entging mir nicht, dass die drei jungen Frauen mich unverhohlen musterten. Mir wäre es lieber, weniger Beachtung zu bekommen, auch wenn ich ihre Verwunderung verstehen konnte. Vermutlich hatte keine von ihnen nach gestern

Abend damit gerechnet, mich unversehrt wiederzusehen. Ich hatte nicht einmal selbst daran geglaubt.

»Der Lord speist nicht mit uns?«, fragte ich, um den Fokus von mir abzuwenden.

»Scheinbar nicht. Es war bereits alles angerichtet, als die Glocke ertönte und ich hinunterkam«, erzählte mir die Schwarzhaarige. Als ich sie anblickte, lächelte sie mir zu und streckte mir die Hand hin. Eine nicht gerade damenhafte Geste. Doch ich ließ mein gerade gegriffenes Stück Brot fallen und nahm ihre zierlichen Finger in meine.

»Bruna«, stellte sie sich vor.

Ich runzelte die Stirn, da ihr Name ein paar vage Erinnerungen weckte. »Die Tochter des Waffenschmieds?«, hakte ich nach.

Ihre braunen Augen weiteten sich, dann nickte sie. »Und du bist?«

»Aaron.«

»Moment ... Tessas Verlobter?« Ihre Brauen schossen in die Höhe.

Also täuschte mich mein Gedächtnis nicht. Meine Versprochene war flüchtig mit der Tochter des Waffenschmieds befreundet – das hatte ich beiläufig in einem unserer Gespräche aufgeschnappt. Tessa redete furchtbar viel. Zu meiner Schande merkte ich mir nur knapp die Hälfte, weil ich oft irgendwann abschaltete und an andere Dinge dachte.

»Ihr kennt euch?«, fragte das braunhaarige Mädchen gegenüber von uns.

»Nicht persönlich«, erwiderte ich. »Aber wir haben gemeinsame Bekannte.« *Okay, Bekannte ist vermutlich nicht das treffende Wort für meine Zukünftige.* Wahrscheinlich warf mir Bruna deshalb einen komischen Seitenblick zu.

»Das sind übrigens Estelle und Dalia«, stellte Bruna die beiden vor. »Und die, die gerade aus dem Zimmer gestürmt ist, ist Carola.«

Ich nickte den Mädchen zu, wobei Dalia mich nicht länger als eine Sekunde betrachtete. Sie war die Älteste der vier Frauen. Überraschend eigentlich, dass sie noch unverheiratet war. Objektiv gesehen war sie recht schön, das kupferfarbene wellige Haar hatte etwas Exotisches und ihr Gesicht etwas Anmutiges, Verträumtes. – Doch sie schien offensichtlich nicht daran interessiert, neue Freundschaften zu knüpfen.

Ich war auch nicht hier, um Freundinnen zu gewinnen, aber an einem Ort wie diesem schadeten ein paar Verbündete nicht. Keiner von uns konnte voraussagen, was die nächsten Tage und Nächte für uns bereithielten, ob sie einem von uns ein Happy End versprachen. Für mich wirkte diese Brautschau noch immer wie eine Inszenierung. Doch auf was hatte der Lord es in Wahrheit abgesehen? Außer auf die Unschuld der anwesenden Frauen?

Ob er in der ersten Nacht schon mit einer von ihnen das Bett geteilt hatte? Im Grunde ging mich das nichts an, aber ich erinnerte mich noch an die Worte des Lords, als ich ihn vor Sonnenuntergang in seinem Schlafgemach überrascht hatte. *»Sorg dafür, dass der Obsidian bereit für die Nacht ist.«*

Auch Quentin hatte ich am Tag meiner Ankunft davon reden hören, dass das erste Zimmer dem Obsidian gehörte. Doch wieso sollte man uns Auserwählte nicht beim Namen ansprechen, sondern nach Gesteinen? Oder Edelsteinen. *»Rubin, mitkommen«*, hatten die Lakaien des Lords gefordert, als sie bei uns vor der Haustür standen. In meinem Kopf ratterte es.

»Wurdet ihr alle einem Edelstein zugeordnet?«, sprach ich meine Frage laut aus. Da ich am vergangenen Tag nicht dabei war, als sie von Quentin begrüßt wurden, hatte ich vielleicht ein paar essentielle Informationen verpasst.

Bruna sah mich nachdenklich an. Die drei Auserwählten hatten schon längst zu Ende gespeist, doch ich empfand es als tröstlich, dass sie mir alle – nun ja, fast alle – Gesellschaft leisteten.

»Jetzt, da du es sagst ...« Bruna blickte Estelle an. »Quentin hat bei der Zimmeraufteilung so etwas erwähnt, nicht wahr?«

Estelle nickte zaghaft. »Mein Zimmer ist das des Topas.«

»Meins des Smaragds.«

»Und wer ist der Obsidian?«, fragte ich.

Dalia blickte auf, sah mich direkt an und lehnte sich im Stuhl zurück. »Ich.«

Mein Puls beschleunigte sich, während ich ihr in die blauen Augen sah. Also hatte *sie* die erste Nacht beim Lord verbracht? War sie deshalb so blass und wortkarg? Hatte er ihr wehgetan? Nun sah ich die langen Stoffschichten, die jeden Zentimeter ihres Körpers bedeckten, mit anderen Augen. Vielleicht versteckte sie blaue Flecken darunter. Ich ballte die Hände zu Fäusten und mir verging der Appetit.

Ich wollte die rothaarige junge Frau nicht mit Fragen löchern, deshalb beschloss ich, lieber nichts mehr zu sagen. Vielleicht wollte sie nicht darüber reden – oder sie hatte es schon getan, bevor ich dazu gestoßen bin. Ich war vermutlich der Letzte, dem sie von der vergangenen Nacht berichten wollte.

Daher nickte ich nur und legte Messer und Gabel beiseite. Ich würde wann anders eines der Mädchen fragen, ob Dalia etwas von ihrer ersten Nacht erzählt hatte.

10.

BRUNA

Ich folgte dem blonden jungen Knaben die Treppe hinauf. Die einfache Kleidung, die er trug, war ihm zu weit und ließ ihn noch schlanker wirken. Trotzdem war durch seine Körpergröße und athletische Statur, an seinem kantigen offenen Gesicht und den blonden weichen Locken zu erkennen, dass er ein hübscher Fang war. Nicht für jeden Geschmack etwas, aber ich erinnerte mich noch gut, wie Tessa vor ein paar Monaten von ihrem Versprochenen geschwärmt hatte. Sie zählte nicht zu meinen engsten Freundinnen, im Prinzip hatte ich kaum weibliche Freunde, weil ich schon als Kind lieber mit den Nachbarsjungen im Schlamm spielte, auf Bäume kletterte oder von meinem Vater Waffen borgte, die er in seiner Werkstatt anfertigte. Mit schönen Kleidern und Schwärmereien über Jungs hatte man mich noch nie locken können. Auch wenn meine Mutter – *Stief*mutter – es stets versucht hatte.

»Was hast du jetzt vor? Wirst du die restlichen vier Tage einfach hierbleiben?«, fragte ich Aaron. Ich folgte ihm sogar bis in sein Schlafgemach, was sich für eine unverheiratete

Frau in meinem Alter nicht gehörte. Schon gar nicht, wenn ich allein mit ihm war.

Er drehte sich zu mir um. In seinem Gesicht konnte ich erkennen, dass er leicht verblüfft von mir war. »Wenn der Lord Wort hält, und er vier der Auserwählten nach fünf Nächten gehenlässt, wie es im Abkommen steht, ist das meine sicherste Chance, um meine Familie wiederzusehen, oder?«, fragte er mich.

Die Art und Weise, wie er »Wenn der Lord Wort hält« betonte, gefiel mir nicht. »Hat er gestern noch irgendetwas zu dir gesagt, als er dich fortschickte? Hat er dir keine Strafe für dein Vergehen erteilt?«

Er ließ sich aufs Bett nieder und sah sich im Zimmer um, als suche er nach etwas. Oder als würde er den Raum zum ersten Mal bei Tageslicht betrachten. »Er hat mir prophezeit, dass ich sterben werde, wenn ich mich nicht an die Regeln halte«, murmelte er geistesabwesend.

Ich schluckte hart. »An dieselben Regeln, an die wir uns halten müssen?«

Er sah mich an. »So viele gibt es bisher nicht, oder?«

Nein, so viele gab es bisher nicht. Wir durften nicht fliehen. Nachts nicht in die Gärten gehen. Und wir mussten dem Lord Gesellschaft leisten, wenn er es verlangte.

Es war mir ein Rätsel, wieso Aaron hier bei uns bleiben durfte. Er mit uns speisen durfte. Ich wollte mich nicht beschweren – dieser blonde Bursche war der Einzige, bei dem ich bisher das Gefühl hatte, mich vernünftig mit ihm unterhalten zu können. Normalerweise war ich es gewohnt, eine Einzelkämpferin zu sein. Aber ich liebte das

Außergewöhnliche. Und dass Aaron den Platz seiner Schwester eingenommen hatte und nun hier mit uns war, war etwas sehr Außergewöhnliches.

»Würdest du ihn heiraten wollen?«, riss er mich aus den Gedanken.

Verblüfft blinzelte ich ihn an. Mit so einer direkten Frage hatte ich nicht gerechnet. Mutter hatte mir derart eingetrichtert, dass es eine Ehre war, erwählt zu werden, dass mein Mund etwas Gegensätzliches nie über die Lippen bringen würde. Zumindest nicht in Gegenwart meiner Familie oder vor Bekannten - oder in Gegenwart der anderen Auserwählten.

Aber vor diesem fremden Burschen, dessen bloße Anwesenheit schon die ganze Auslese entehrte?

»Ich mag es nicht, wenn mir Dinge vorgeschrieben werden«, gab ich ihm einen Teil der Wahrheit preis. »Wenn ich ihn heiraten will, dann nur, wenn ich es will. Und nicht, weil meine Eltern das wollen.«

»Das verstehe ich. Aber das beantwortet meine Frage nicht. Vielleicht *willst* du ihn ja heiraten. Er muss besser aussehen, als die ein oder andere von euch befürchtet hat. Nicht wahr? Die Geschichten über seine Verunstaltung scheinen nicht zu stimmen. Zumindest trägt sein Gesicht keine Narben.«

Wieso fragte er mich derartig aus? Nun gut, *ich* war *ihm* gefolgt und hatte meine Neugier an ihm sättigen wollen – vermutlich tat er es mir nun gleich.

»Ich möchte die Person, mit der ich den Rest meines Lebens verbringe, weder nach dem Äußeren noch nach ihrem Geldbeutel wählen«, informierte ich Aaron. Wahrscheinlich hatte er seine Frage nicht einmal böse gemeint, aber dieses Thema reizte mich. Das war wohl mit ein Grund, weshalb ich keinen Zugang zu Dalia und Carola fand. Bei den wenigen Worten, die wir miteinander gewechselt hatten, wurde deutlich, dass sie den Lord für eine gute Partie hielten und sich nur aufs Gewinnen fokussieren würden. Als wäre das hier ein Wettstreit.

Keine von ihnen würde es interessieren, was ich gestern Abend vom Lord mitbekommen hatte. Seinen wahnsinnigen Ausbruch im Turmzimmer, dieses irre Lachen. Oder wie abwertend er davor mit seinen Wachen gesprochen hatte. Niemand konnte einen guten Charakter besitzen, der seinen Untertanen vorwarf, ihre letzten Gehirnzellen wären von Maden gefressen worden. Mich schüttelte es. Sollten Carola und Dalia ruhig ihren Kampf um die Hand des Lords austragen. Ich hatte seit gestern Abend auch den letzten Funken Interesse daran verloren, diesen Mann zu ehelichen. *Tut mir leid, Pa.*

Das Geräusch von Schritten ließ mich aufsehen und zur Tür herumwirbeln. Ich rechnete damit, eines der Mädchen vor uns zu haben, doch stattdessen stand Quentin im Türrahmen.

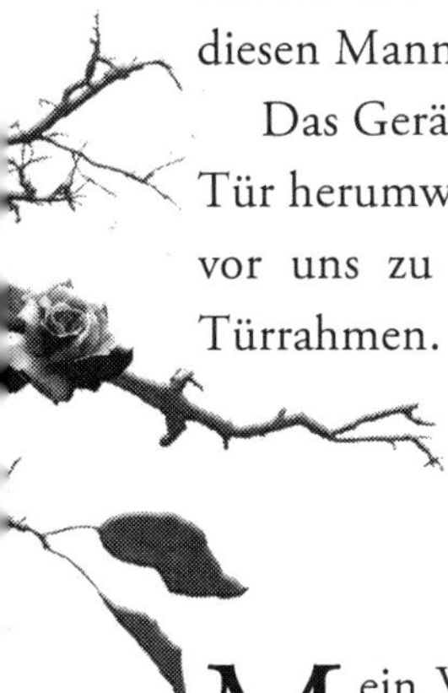

AARON

Mein Versuch, die dunkelhaarige Auserwählte näher kennenzulernen und sie zu durchschauen, wurde unterbrochen, als der schmächtige Mann mit dem schütteren Haar und den braunen Kulleraugen in mein Zimmer eilte.

»Oh, entschuldigt, ich wusste nicht, dass ... Nein, wartet.« Er schüttelte den Kopf und sah verwirrt von mir zu Bruna. »Ich hoffe, ich habe bei nichts gestört. Ich weiß nicht, ob der Lord erfreut wäre, wenn Sie beide gemeinsam in einem Raum sind. Allein. Und ...« Er sah zum Bett, auf dem ich saß.

Schnell erhob ich mich. »Sie haben uns bei nichts gestört. Der Lord kann unbesorgt sein«, unterbrach ich ihn.

Quentin nickte. Sein Blick blieb jedoch skeptisch. Verdammt. Hoffentlich ging er nicht petzen. Es stand zwar nirgendwo geschrieben, aber da der Fall noch nie eingetreten war, dass der Kreis der Auserwählten aus Frauen *und* Männern bestand, gab es offenbar noch keine Regeln dafür, wie sich ihr Zusammenleben Tür an Tür gestaltete. Irgendetwas sagte mir, dass der Regelkatalog noch wachsen würde, wenn ich tatsächlich für eine weitere Nacht hierbliebe. Lord Van Windsor musste natürlich keine Angst haben, dass ich ihm eine seiner Bräute ausspannen könnte, doch ein wenig Kontrollsucht traute ich seinem zornigen Gemüt durchaus zu. Er müsste natürlich vom Schlimmsten ausgehen und dürfte die Unschuld seiner Auserwählten in keinem Falle riskieren.

»Ich werde abklären lassen, ob es im Zuge Eures Aufenthaltes gestattet ist, mit einer der anderen Auserwählten allein zu sein«, ließ er uns wissen und senkte den Blick. Also wird er doch petzen gehen. Verflucht.

Quentin streckte die Arme aus und trat weiter ins Zimmer. Erst dann bemerkte ich den Kleiderstapel, den er mitgebracht hatte.

Ich nahm ihm dankend die Hosen und gefalteten Leinenhemden ab. Sie wirkten ordentlich und teuer – und mit viel mehr Rüschen, als ich es gewohnt war. Mein Magen zog sich unangenehm zusammen. Ich wollte weder Geschenke vom Lord annehmen, noch wie die anderen Bräute hergerichtet und aufgeputzt werden, um irgendwem zu gefallen.

»Die Auserwählten sollen sich in etwa einer Stunde im Rittersaal einfinden. Der Lord hat mir eine erste Aufgabe an Euch weitergetragen«, setzte Quentin uns in Kenntnis.

»Ich soll bei dieser Aufgabe ebenfalls dabei sein?«, hakte ich nach. Schließlich buhlte ich nicht wie die anderen um die Hand des Lords. Für mich gab es in diesem Wettstreit keinen Gewinn außer den, mit meinem Leben davonzukommen.

Quentin nickte eifrig. »Soweit ich weiß, seid Ihr bisher nicht ausgeschlossen von den Prüfungen und Forderungen des Lords. Es soll alles gehandhabt werden wie geplant. Das waren zumindest meine letzten Instruktionen.«

Alles wie geplant? Gerne würde ich wissen, wann er denn diese Instruktionen erhalten hatte und ob der Lord bei den Aufgaben, die er sich für seine Schattengeküssten ausgedacht hatte, anwesend sein würde, doch Quentin war schon auf dem Weg hinaus. Vermutlich würde er jetzt die anderen Auserwählten über das Treffen im Rittersaal informieren.

»Was das wohl für Aufgaben sind?«, überlegte ich laut. Was könnte ein Lord von seiner zukünftigen Frau wollen, was er anhand von irgendwelchen Prüfungen in Erfahrung bringen konnte?

»Deine erste Herausforderung ist es wohl, dich angemessen zu kleiden«, erwiderte Bruna und linste auf die Kleidung, die mir gebracht worden war. Dann machte sie einen Knicks, ehe sie sich verabschiedete und aus dem Raum ging. Offenbar betrachtete sie es als Witz, dass Quentin ihr indirekt vorwarf, sich nicht angemessen zu verhalten. Deshalb nun der unnötige Knicks, um sich darüber lustig zu machen.

Ich schmunzelte und sah noch ein paar Herzschläge lang in den leeren Türrahmen. Ein eigenartiges Mädchen war sie, so viel stand fest.

Der Lord ließ sich auch im Rittersaal nicht blicken. Quentin erklärte uns, was unsere erste Aufgabe sei. Hatte ich zuvor noch gedacht, es handelte sich um irgendwelche Prüfungen, die dem Lord helfen würden, seine Braut zu erwählen, so wurde ich im Laufe des Vormittags eines Besseren belehrt. Vermutlich war unsere Aufgabe lediglich dazu da, um uns beschäftigt zu halten. Oder man erwartete dieses Hobby von kultivierten Damen. Ich wusste es nicht, weil ich keine kultivierte Lady kannte. In unserem Dorf gab es niemanden, der einen halben Tag damit verschwenden würde, ein Gemälde zu malen.

»Müssen wir hier eingepfercht bleiben oder kann ich auch in den Gärten malen? Mir ein wenig ... *Inspiration* holen?« Ich klimperte unschuldig mit den Lidern. Auf meiner Leinwand war bisher nicht viel zu sehen – im Gegensatz zu den Kunstwerken der Frauen – also würde Quentin mir vielleicht glauben, dass ich im Freien kreativer wäre.

Von der Blondine mit den eisblauen Augen – Carola – handelte ich mir prompt einen zornigen Blick ein, als würde diese Frage allein sie beleidigen.

»Ähm«. Quentin schien verunsichert. Er blickte sich ratsuchend um, als gäbe es irgendwen anders, der diese Entscheidung für ihn fällen könnte. Ein weiteres Mal fragte ich mich, wieso der Lord ausgerechnet diesen schmächtigen Mann vorschickte, um uns zu beaufsichtigen. Wollte der Lord nicht selbst die Zeit mit seinen Bräuten nutzen? Sie beobachten? Sie kennenlernen? Wobei ... Carola würde ich an seiner Stelle auch nicht gern kennenlernen wollen.

»Ich denke, das geht in Ordnung«, stammelte Quentin.

Perfekt! Enthusiastisch schnappte ich mir die Leinwand und die Farben, klemmte mir den Pinsel zwischen die Zähne und stand auf, als Bruna fragte, ob sie ebenfalls in den Gärten malen dürfte.

Quentins braune Augen huschten unsicher von mir zu Bruna. »Ich denke, das wäre keine gute Idee. Solange ich keine Anweisungen diesbezüglich vom Lord habe, werde ich darauf achten, dass jede Auserwählte gesittet Abstand zu dem Jungen hält.«

Gott, das hatte die Tochter des Waffenschmieds nun davon, mir nach dem Frühstück bis in mein Schlafgemach gefolgt zu sein. Ihretwegen würde ich jetzt nur noch stärker bewacht und kontrolliert werden, was nicht gerade förderlich für meine Pläne war.

Ich zog mich aus dem Rittersaal zurück und ließ die vier Frauen mit Quentin allein. Ich fragte mich, ob der Lord es denn duldete, wenn Quentin mit einer Auserwählten allein in einem Raum wäre, oder ob dann ebenfalls so ein Aufstand gemacht werden würde. Vertraute der Lord seinem Untertanen? Irgendwie wirkte es auf mich nicht, als hätte Quentin schon viel Zeit auf dieser Burg oder mit dem Lord verbracht. Hatte der Lord beim Abendessen nicht sogar gemeint, er habe extra für die Auslese ein paar neue Bedienstete einstellen lassen? Hieß das, dass er die restliche Zeit allein hier verbrachte? Das Wieso ließ mir keine Ruhe. Der Lord war weder entstellt, noch uralt – warum lebte er in völliger Abgeschiedenheit? Vermutlich sollte ich lieber an einem Fluchtplan feilen, anstatt mir über solche Fragen den Kopf zu zerbrechen. Ein Plan, den ich im Notfall parat hätte, wenn Van Windsor seine Meinung über meinen Aufenthalt hier änderte. Oder falls die nächsten Nächte noch schlimmere Überraschungen bereithielten außer die wortkargen, vermummten Wachen und ein leeres Geisterschloss.

Als ich hinaus ins Freie trat, warf ich einen Blick über die Schulter und sah an der Burg hoch. Die Steine der Mauern waren dunkel und hier auf der Rückseite mit Efeuranken und Weinreben überzogen, die sich in die Höhe räkelten. Im Licht der Sonne sah auch die Gartenanlage nicht mehr so gespenstisch aus wie gestern bei Nacht, auch wenn sie den Besuch von ein paar Gärtnern gut vertragen könnte. Bei dem Anblick konnte man all die anderen Dinge, die hier nicht stimmten, beinahe vergessen. Oder verdrängen.

Meine Beine trugen mich an verwilderten Blumenbeeten vorbei bis hinunter zu dem großen Teich, in dem ich vergangene Nacht ein Bad genommen hatte. Schilfrohr säumte das Ufer, das Wasser des Teichs sah unappetitlich grün aus und unzählige Seerosen schwammen auf der Oberfläche. Verdammt, bei Nacht hatte das Gewässer deutlich klarer gewirkt. In mir keimte das Bedürfnis, das verschmähte Bad dringend nachzuholen – oben in meinen Gemächern mit sauberem Wasser. Doch stattdessen setzte ich mich ins hohe Gras, etwa zehn Fuß vom Teich entfernt, legte die Leinwand vor mich nieder und ordnete die Farben um mich herum an.

Der Lord wollte ein Bild von uns – das sollte er bekommen. Meins würde er so schnell nicht vergessen.

Ich hatte im Rittersaal beobachtet, wie Carola und Estelle begonnen hatten, irgendwelche Blumen oder Landschaften zu malen. Fein säuberlich und akkurat.

Der Trotz kam in mir durch, zusammen mit einer unterdrückten Wut, als ich daran zurückdachte, wie der Lord mich bisher behandelt, angeschrien und gewürgt hatte. Ich hatte mich nicht wehren dürfen, doch diese leere Leinwand flehte mich geradezu an, meine Gefühle an ihr auszulassen. Als wäre die weiße Oberfläche das Gesicht des

Lords, kratzte ich mit dem Pinsel wild darauf herum, verteilte die dunkle Farbe auf ihr mit hastigen, groben Bewegungen. Schon bald hatte ich die Welt um mich herum vergessen, verfiel in eine Art Rausch, während ich die dunklen Farben zu einer chaotischen Symphonie vereinte. Schwarz. Dunkelbraun. Rot. Irgendwann ließ ich den Pinsel ins Gras fallen und malte nur mit meinen Händen, bis die Leinwand aussah wie ein groteskes Schlachtfeld. Jede einzelne Linie strotzte nur so vor Aggressivität.

Stolz sah ich auf mein Kunstwerk hinunter. Vermutlich würde der Lord direkt wissen, von wem es stammte. Aber was sollte er schon tun? Wenn er mich nicht dafür auspeitschen ließ, dass ich den Platz meiner Schwester eingenommen hatte, dann würde er mich auch nicht für ein verunglücktes Gemälde auspeitschen lassen. Vielleicht würde er mich in Zukunft sogar von diesen sinnfreien Aufgaben befreien, wenn er sah, dass sie bei mir zu nichts führten.

Zufrieden lehnte ich mich zurück und strich mir mit dem Handrücken die Haare aus der Stirn. Dabei merkte ich, wie etwas Farbe an meiner Haut haften blieb. Meine Hände waren von ihr genauso bedeckt wie die Leinwand. Doch das war mir im Moment herzlich egal. Ich blinzelte in die Sonne und genoss die Wärme auf meiner Haut.

Was Aura wohl gerade tat? Vermutlich nicht etwas so Sinnloses wie ich. Normalerweise bereitete sie um diese Zeit mit Mutter gemeinsam das Mittagessen vor. Sie würde am Bach sitzen und ein paar Pilze waschen. Sie würde die Wärme der Sonne spüren, genauso wie ich gerade. Und heute dachte sie vermutlich an mich, genauso wie ich es jetzt tat. Ich wünschte, es gäbe eine Möglichkeit, ihr mitzuteilen, dass es mir gut ginge. Dass ich alles dafür geben werde, in vier Tagen zurückzukehren.

Plötzlich kroch mir ein kalter Schauer den Rücken hinunter und ich fühlte mich beobachtet. Ich richtete mich auf und sah mich um. Es war eigenartig still hier draußen. Erst jetzt wurde mir bewusst, dass ich keinen Vogel singen hörte, kein Zirpen, kein Quaken. Dieser große verwilderte Garten sollte von Kleintieren nur so wimmeln, doch es war geradezu gespenstisch still. Nicht einmal der Wind regte sich und ließ ein paar Blätter rascheln.

Ich stützte mich auf der Wiese ab und kam auf die Beine, um mich besser umsehen zu können. Mir fiel auf, dass ich heute noch keine von den vermummten, schwarzen Wachen gesehen hatte, die am ersten Tag gefühlt an jeder zweiten Ecke lauerten. Wieso sprachen und verhielten sie sich so seltsam? Und was verbarg sich unter ihren tiefgezogenen Kapuzen? Mein rationaler Menschenverstand suchte schon seit meiner Ankunft nach irgendeiner Erklärung. Doch mich zu sehr in die Rätsel hineinzusteigern, mit denen sich der Lord umgab, würde mich früher oder später den Kopf kosten. Das spürte ich.

»Ah, Junge! Da seid Ihr ja!«

Ich fuhr herum und sah Quentin auf mich zu eilen.

»Ich habe Euch schon gesucht. Die Zeit für Eure Aufgabe ist vorbei. Bald wird das Mittagessen angerichtet.«

»Aaron«, sagte ich. »So heiße ich. Sie müssen mich nicht immer Junge nennen.«

»Gewiss. Aaron. Ist Euer Gemälde fertiggeworden?«

Ich blickte hinunter zu meinen Füßen, wo die vollbeschmierte Leinwand im Gras lag. Quentin folgte meinem Blick.

»Gütiger Gott!« Ich schaute zu ihm und sah, wie Quentin sich bekreuzigte. »Ich weiß nicht, was der Lord davon ...«

»Mir ist egal, was der Lord davon hält«, unterbrach ich ihn. »Wann wird er sich die Bilder anschauen?« Ich würde nämlich nur zu gern sein Gesicht sehen, wenn es soweit war.

»Ähm. Vermutlich irgendwann zwischen dem Mittag- und Abendessen. Ich ähm ... nehme das für Euch.« Er bückte sich nach meinem Kunstwerk. Indes sammelte ich die Farbpaletten und den Pinsel ein.

»Ich werde gleich veranlassen, dass jemand ein Bad für Euch einlässt«, informierte er mich mit Blick auf mein verschmiertes Gesicht.

Gemeinsam gingen wir Seite an Seite Richtung Burg. Die Sonne knallte in meinen Nacken und ich spürte, wie Schweiß sich auf meiner Stirn bildete.

»Arbeiten Sie schon lange für den Lord?«, fragte ich wie beiläufig.

»Nein, Sir. Erst seit Kurzem.«

Ich nickte. »Und wie kam es dazu?«

Quentin sah mich von der Seite an wie ein scheues Reh. »Das war ... wohl eher Zufall.«

Wie konnte man *zufällig* für jemanden arbeiten? »Waren Sie schon immer ein Bediensteter?«

»Nein. Ich bin Jäger, wohne mit meiner Familie unten in Dawncliff.«

Ich runzelte die Stirn. »Und wieso ...«

»Mehr kann ich Euch nicht dazu sagen, Aaron. Bitte hört auf, mich mit Fragen zu löchern«, unterbrach er mich hektisch.

An seinem Gesichtsausdruck sah ich, dass dies sein letztes Wort war.

11.

AARON

Ich stieg gerade aus der Badewanne, als die Glocke zum Mittagessen ertönte. Ob Quentin sie läutete?

Während ich in dem warmen Wasser gelegen hatte, hatte ich noch lange über Quentins Reaktion auf meine Fragen sinniert. Er schien geradezu verängstigt, was ein weiteres Indiz dafür war, dass der Lord nicht sehr umgangsvoll mit seinen Mitmenschen war. Hatte er Quentin gedroht oder erpresste er ihn gar? Mir tat jedes der Mädchen leid, welches eine Nacht mit ihm verbringen musste; und vor allem diejenige, die mit ihm auf dieser Burg bliebe, wenn wir anderen würden gehen dürfen.

Das geht dich nichts an, Aaron. Ich bin nicht verantwortlich für diese Mädchen.

Hatte ich dem Lord vergangene Nacht zwar in einem Moment der Gedankenlosigkeit erwidert, ich würde zusammen mit den anderen Schattengeküssten fliehen, so wusste ich, dass ich dies nur gesagt hatte, um mich vor dem Lord zu behaupten. Im Anschluss wurde mir klar, dass meine Chancen weitaus höher standen, wenn ich mich gefügig verhielt und mich nicht gegen den Lord auflehnte. *Hätte ich dann nicht lieber ein friedvolles Stillleben malen müssen?* Ich verscheuchte diese Frage, mit der ich mir selbst ein Bein stellte, und trocknete mich ab. Mein Entschluss stand fest. Derzeit war der Gedanke an eine Flucht lediglich Plan B, sollte bei Plan A gewaltig etwas schieflaufen.

Ich kleidete mich an, strich mir die feuchten Haare zurück und machte mich auf den Weg nach unten in den Speisesaal. Wenn der Lord schon nicht mit uns frühstückte, würde er doch zumindest am Mittagstisch erscheinen, oder?

Doch wie schon heute Morgen war die Tafel nur für fünf gedeckt. Estelle und Carola saßen bereits am Tisch. Die Blondine warf mir einen kühlen Blick zu, der mir schon vertraut war, verließ diesmal aber nicht gleich den Raum. Offenbar war ihr das Essen wichtiger, als mir ihre Abneigung zu demonstrieren.

Mit einem seltsam leeren Gefühl im Magen nahm ich Platz, mein Blick auf das Ende der Tafel gerichtet, wo am Abend zuvor der Lord gespeist hatte. Wo ich ihm seinen Wein eingeschenkt hatte. Es fühlte sich an, als wären seitdem schon etliche Tage vergangen.

»Hat der Lord keinen Hunger?«, fragte ich laut in die Runde. Ich wollte mit irgendwem meine Gedanken teilen, doch Estelle zuckte lediglich mit den Schultern und biss sich auf die Unterlippe. Carola sah so aus, als würde sie mir gar nicht antworten wollen, ehe sie schließlich spitz erwiderte: »Vielleicht will er mit niemandem speisen, der ihn betrogen hat. Wäre ich an seiner Stelle, würde mir auch der Appetit vergehen, wenn ich in dein Gesicht blicken müsste.«

Heiliger Zwirn, sie fuhr ihre Krallen aus, als müsste sie ihr Revier verteidigen! Dabei konnte ich ihr doch gar nichts wegnehmen.

Ich legte meine Unterarme auf den Holztisch und beugte mich etwas vor, ohne meinen Blick von ihr abzuwenden. »Du solltest froh sein, dass ich hier bin anstatt einer weiteren Frau. Weniger Konkurrenz für dich. So wie du den Lord verteidigst, willst du ja unbedingt auf dieser Burg bleiben. Mir soll das recht sein.«

Für mein Gewissen wäre es tatsächlich das Leichteste, diese scharfzüngige Blondine hier zu lassen. Falls sie auf dieser Burg irgendwann ihr Leben ließe, würde ich dem nicht unbedingt nachtrauern. Offenbar verschieden bisher alle Gattinnen des Lords innerhalb von fünf Jahren. Wo sonst sollte er sie verstecken? Irgendetwas musste in Carolas Kopf mächtig schieflaufen, wenn sie das Todesurteil in diesem ganzen Wettstreit nicht erkannte.

Ich nahm Gabel und Messer und schnitt mir etwas von dem gebratenen Kaninchen ab, welches in der Mitte der Tafel auf einem Silbertablett angerichtet war. Ein Vorteil hatte mein Aufenthalt hier: das reichliche Essen und die Unterbringung waren vorzüglich.

Als ich ein weiteres Mal zu Carola blickte, hatte sie ihre Aufmerksamkeit bereits wieder auf ihren Teller gerichtet. Keine Ahnung, ob sie begriffen hatte, dass sie mich nicht anfeinden brauchte.

In dem Moment kamen auch Dalia und Bruna durch die Tür des Speisesaals. Die Rothaarige trug wieder ein langärmliges und hochgeschlossenes Kleid, ihr Teint wirkte aber schon deutlich gesünder als heute Morgen.

Bruna setzte sich neben mich, rückte ihren Stuhl jedoch etwas von mir fort. Erst war ich verwirrt, doch als sie zu essen begann, merkte ich, dass sie genug Abstand zwischen uns gebracht hatte, damit unsere Arme sich nicht versehentlich streifen konnten.

Hatte Quentin sie etwa auf die Idee gebracht, dass ich etwas von ihr wollen könnte? Oder hatte sie in der Zwischenzeit sogar ein Gespräch mit dem Lord geführt? Irgendetwas musste sie zu dieser plötzlichen *Rücksicht* verleitet haben. Als wenn ich auch nur im Traum daran denken würde, mich hier an eine Freundin meiner Verlobten heranzumachen! Diese Distanz war mehr als unnötig, aber von mir aus konnten wir es gern so halten. Dann beruhigte sich auch Quentin hoffentlich wieder, wenn er merkte, dass ich den Frauen gegenüber gebührenden Abstand hielt – wie er es ausgedrückt hatte.

»Moment ... ist das ein Brief dort?«, riss Estelles zärtliches Stimmchen mich aus den Gedanken.

Ich hob den Blick und folgte ihrem ausgestreckten Finger, der in die Mitte der Tafel deutete – zwischen den Speisen, halb versteckt unter einem der Silbertablette, lugte tatsächlich ein weißer Umschlag hervor.

Carola war die Schnellste von uns. Sie schnappte sich den Brief, öffnete das Siegel und faltete ein Blatt Pergament auseinander.

Ihre Augen huschten über das Schriftstück ohne uns etwas zu verraten. Schließlich schnalzte sie mit der Zunge und verzog unzufrieden den Mund.

»Nun sag schon, was steht drin«, forderte Bruna.

»Eine Einladung für den Topas«, antwortete sie verächtlich und warf den Brief achtlos in Richtung Estelle. »Erst die Rothaarige und jetzt das Mauerblümchen? Kann mir jemand sagen, wann der Lord endlich mich sehen will? Wozu bin ich hier, wenn er nicht an mir interessiert ist?«

Sie sah so aus, als würde sie am liebsten wieder aus dem Raum stürmen wollen, doch sie verschränkte lediglich die Arme vor der Brust und ließ sich tiefer in den Stuhl sinken.

Schien, als kratzte da etwas an ihrem Ego.

Estelle nahm den Brief währenddessen in die Hände und faltete ihn auseinander.

»Lies bitte laut vor«, bat Bruna und warf Carola einen finsteren Blick zu.

»Ähm, okay, also ... Meine teuersten Auserwählten, der zweite Tag auf meiner Burg ist für euch angebrochen, die zweite Nacht steht kurz bevor. Diese gehört dem Topas. Weshalb ich das Mädchen, dem dieser Edelstein gebührt, heute Abend zu einem Ausritt und anschließendem Picknick unter freiem Himmel entführen möchte.« Sie räusperte sich. »Estelle Harmonie, diese Kette gehört dir. Trage sie heute Abend bei unserem Ausritt und ich werde dir zeigen, wie hell die Sterne hier im Dunkeln scheinen. Ich freue mich auf unseren Abend und die anschließende Nacht.«

Während sie die Worte vorlas, färbten sich ihre Wangen rosa. Als sie endete, war ihr Gesicht tiefrot angelaufen.

Die vorgegaukelte plötzliche Romantik in dem Brief ließ mich beinahe speien. Was sollte das denn? Er wollte ihr zeigen, wie hell die Sterne leuchteten?

»Moment, heißt das, der Lord wird heute Abend nicht mit uns gemeinsam speisen?«, fragte Bruna hörbar erstaunt.

Im selben Moment fragte Dalia: »Du hast ein Geschenk von ihm bekommen? Eine Kette?« Sie sah diesmal alles andere als desinteressiert aus. Als hätte der Brief sie aus ihrer eigenen Traumwelt gerissen.

Überrascht, dass sie überhaupt mit uns sprach, sahen wir sie alle an.

»Ähm, ja ... hier ist noch eine Kette drin«, murmelte Estelle und zog das Schmuckstück aus dem weißen Umschlag. Der gold-orangefarbene Edelstein schimmerte im Sonnenlicht, das durch die großen Fenster in ihrem Rücken fiel.

Dalia blinzelte Estelle fassungslos an, dann schnaubte sie und verdrehte die Augen. »Sie kriegt Schmuck und ein romantisches Picknick und was habe ich bekommen?«

Okay, Schattengeküsste Nummer zwei, die der Lord bereits nach anderthalb Tagen verärgert hatte. Dalias erzürnte Miene stand der von Carola in keinster Weise nach.

»Wir sind fünf Tage hier und wir sind fünf Auserwählte«, ergriff ich das Wort, um die Wogen zu glätten. »Offenbar hat der Lord eine Reihenfolge festgelegt, in der er euch kennenlernen will. Carola, du kommst auch noch dran. Genauso wie Bruna.« Vermutlich würde der Lord eines der Mädchen sogar noch ein zweites Mal zu sich holen, weil sie dank mir nur zu viert waren, aber das behielt ich im Moment lieber für mich.

»Ich weiß, dass ich noch drankommen werde. Ich will aber nicht die Letzte in der Reihe sein, die er *durchprobiert*!« Das letzte Wort spie die Blondine verächtlich aus.

»Glaubt ihr, er hat die Reihenfolge nach bestimmten Kriterien festgelegt?«, fragte Bruna.

»Warum er sie als Erste gewählt hat, ist ja wohl klar«, fauchte Carola und starrte Dalia dabei unverhohlen auf ihren üppigen Busen. »Entschuldige, Dalia. Aber dass du dich jetzt plötzlich wie im Kloster kleidest, macht es nicht besser. Gestern Abend hattest du ein Dekolleté, das ich bisher so offenherzig nur in Freudenhäusern gesehen habe.«

»Hey, das reicht!«, fuhr Bruna dazwischen. »Keine von uns kann etwas dafür, in welcher Reihenfolge der Lord beschließt, sich uns zu widmen. Ich für meinen Teil bin froh, nicht die Erste oder Zweite zu sein.«

Carola beugte sich über den Tisch näher zu Bruna heran und kniff ihre blauen Augen angriffslustig zusammen. »So viel Angst, dass es wehtun wird?«, fragte sie mit gespielt mitleidigem Ton.

Verdammt, das hat gesessen.

Bruna sprang so energisch auf, dass ihr Stuhl krachend zu Boden fiel. Sie wollte sich über den Tisch auf Carola stürzen, doch ich konnte sie gerade noch festhalten und zurückziehen.

Während Bruna sich in meinen Armen hin und her warf, lachte Carola auf. »Ah, oder ist dein Interesse vom Lord umgesprungen auf diesen blonden Bauernjungen? Hast ihn ja gestern Abend schon so in Schutz genommen. Willst du den Lord so früh nicht ranlassen, weil du deine Unschuld zuvor diesem Nichtsnutz schenken willst?«

Gott, ich hatte ja keine Ahnung, wie biestig Frauen sein konnten.

»Hör nicht auf sie. Lass sie reden«, versuchte ich Bruna zu beruhigen. Ich hielt sie mit meinen Armen zwar davon ab, über den Tisch zu klettern, doch irgendwie schaffte sie es, nach ihrem silbernen Becher zu greifen und schleuderte ihn der Blondine entgegen. Zum Glück verfehlte er sie und so war Carolas einzige Reaktion, nur noch lauter zu lachen.

Bruna schaffte es, sich von mir loszureißen, und ging ein paar Schritte rückwärts. »Ich hoffe, du endest genauso wie die letzte Braut des Lords. Spurlos vom Boden verschluckt!«, schmiss sie ihr an den Kopf, dann drehte sie sich um und verließ so energisch den Saal, dass ihr Kleid bei jedem Schritt raschelte.

Ich dachte daran, ihr nachzugehen, entschied mich allerdings dagegen. Es war nicht besonders klug, für mehr Zündstoff zu sorgen, indem ich dieser Auserwählten jetzt allein nachliefe. Wir hatten noch ein paar Tage vor uns und da war es von Nachteil, sich mit den anderen Kandidatinnen in die Haare zu kriegen.

»Vielleicht gehört es zum Plan des Lords, uns gegeneinander auszuspielen«, sprach ich meine Gedanken laut aus und setzte mich wieder an den Tisch. »Du solltest dich nicht so leicht von deinen Gefühlen beeinflussen lassen, Carola. Vielleicht gehört das alles zu einem Test. Einer Prüfung, die der Lord seine Braut unterzieht. Glaubst du, er wählt eine Frau aus, die so biestig und gehässig ist?«

Carola knirschte mit den Zähnen. »Der Lord ist nicht hier, falls es dir entgangen ist.«

»Denkst du wirklich, der Lord weiß nicht, was innerhalb seiner Mauern passiert? Glaubst du, er schläft den ganzen Tag oder ist verreist? Nein, er ist hier, sei dir gewiss. Und nur, weil er sich uns nicht zeigt, heißt das nicht, dass er uns nicht beobachtet.« Mit diesen Worten stand ich ebenfalls auf und verließ den Raum. Nicht, weil ich Bruna hinterherwollte, sondern nur, um die Schwere meiner Worte zu unterstreichen.

Schien, als hätte ich mit diesen Sätzen bei Carola etwas erreicht. Zumindest war sie stumm geblieben. Und nun würde sie über meine Theorie nachdenken und in Zukunft vielleicht weniger garstig sein.

Etwas ziellos spazierte ich durch die langen Gänge und Korridore, ohne groß darüber nachzudenken, wohin ich ging. Ich glaubte nicht wirklich daran, dass der Lord uns die ganze Zeit über beobachtete. Aber noch zu gut hatte ich den Moment von heute Vormittag im Gedächtnis, als ich im Garten einen Blick auf mir gespürt hatte, der es mir kalt den Rücken hinunterrieseln ließ. Konnte sein, dass ich es mir eingebildet hatte. Oder dass ich nur Quentins Anwesenheit gespürt hatte, der kurz darauf bei mir ankam. Vielleicht hatte Quentin mich sogar vorher beobachtet, bevor er auf sich aufmerksam gemacht hatte.

Wie dem auch war – der Lord war nicht hier. Nicht unter uns. Vielleicht schlief er tatsächlich den ganzen Tag. Aber welcher Mensch würde das tun und weshalb? Er hatte uns doch extra für diese fünf Tage zu sich *eingeladen*.

Ich blieb vor den riesigen Fenstern stehen, die hinaus in den Garten zeigten, und legte eine Hand aufs Glas. Eine angenehme Kälte schmiegte sich an meine Haut. Wären wir einer *Einladung* gefolgt, wären wir hier Gäste. Aber wir waren Gefangene. Jeder von uns. Nur wollten das einige der Mädchen nicht wahrhaben, um nicht daran zu zerbrechen.

Sollten sie sich ruhig weiter etwas vormachen. Vielleicht träumte die ein oder andere von ihnen tatsächlich davon, diesen seltsamen Mann an diesem seltsamen Ort zu ehelichen. Vielleicht war ihr Leben da draußen nicht besser; ich kannte schließlich keines der Mädchen oder ihre Lasten.

BRUNA:

Nachdem ich eine Weile in meinem Zimmer auf und ab getigert war, beruhigte ich mich allmählich.

Ich hatte zwar nicht vorgehabt, hier Freundinnen zu finden, doch ich hatte auch nicht damit gerechnet, innerhalb so kurzer Zeit einen Streit mit einer der anderen Auserwählten anzufangen. Ich war niemand, der sich von Zickereien anstecken ließ, aber ich ließ es mir auch nicht gefallen, wenn mich jemand angriff. Egal ob verbal oder körperlich. Ich war es gewohnt, mich zu wehren.

Aber Aaron hatte vermutlich recht. Diese Carola war es nicht wert, dass ich meine Kräfte und Nerven an sie verschwendete. Ich würde ihre Worte in Zukunft ignorieren. Sie an mir abprallen lassen, als würde ich eine Rüstung tragen.

Ich verließ mein Zimmer und lief nach links, vorbei an den Gemächern der anderen Auserwählten. Eine der Türen stand offen und ich warf einen beiläufigen Blick hinein. Ich erwartete den Raum leer vorzufinden, doch stattdessen sah ich zwei Frauen darin.

Dalia erkannte ich an ihren roten Haaren. Sie stand mit dem Rücken zu mir, vor ihrem Bett, ihr Kleid geöffnet und bis zu der Hüfte heruntergezogen, sodass ihr Oberkörper entblößt war.

Neben ihr stand eine junge Frau, die ich noch nie hier auf der Burg gesehen hatte und die sich den Wunden auf Dalias Rücken widmete.

Ich blieb wie angewurzelt stehen und starrte auf die Verletzungen, die sich über Dalias nackten Rücken erstreckten. Dass sich die andere Frau gerade ihrer Vorderseite widmete, ließ darauf schließen, dass sich dort ebenfalls einige Verletzungen befanden.

Mein Herz raste, während mein Verstand versuchte zu begreifen. Dalias Rücken und das, was ich von ihren Armen sehen konnte, war ein Kunstwerk aus den unterschiedlichsten Farben. Grün, Blau, Lila, Rot. Neben eindeutigen Blutergüssen und Prellungen fanden sich zahlreiche Wunden, die wie kleine Einstiche aussahen. Die Haut um diese Einstiche war gerötet und geschwollen. Die junge Frau, vermutlich eine Magd oder Zofe, tupfte eine Salbe auf die Wunden.

Ich löste mich aus der Starre und ging einen Schritt in das Zimmer hinein. »Dalia, was ist …«

Die Rothaarige fuhr herum, ihre Augen vor Überraschung geweitet. »Raus!«, befahl sie und raffte das Kleid vor ihrem nackten Oberkörper. Doch sie war nicht schnell genug gewesen. Ich hatte bereits sehen können, dass an ihren Brüsten die meisten blauen Flecken und Wunden prangten … Diese Wunden sahen beinahe aus wie Bissspuren. Doch welcher Mann biss beim Liebesspiel so fest zu, dass die Haut aufriss und blutete?

Mir knotete sich der Magen zusammen. Nein, meine Fantasie ging mit mir durch. Bissspuren würden nicht so kleine säuberliche Löcher hinterlassen, kaum größer als ein Stecknadelkopf. Er muss sie mit irgendetwas geschnitten oder in sie eingestochen haben … was noch viel grotesker war.

»Raus, habe ich gesagt!«, zischte Dalia und stürmte diesmal vorwärts, um die Tür zuzuschlagen. Ich stolperte zurück und sah mit rasendem Herz auf das dunkle Holz.

»Dalia«, flüsterte ich und hob machtlos eine Hand, wollte sie an die Tür legen und sie wieder aufdrücken, doch ich ließ es bleiben. Egal, was diese rothaarige wortkarge Auserwählte vergangene Nacht durchgestanden hatte, sie wollte scheinbar nicht darüber reden. Nicht mit uns. Warum auch? Wir waren Fremde, die alle früher oder später dasselbe Schicksal teilen würden.

12.

BRUNA

Beim Abendessen war es ungewöhnlich still. Wir waren nur zu viert. Die schüchterne, zierliche Brünette mit dem Namen Estelle war mit dem Lord ausgeritten. Ich hatte sie bis zu den Stallungen begleitet, doch Quentin hatte mich energisch fortgeschickt und mich darauf hingewiesen, dass wir bei Sonnenuntergang nicht mehr das Innere der Burg zu verlassen hatten. So bekam ich den Lord nicht zu Gesicht, als er Estelle abholte.

Würde sie morgen früh ebenfalls mit einem langen, hochgeschlossenen Kleid hier sitzen, um die schmerzhaften Male zu verbergen, die der Lord an ihr hinterließ?

»Ist alles in Ordnung?«, fragte Aaron mich. Er musste bemerkt haben, dass ich mich immer tiefer in triste Gedanken vergrub.

»Ich bin mit den Gedanken bei Estelle«, gab ich zu und spießte appetitlos eine der Kartoffeln auf. Mein Blick wanderte zu Dalia, die schräg gegenüber von mir saß. Seit wir uns im Speisesaal eingefunden hatten, mied sie jeglichen Augenkontakt mit mir. Nicht, dass sie vorher schon besonders oft aufgeschaut oder sich an irgendwelchen Gesprächen beteiligt hätte, aber ich spürte jetzt deutlicher denn je, dass sie mir aus dem Weg gehen wollte. Weil ich gesehen hatte, was der Lord ihr angetan hatte.

»Ich glaube nicht, dass sie die Richtige für einen Ausritt bei Sonnenuntergang ist«, meinte Carola zwischen zwei Bissen. Als ich ihr einen finsteren Blick zuwarf, rollte sie nur mit den Augen. »Ich meine ja bloß.«

Ihre Meinung sollte sie in Zukunft besser für sich behalten. Ich konnte es kaum erwarten, ihr Gesicht zu sehen, wenn der Lord mit *ihr* fertig wäre. Würde sie ihn dann immer noch so gern für sich haben wollen?

Etwas zu kraftvoll schnitt ich das Fleisch auf meinem Teller, sodass das Messer auf dem Porzellan quietschte.

Ich hatte mir die Zeit hier anders ausgemalt. Insgeheim fragte ich mich, ob Mutter die Hände über den Kopf zusammenschlagen würde, wenn sie wüsste, was hier wirklich los war, oder ob sie weiterhin darauf hoffen würde, dass ich die nächste Frau des Lords wurde. *Lady von Dawncliff.*

Eine Lady, der es nicht gestattet war, das Dorf zu besuchen oder die eigene Familie wiederzusehen. Hauptsache ich würde fünf Jahre lang Gold und Geschenke zu ihnen schicken und den Ruf meiner Familie nach oben katapultieren. Vater und Mutter würden sich ein größeres Haus bauen können, Mutter würde sich aus den umliegenden Städten die schönsten Kleider schneidern lassen und ich würde ihr Schmuck schicken, den sie stolz um den Hals tragen konnte. Ich sah sie schon vor mir. Wie sie das Leben einer Lady führte – mit ihrer Stieftochter als Eintrittskarte. Dann wäre ich wenigstens zu etwas von

Nutze. Und sie müsste mich nicht einmal in ihrer Nähe erdulden. Sie würde sich freuen, mich aus den Augen zu haben, da war ich mir sicher.

Ich schüttelte die Gedanken ab. Dazu würde es nicht kommen. Ich konnte mir nicht vorstellen, dass der Lord ausgerechnet mich erwählen würde. Ich wusste zwar nicht, was die nächsten Tage noch mit sich brachten, aber solange Carola so erpicht war, die nächste Lady zu werden, würde ich ihr das nicht streitig machen.

Wie es um die anderen zwei Auserwählten stand, wusste ich nicht. Dalia und Estelle konnte ich nicht ablesen, mit welchen Wünschen sie hierhergekommen waren. Und ob Dalias Wünsche sich nach vergangener Nacht verändert hatten.

AARON:

Ein Schrei riss mich aus einem unruhigen Traum. Eigentlich hatte ich nicht einschlafen wollen. Ich saß auf der Fensterbank, in der Nische meines Zimmers, die Schläfe an das kühle Glas gelehnt. Sobald ich aufschreckte, hob ich den Kopf und blinzelte in die Dunkelheit, die nur vom silbernen Licht des Mondes durchbrochen wurde.

Ich hatte vor dem Fenster gesessen und darauf gewartet, dass der Lord mit Estelle zurückkam. Obwohl ich das Fenster mit Blick auf die Gärten hatte, hoffte ich, die beiden noch zu sehen oder zumindest zu hören, wenn Estelle auf ihr Zimmer käme, das nur wenige Türen neben meinem lag. Meine Tür stand offen, damit ich ihre Schritte nicht überhörte.

Stattdessen hatte ich nun diesen Schrei gehört ... oder war er bloß Teil meines Traumes gewesen?

Noch etwas schlaftrunken rutschte ich von der steinernen Fensterbank und wankte ein paar Schritte durch das Zimmer. Auch nach dem zweiten Tag war es noch immer seltsam in dieser fremden Umgebung, als wäre ich nur einen Schrei davon entfernt, aus einem zweiten Traum zu erwachen.

In dem Moment hörte ich etwas draußen auf dem Korridor. Ich hob den Blick zur Tür und sah das flackernde Licht von Kerzen. Mein Herz begann zu rasen. Kurz darauf erschien jemand in meinem Türrahmen, in der Hand einen dreiarmigen Kerzenhalter.

»Bruna?«, fragte ich verwirrt, als ich die junge Frau mit dem dunklen Haar erkannte. Sie trug bloß ein weißes Unterkleid. Es reichte ihr bis zu den Fußknöcheln, hatte lange weite Ärmel und war im Dekolleté zusammengeschnürt. Ihr fast schwarzes Haar trug sie in einem geflochtenen dicken Zopf, der seitlich an ihrem Hals hinabfloss.

»Hast du den Schrei eben gehört?«, fragte sie mich flüsternd. Ihre großen dunklen Augen schimmerten im Schein der Kerzen.

Ich rieb mir übers Gesicht und fluchte. »Verdammt, Bruna. Quentin war nach dem Abendessen bei mir und hat gesagt, dass der Lord ausdrücklich verboten hat, mich allein mit einer seiner Auserwählten aufzuhalten. Und diese Regel gilt gewiss auch nachts. Wenn der Lord das erfährt, wird er noch wütender auf mich, als er ohnehin ...«

»Hör auf, so ein ängstliches Weichei zu sein!«, fuhr sie mich an und mir klappte der Mund auf. Wie redete sie mit mir? »Hast du den Schrei nun gehört oder nicht?«, fragte sie.

»Ich ... ja, ich denke schon.«

»Und du denkst dir nichts dabei?«

Was wollte sie eigentlich von mir? »Vermutlich war es Estelles Schrei.«

Ihr Blick durchbohrte mich auffordernd. »Und du willst ihr nicht helfen?«

»Helfen?«, echote ich verwirrt. Bruna war doch nicht dämlich. Zumindest hatte ich bisher nicht an ihrer Intelligenz gezweifelt. Sie wusste ganz genau, was der Lord heute Nacht mit Estelle tat. Romantisches Picknick hin oder her – sie war für etwas anderes auf diese Burg gebracht worden. Da war es nicht ungewöhnlich, wenn eine Frau aufschrie. Ich sprach zwar nicht aus Erfahrung, aber so viel wusste ich. Selbst wenn Estelle vor Schmerzen aufgeschrien hatte, lag es nicht in meiner oder Brunas Hand, etwas dagegen zu unternehmen. »Es war von Anfang an klar, dass der Lord sich die Unschuld der Jungfrauen nimmt, bevor er eine von ihnen zur Braut erwählt«, versuchte ich ihr zu erklären. Falls sie so naiv gewesen war, es vorher nicht schon begriffen zu haben.

Bruna schnaubte. Sie wirkte sichtlich aufgebracht. »Das Bett mit einer Frau zu teilen oder sie dabei zu schänden und beinahe zu massakrieren, sind zwei grundverschiedene Dinge!«, fuhr sie mich an. Ihr Tonfall gesenkt, doch trotzdem energisch. Als würde sie mich im Flüsterton anschreien.

»Wovon sprichst du bitte?«, flüsterte ich gereizt zurück.

Bruna stieß die Luft aus, blickte über ihre Schulter nach hinten in den Korridor, lief ein paar Schritte hinaus und wirkte, als würde sie auf etwaige Geräusche lauschen. Doch es war still geworden. Beinahe ungewöhnlich still, wenn der Lord in diesem Moment wirklich das Bett mit Estelle teilte.

Bruna schloss die Tür zu meinem Zimmer und lief zu mir zurück. Als würde sie unser Gespräch vor fremden Ohren schützen wollen. Sie kam mir so nah, dass das Feuer der Kerzen warm auf mein Gesicht strahlte.

»Ich habe Dalias Rücken gesehen. Ihre Arme und ihre … Brust«, flüsterte Bruna mir verschwörerisch zu.

Ich sah ihr in die Augen, in deren Pupillen sich die tanzenden Flammen spiegelten.

»Sie ist übersät von zahlreichen Wunden, die aussehen wie Einstiche oder Bisswunden. Es ist brutal, Aaron. Ich habe noch nie so etwas gesehen.«

Mein Herzschlag beschleunigte sich, während sich in meinem Magen alles zusammenzog. Ich hatte ja schon befürchtet, dass sich blaue Flecken unter ihren langen Ärmeln verbargen, aber Stich- und Bisswunden? So zahlreich, dass Bruna derart aufgelöst war?

Sie übertreibt vermutlich, versuchte mich mein Verstand zu beruhigen. *Es gibt Männer, die ihre Frauen nicht gerade zimperlich anfassen. Vermutlich hat sie nun Angst, ihre Unschuld an gerade so einen Mann zu verlieren.*

Aber ich war nicht hier, um ihr oder einem der anderen Mädchen zu helfen. Ich war hier, um meiner Schwester dieses Schicksal zu ersparen. Alles andere lag nicht in meiner Macht.

»Er ist der Lord, Bruna. Du kennst das Abkommen. Es tut mir leid, das zu sagen, aber Dawncliff hat euch geopfert.« Das war das, was selbst die ältesten Legenden besagten: Die Unschuld von fünf Jungfrauen opfern und dafür ein Leben in Frieden führen. Darauf hatte sich unser Dorf schon vor Jahrzehnten geeinigt.

»Du warst mutig genug, dieses Abkommen zu brechen!«

Jetzt verstand ich, was sie von mir wollte. Warum sie ausgerechnet zu mir gekommen war.

»Wenn ich es erneut breche, bezahle ich mit meinem Leben«, erwiderte ich ruhig. »Ich kann weder Estelle helfen, noch einer anderen von euch.« Ich hatte den Fehler schon in der ersten Nacht begangen, als ich dem Lord sagte, ich würde mit allen Auserwählten von hier fliehen. Er hatte darauf geantwortet, dass er mich in dem Fall töten würde. Und das wollte ich nicht auf die Probe stellen.

Obwohl die Kerzen noch zwischen uns brannten, erlosch etwas in Brunas Augen. Ich sah förmlich, wie sie sich verdunkelten. Wie Hoffnung sich in bittere Enttäuschung wandelte. Beinahe voller Abscheu musterte sie mich. »Schade, dass ich nicht vorher schon wusste, was für ein Feigling du bist.«

Nach dieser verbalen Ohrfeige drehte sie sich um und verließ das Zimmer.

Ich schloss die Augen und biss die Zähne zusammen. Ich war kein Feigling – für Aura hätte ich mein eigenes Leben gelassen ohne mit der Wimper zu zucken. Aber ich war doch kein Narr! Für einen Haufen fremder Weibsbilder konnte ich nicht dasselbe Risiko eingehen. Nicht wenn es gleichzeitig bedeutete, die Chance, meine Familie je wiederzusehen, eigenhändig zunichte zu schlagen.

13.

AURA

Zwei Tage und eine Nacht waren vergangen, seit sie Aaron mit sich genommen hatten. Zwei Tage und eine Nacht war ich vor Sorge beinahe wahnsinnig geworden. Eine weitere Nacht würde ich es nicht aushalten. Mutter meinte gestern Abend, vielleicht schicke der Lord Aaron zurück nach Hause, sobald das ‚Missverständnis' geklärt worden war. Aber Aaron kam nicht zurück.

Also würde ich zu ihm kommen.

Ich umklammerte die Zügel des Pferdes fester und lehnte mich nach vorn. Der Wind peitschte mir das Haar aus dem Gesicht und ließ meine Augen tränen.

Es war so dunkel, dass es mir vorkam, als würden wir auf einen bodenlosen Abgrund zureiten. Hoffentlich sah der weiße Schimmel, den ich aus den Stallungen des Dorfes gestohlen hatte, mehr als ich. Wie lange würde es dauern, bis wir die Burg erreichten? Vermutlich die halbe Nacht. Ich war nicht gerade eine erfahrene Reiterin. Meine Oberschenkel schmerzten schon nach wenigen Stunden, meine Hände verkrampften um die Zügel und meine Lunge brannte. Das Pferd und ich würden bald eine Pause brauchen.

Ich ließ den Schimmel in einen gemächlichen Trab verfallen, auch weil der Hang langsam steiler wurde. Mein Blick wanderte nach oben zu dem fast vollen Mond. Dunkle Wolken, die aussahen wie schwarzer Rauch, schoben sich an den Rändern über die weiße Scheibe.

Irgendwo krähte ein Rabe und ich wäre beinahe zusammengezuckt. Von dem Adrenalinpegel und dem schnellen Ritt war jeder Muskel meines Körpers gespannt wie eine Sehne. Mein Herz galoppierte noch immer im selben Tempo wie vorhin noch die Hufe des Pferdes.

Was würde ich eigentlich tun, sobald ich die Burg erreichte? Ich hoffte, noch vor Morgengrauen dort zu sein, doch meine Chancen, Aaron in der Burg zu finden, ohne dass jemand auf mich aufmerksam wurde, lagen im Bereich des Unmöglichen. Vermutlich – falls es mir nicht gelang, Aaron zu finden und aus dem Kerker zu befreien – würde mir nichts anderes übrigbleiben, als mit dem Lord zu verhandeln. Er war um eine fünfte Jungfrau gebracht worden. Vielleicht würde er sich milde zeigen, wenn ich mich gegen Aaron eintauschen ließ. Auch wenn das genau das war, was mein Bruder verhindern wollte, konnte ich es nicht zulassen, dass er sich für mich opferte.

Plötzlich wieherte das Pferd und stellte sich auf die Hinterbeine. Ich konnte mich gerade noch an seiner Mähne festkrallen, um nicht vom Sattel geworfen zu werden.

»Was ist denn los?«, fragte ich das Tier und streichelte ihm beruhigend über den Hals. Es war stehengeblieben und weigerte sich weiterzulaufen.

Meine Augen, die sich mittlerweile an die Dunkelheit gewöhnt hatten, erkundeten die Umgebung. Irgendwo knackte es in den Ästen, nichts Ungewöhnliches am Rande eines Waldes, doch mein Puls beschleunigte sich. Ich hatte das plötzliche Gefühl, nicht mehr allein zu sein.

Das bildest du dir nur ein, Aura, redete ich mir gut zu. *Sei so mutig, wie dein Bruder es wäre.*

»Komm, weiter«, befahl ich dem Schimmel und drückte meine nackten Waden gegen den Bauch des Pferdes. Es durfte nicht mehr weit bis zur Burg sein. Zumindest thronte ihre Silhouette nicht mehr über uns, sondern verschwand hinter den dunklen Baumkronen, die den Weg säumten. Wir hatten den Gipfel des Berges fast erklimmt.

Der Schimmel tänzelte noch etwas herum, gehorchte mir schließlich aber doch. Wir verließen den Schutz der Bäume und hatten auf einmal einen freien ansteigenden Hang vor uns, bis in ein paar Metern Entfernung die Burgmauern in den Nachthimmel aufragten.

»Wir sind da«, hauchte ich ungläubig, meine Stimme vom heulenden Wind verschluckt, sobald die Worte meine Lippen verließen. Doch noch während wir über das Feld trabten, bemerkte ich, dass dies kein einfaches Feld war. Hier und da ragten große Steine aus dem Boden und das ein oder andere Kreuz warf seinen mächtigen Schatten.

Das hier war ein Friedhof.

Gütiger Gott ... Eine Gänsehaut zog sich über meinen schweißnassen Körper und ich erzitterte von einem kalten Schauer, der mir über die Wirbelsäule kroch. Ich spannte meine Oberschenkelmuskeln an und trieb das Pferd zu einem schnelleren Tempo an. Das hier war kein Ort, an dem ich länger verweilen wollte. Doch kurz bevor wir die Burgmauern erreichten, sah ich es. Eine Gestalt, die zwischen zwei Gräbern stand.

Angst peitschte wie loderndes Feuer durch meine Venen.

Das bildest du dir nur ein!

Ich wollte den Blick abwenden, doch die schwarze menschenförmige Silhouette zog meine Aufmerksamkeit magisch auf sich. Als sie sich plötzlich bewegte und in unsere Richtung auf uns zu hetzte, schrie ich auf und zog an den Zügeln.

Das Pferd bäumte sich auf, wirbelte panisch herum und nur mit Mühe konnte ich mich auf seinem Rücken halten.

Ich riss meinen Kopf herum, sah über die Schulter und schrie erneut. Der Klang meiner Angst hallte durch die Nacht, klingelte mir in den Ohren. Doch die schwarzen Schatten konnte er nicht vertreiben. Statt einer dunklen Gestalt liefen nun vier auf mich zu. Ich hatte nicht gesehen, woher sie kamen. Wer sie waren ... *was* sie waren.

»Los! Lauf!«, schrie ich dem Pferd zu und trieb es mit meinen Waden an.

Plötzlich traf uns etwas von der Seite. Mit einem hohen Kreischen hatte sich jemand auf uns gestürzt. Ich verlor den Halt und in der nächsten Sekunde spürte ich einen dumpfen Schmerz in meiner Schulter, als ich auf dem Erdboden aufschlug. Die Luft entwich meiner Lunge. Ich versuchte mich aufzurappeln, da hatte mich schon etwas an der Schulter gepackt.

Der modrig süße Geruch von Tod und Verwesung stieg mir in die Nase, der mir bereits bekannt vorkam. Kalte, steife Finger bohrten sich in meine Oberarme und rissen mich in die Höhe.

Mein Blick suchte den meines Angreifers, doch statt in ein Paar menschlicher Augen blickte ich in das verweste, von Würmern zerfressene Gesicht eines Leichnams.

14.

AARON:

Am Morgen des dritten Tages war ich aus dem Bett, noch bevor die Glocke zum Frühstück läutete. Ich hatte nach Brunas Besuch die restliche Nacht über kein Auge zugetan und auf etwaige Schreie gelauscht, doch die Stille war drückender gewesen denn je. *Und manchmal war Stille furchteinflößender als Lärm.*

Nun wartete ich in einer Nische des Korridors, um Estelle auf dem Weg in den Speisesaal abzufangen. Carola, Dalia und Bruna liefen an mir vorbei, ohne dass sie mich bemerkten. Ihre langen schicken Kleider raschelten bei jedem ihrer Schritte. Eine angespannte Stille herrschte zwischen den Frauen, vermutlich hing jede von ihnen irgendwelchen düsteren Gedanken nach.

Estelle war die Letzte, die mit einigen Minuten Verzögerung aus ihrem Zimmer kam und die Treppe ins Erdgeschoss ansteuerte.

Als sie auf meiner Höhe war, schnellte ich aus meinem Versteck und zog sie am Handgelenk zu mir. Meine andere Hand legte ich auf ihren Mund, um ihren Schrei abzufangen.

»Pscht, ich bin's nur«, beruhigte ich sie.

Ich drehte sie zu mir um und suchte ihren Blick. Ihre Augen waren vor Schreck weit aufgerissen. Grün-braun war ihre Iris, die sich um ihre geweiteten Pupillen schlang.

Als sie mir blinzelnd zunickte, und ich mir sicher war, dass sie nicht um Hilfe rufen würde, gab ich ihren Mund frei und ließ sie los.

»Du hast mich fast zu Tode erschreckt«, japste sie und legte eine Hand auf ihre Brust, die sich unter ihrem prunkvollen, teuren Kleid schnell hob und senkte. Der kräftige senfgelbe Stoff passte zu ihrem langen hellbraunen Haar, das sie heute offen trug. »Was ... was möchtest du von mir?«, fragte sie sichtlich verunsichert. Bisher hatten wir nicht sonderlich viel mit einander gesprochen.

»Ich wollte sehen, wie es dir heute Morgen geht«, erklärte ich und inspizierte sie mit meinen Blicken. Das Kleid mit den langen Ärmeln verdeckte viel von ihrem Körper. Um den Hals trug sie einen weißen luftigen Schal. Bevor sie mich davon abhalten konnte, schnellte meine Hand vor und zog ihr das Tuch vom Körper.

Sie keuchte erschrocken auf und versuchte es festzuhalten, doch ich war schneller. Eine Wundauflage klebte an ihrer Halsbeuge und stach mir sofort ins Auge.

»Was ist da passiert?«, wollte ich wissen.

»N... nichts«, stotterte sie und wich vor mir zurück. Sie riss mir den Schal aus der Hand und wickelte ihn sich wieder um.

Dabei bemerkte ich, dass auch unter ihren weiten Ärmeln etwas Weißes aufblitzte. Ich griff nach ihrer rechten

Hand und zog den Ärmel zurück. Ein weißer Verband war um das Handgelenk geschlungen.

»Und hier?«, fragte ich.

»Ich ... ich weiß es nicht. Bitte ... lass mich los.«

Da sie schon beinahe panisch klang, nahm ich widerwillig die Hand von ihr und atmete tief durch. »Estelle. Du musst mir sagen, was das für Verletzungen sind. Hat der Lord sie dir zugefügt?«

Sie schüttelte den Kopf und lief rot an. »Ich weiß es nicht«, wiederholte sie nur.

Wie konnte sie das nicht wissen? An den Stellen, die ich gesehen hatte, prangten keine Blutergüsse. Ich müsste mehr von ihrem Körper zu Gesicht bekommen, um zu beurteilen, ob der Lord sie gewalttätig angefasst hatte, aber diese beiden Wunden, die verarztet worden waren, waren nicht das, was ich erwartet hatte.

»Ich weiß, ich bin bestimmt der Letzte, mit dem du über deine Nacht mit dem Lord reden willst, aber gibt es irgendetwas, was du mir sagen willst?«, wagte ich einen letzten Versuch. Ich sah ihr aufrichtig in die Augen, in der Hoffnung, sie würde erkennen, dass sie mir vertrauen konnte. Obwohl ich sie grade etwas unziemlich bedrängt hatte. Mein ernsthaft besorgtes Gesicht verriet ihr hoffentlich, dass ich nur helfen wollte. Ich konnte zwar nichts ungeschehen machen, aber wir alle hatten noch drei Nächte in dieser Burg vor uns.

Bruna hatte ihre Nacht noch vor sich.

Ich schloss kurz die Augen und schluckte. Ihre Enttäuschung von vergangener Nacht nagte noch an mir, obwohl ich es nicht an mich heranlassen wollte. Meine Vernunft riet mir ganz klar, mich da rauszuhalten. Ich würde den Lord schließlich nicht einfach davon abbringen können, sich an seinen Auserwählten zu vergreifen, wie es ihm beliebte, doch Brunas Schilderung darüber, wie Dalias Körper ausgesehen hatte, ging mir nicht mehr aus dem Sinn.

Vielleicht war der Lord ein Sadist, der sich an den Schmerzen von Frauen ergötzte … vielleicht bedeuteten diese Einstiche aber auch, dass etwas an den Legenden wahr war und er unser Blut für irgendein Ritual oder zum Brechen eines Fluchs benötigte …

»Wir … wir hatten einen netten Abend und eine angenehme Nacht. Mehr gibt es nicht zu erzählen«, riss Estelle mich aus meinen wirren Fantasien. »Ich weiß nicht, wo und wie ich mich verletzt habe.« Die schüchterne Schattengeküsste sah zu Boden.

Ich konnte nicht einmal sagen, ob sie log oder ob sie wirklich nicht wusste, wie sie sich verletzt hatte.

»Können wir jetzt frühstücken?«

Sie wollte sich schon zum Gehen wenden, als ich sagte: »Warte. Eine Frage noch. Wer hat dich verarztet?«

»Ähm.« Sie runzelte irritiert die Stirn. »Ein junges Mädchen war vorhin in meinem Zimmer. Sie hatte eine Salbe dabei und half mir anschließend beim Ankleiden.«

Also war außer Quentin und der älteren Kammerzofe, die mich an meinem ersten Morgen hier überrascht hatte, noch jemand auf der Burg. Nein, *natürlich* waren noch mehr Bedienstete auf dieser Burg, auch wenn sie meist wie ausgestorben wirkte. Ich hatte an den Stallungen bereits einen jungen Knaben gesehen, der sich bei unserer Ankunft um die Pferde gekümmert hatte. Und ich wusste, dass irgendjemand hier das Essen für uns zubereitete. Quentin traute ich so viel Talent in der Küche nicht zu.

Vielleicht hatte ich bisher mit den falschen Leuten gesprochen, wenn ich mehr über den Lord herausfinden wollte und darüber, was hier überhaupt vor sich ging.

»Glaubt ihr, wir kriegen nach dem Frühstück wieder so eine sinnfreie Aufgabe wie gestern?«, fragte ich beim Essen, um die Stille zu brechen. Dalia und Estelle waren schon immer schweigsam, aber Brunas wortkarges Verhalten war neu. Und es trug nicht gerade zur Stimmung in diesem Schloss bei.

»Ich fand die Aufgabe gestern ganz nett«, murmelte Estelle.

»Weiß jemand von euch, ob der Lord sich diese Bilder überhaupt angesehen hat?« Es erschien mir immer suspekter, dass er sich so selten blicken oder etwas von sich hören ließ. Mir persönlich sollte es eigentlich recht sein, aber irgendetwas stimmte hier nicht, und ich war niemand, der ungelöste Rätsel einfach ignorieren konnte. Auch wenn es mir besser bekommen würde.

»Er hat mich gestern Abend auf meins angesprochen. Er fand es sehr schön«, erwiderte Estelle zaghaft.

Wirklich? Ich hob eine Augenbraue. Wollte sie ernsthaft so tun, als hätte sie gestern einen romantischen Abend mit diesem Mann gehabt? Dass er ihr Komplimente gemacht hatte? Das passte nicht zu dem, was ich bisher vom Lord gesehen hatte.

Ich sah zu Bruna, die Estelle mit ihren Blicken genauso inspizierte, wie ich zuvor auf dem Flur. Was sie wohl von dem Ganzen hielt?

»Wenn der Lord sich heute wieder den ganzen Tag nicht blicken lässt, war's das von mir«, sagte Carola auf einmal und legte betont laut ihr Besteck auf den Tisch. »Ich lasse mich doch hier nicht zum Narren halten.«

»Vielleicht ist an den Schauermärchen auch etwas dran und auf ihm liegt ein Fluch?« Brunas Stimme klang ernst, auch wenn sie Carola mit Sicherheit nur aufziehen wollte.

»Was denn für ein Fluch?«, zischte die Blondine. »Wir haben ihn gesehen. Nichts an den Geschichten über ihn ist wahr.«

»Vielleicht ist er ein Geist.« Bruna spielte mit ihrer Gabel und drehte sie zwischen ihren Finger, anstatt damit zu essen. »Vielleicht existiert er nur nachts.« Sie zuckte mit den Schultern. »Oder ...«

»Oder?«

»... er ist ein Werwolf, der bei Vollmond das Fleisch junger Frauen isst!« Dabei schlug sie mit der linken Hand flach auf den Tisch.

Estelle schnappte hörbar nach Luft, während Carola, die mir genau gegenübersaß, kurz zusammenzuckte.

Ich wollte mich gerade an Bruna wenden und an ihrem Blick erkennen, was sie mit dieser Gruseleinlage bezwecken wollte, als plötzlich ein Knall ertönte und etwas bestialisch aufquieckte. Ein hoher fiepender Ton, der mein Herz vor Schreck fast zum Stillstand brachte.

Estelle kreischte auf.

»Was ist das?«, schrie Carola und sprang vom Stuhl.

Ich stand ebenfalls auf und versuchte den Laut zu orten. Das Fiepen hielt an, auch wenn es schwächer wurde.

Das klang wie ...

Ich duckte mich und sah unter den Esstisch. Ich hatte recht. »Eine Mausefalle«, erklärte ich und ging auf dem Boden in die Knie.

Mitten unter der langen Tafel war eine Falle ausgelegt worden und nun fiepte dort eine Maus um ihr Leben. Es hatte sie nicht getötet, doch zur Hälfte zerquetscht. Das arme Tier litt höllische Qualen.

Neben mir war auch Bruna in die Hocke gegangen und starrte unter den Tisch.

»Mach das weg, mach das weg!«, schrie Carola panisch. Ich hörte, wie sie auf ihren Stuhl stieg.

»Das ist nur eine hilflose Maus«, beruhigte ich sie. Als ich unter dem Tisch auftauchte, merkte ich, dass nicht nur Carola auf ihrem Stuhl in Deckung gegangen war, auch Estelle hatte sich flüchtend in eine der Ecken, neben dem großen offenen Kamin begeben. Dalia saß mit angewiderter Miene weiterhin an der langen Tafel, ein Stück abgerückt, sodass sie vermutlich gerade ebenfalls einen Blick nach unten riskiert hatte.

Wo waren diese Mädchen bloß aufgewachsen?

Innerlich schüttelte ich den Kopf, während ich eines der großen Messer vom Tisch nahm, mich wieder nach unten hockte und dem armen Tier Erlösung schenkte.

»Was glaubst du, hatte diese Mausefalle zu bedeuten?«, fragte Bruna mich, als wir den Speisesaal verließen. Carola und Estelle marschierten an der Front, während Dalia mit ein paar Fuß Abstand zu uns auf dem Gang trödelte.

»Du redest also noch mit mir?«, fragte ich.

Sie warf mir einen abschätzigen Blick zu. »Ich bin kein beleidigtes Kind, Aaron.«

»Gut.« Ich schob meine Hände in die Taschen der dunklen Leinenhose und verlangsamte meine Schritte. Meine Antwort war ernst gemeint, denn ich hätte es schade gefunden, wenn sie tatsächlich kein Wort mehr mit mir gewechselt hätte.

Am untersten Absatz der Treppe blieb ich stehen, während die anderen Auserwählten nach oben liefen. Bruna blieb bei mir.

Dalia drehte sich auf halber Treppe noch um und warf einen irritierten Blick zu uns, ehe sie weiterlief. Mir war egal, was sie über uns dachte.

»Hast du nicht gestern zu mir gesagt, du willst nicht mehr gegen die Regeln verstoßen?«, wollte Bruna von mir wissen.

»Wieso glaubst du, hat die Mausefalle etwas zu bedeuten?«, antwortete ich mit einer Gegenfrage. »In einer solchen Burg sind Mäuse keine Seltenheit.«

Sie rollte mit den Augen. »Und dass die Falle genau mittig unter unserem Esstisch drapiert war?«

Ich legte die Stirn in Falten. Keine Ahnung, was in Brunas Kopf vorging, aber sie verstrickte sich da noch tiefer in etwas als ich.

»Vielleicht war es ein Test, um zu sehen, wie wir reagieren«, fuhr sie fort. »Wenn du nicht unter uns wärst – welcher der Auserwählten würdest du am ehesten zutrauen, diese verletzte Maus zu töten?«

Ich zuckte mit den Achseln. »Dafür müsste ich nicht erst dieses Spektakel veranstalten. Ich hätte die Antwort auch vorher schon gewusst.«

»Gut.« Brunas dunkelbraune Augen funkelten mich zufrieden an. »Aber der Lord kennt mich noch nicht so gut wie du. Für ihn hätte dieser Test also neue Schlüsse über unseren Charakter ergeben.«

Ich lehnte mich mit dem unteren Rücken an die steinerne Treppensäule. »Ich dachte, deine neue Theorie besagt, dass der Lord bloß ein Geist ist, der sich nur nachts manifestiert? Wieso also tagsüber dieser Test, wenn er das Ergebnis nicht beobachten kann?«

»Ich glaube nicht, dass er ein Geist ist.«

»Dann also doch der Werwolf?«

Brunas Blick verfinsterte sich. Bevor sie wortlos und wütend abhauen konnte, hielt ich sie am Handgelenk fest.

Überrascht sah sie nach unten, als sie daraufhin wieder hochschaute, war ihr Blick tadelnd. »Was?«, zischte sie mich an und entzog sich meinem Griff.

Entschuldigend ließ ich meine Hand sinken. Manchmal vergaß ich im Eifer des Gefechts, wen ich vor mir hatte und dass ich sie nicht so grob und gedankenlos berühren sollte. Wir kannten uns schließlich kaum.

»Verzeih. Aber eine Sache noch«, bat ich sie. »Hast du diese vermummten, dunklen Biester nach unserem ersten Tag hier noch einmal gesehen?«

Deutlich irritiert von meinem Themenwechsel brauchte sie ein paar Sekunden, bis sie mir antwortete. »Du meinst die Wachen, denen der Lord die Zunge rausgeschnitten hat?«

»Was?«, entschlüpfte es mir. *Zunge rausgeschnitten?* Ich hatte anhand ihrer schlurfenden, teilweise humpelnden Gangart und dem gebeugten Körper schon vermutet, dass sie entstellt oder von etwaiger Folter gebrochen waren, aber es so eindeutig aus Brunas Mund zu hören, überraschte mich.

»Ja, das hatte Quentin uns am ersten Tag erzählt. Aber nein, jetzt da du es sagst. Ich habe schon lange keinen mehr von ihnen gesehen. Ich war seitdem aber auch nicht wirklich draußen. Mag sein, dass sie das Schlossgelände und die Burgmauern bewachen.«

Bewachen vor wem? Wenn, dann bewachten sie uns. Kontrollierten, dass wir das Gelände nicht verließen.

Schade, dabei hatte ich mittlerweile wirklich Lust, mich noch einmal mit einem von ihnen zu unterhalten. Dass ihnen allen die Zunge rausgeschnitten wurde, glaubte ich nicht. Sie mochten verstümmelt wirken, aber ein paar von ihnen hatte ich wenige Wörter sprechen gehört.

»Kannst du mir einen Gefallen tun?«, fragte ich weiter. Ein Plan hatte begonnen sich in meinem Kopf zu formen, sich auszubreiten wie die Äste einer ausladenden Eiche. Doch ich konnte ihn nicht allein bewältigen, zumindest nicht alle Abzweigungen.

»Und der wäre?« Bruna überkreuzte die Arme vor der Brust und sie musste nicht aussprechen, was sie dachte: *Wieso sollte ich dir jetzt noch helfen?*

»Da ich keine Frau bin, wird Estelle mir ihren Körper nicht zeigen«, erklärte ich, auch wenn ich sah, dass Bruna über den erneuten Themensprung langsam an meinem Verstand zu zweifeln begann. »Du hingegen kannst es versuchen. Sie scheint zugänglicher als Dalia. Bei Dalia merkt man, dass sie lieber eine Einzelgängerin ist. Estelle hingegen braucht hier eine Freundin.«

»Warte. Du willst, dass ich mich mit ihr anfreunde, um sie nackt zu sehen?«, fragte sie ungläubig.

Ich verdrehte die Augen. »Du musst es nicht so drastisch formulieren. Aber du willst doch, dass wir etwas gegen das tun, was der Lord hier veranstaltet. Dafür müssen wir wissen, was das überhaupt ist. Estelle ist ein Stück dieses Puzzleteiles. Die Verbände um ihr Handgelenk und an ihrem Hals sehen nicht aus wie typische Verletzungen nach einer sinnlichen Nacht. Wenn du willst, dass ich dir helfe, das Rätsel zu lösen, wirst du dem auf die Spur gehen und mir anschließend erzählen, was du gesehen hast.«

»Moment. Du hast ihre Verbände gesehen? Wie das, bei diesem Kleid?«

»Lass das meine Sorge sein«, erwiderte ich und in ihren Augen blitzte etwas auf. Skepsis ... oder gar *Eifersucht*?

»Und was machst du in der Zwischenzeit?«, fragte sie, als ich mich schon abgewandt hatte.

»Ich gehe einer anderen Spur nach.«

Zügig durchquerte ich die langen Korridore. Meine Schritte hallten von den hohen Wänden wider. Das Echo begleitete mich, klang irgendwann so vertraut, dass ich es kaum noch wahrnahm.

Brunas Gedanken über eine Prüfung unserer Charaktere war eine nette Idee, doch hatte diese Theorie eine entscheidende Schwachstelle. Wie beobachtete der Lord uns? Nicht einmal Quentin lauerte in unserer Nähe, sonst hätte er Bruna und mich bestimmt wieder auseinandergerissen, als wir zu zweit in der Eingangshalle geblieben waren und uns unseren Verschwörungen gewidmet hatten. Als ich ihre Hand ergriffen und sie mich so überrascht angeschaut hatte, das war beinahe ... nein. Mein beschleunigter Puls hatte nichts zu bedeuten. Diese Auserwählte war nur so anders als alle Frauen, die ich im Dorf kennengelernt hatte. Nicht, dass ich mit besonders vielen ausgegangen war. Ich hatte nie das Interesse daran gehabt. Aber Bruna verwirrte mich immer aufs Neue. Mal schob sie absichtlich ihren Stuhl beiseite, um weiter von mir weg zu sitzen, und dann tauchte sie mitten in der Nacht in einem Unterkleid bei mir auf und bat mich um Hilfe. Ihre Enttäuschung, ihre Wut, ihre Verwirrung – all das lud sie an mir ab. Ich war es nicht gewohnt, so sehr in die Gefühlswelt einer anderen Person miteinbezogen zu werden.

Das war ... anstrengend.

Genauso anstrengend wie das Erklimmen dieses Turmes. Meine Beine wurden immer schwerer und meine Schritte langsamer. Ich war auf der Suche nach einem hohen Aussichtspunkt und hoffte, hier nun fündig zu werden, nachdem ich bisher erfolglos in einigen anderen Türmen gewesen war, die mir jedoch nicht genügend Sicht ins Freie verschafft hatten.

Als ich oben angelangte, pfiff ein kalter Wind durch die offenen Fensterluken. Schwarze Krähen saßen auf den hölzernen Dachbalken, blinzelten mich von oben mit gelben Augen an. Eine Krähe stieß einen Schrei aus und flog dann mit laut flatternden Flügeln aus einem der schmalen, langen Fenster.

»Okay, dann wollen wir mal sehen«, murmelte ich und schritt auf eben dieses Fenster zu. Ich hielt mich an den steinernen Wänden rechts und links fest, während ich mich etwas vornüberbeugte und hinaussah. Ich war wirklich im höchsten Turm der Burg angelangt. In schwindelerregender Tiefe konnte ich den großen Platz mit dem Brunnen erkennen, wo ich am ersten Tag aus der Kutsche gestiegen war. Ich sah die Burgmauern und dahinter ein abfallendes Feld, welches direkt an einen undurchdringlichen Wald grenzte.

Ich schärfte meine Augen, kniff sie gegen den peitschenden Wind zusammen, und versuchte zu erkennen, ob jemand die Burgmauern bewachte. Doch weder auf der Seite des Schlosses, noch auf der Seite des Waldes konnte ich patrouillierenden Wachen erkennen.

Wir waren ganz allein hier.

Zumindest machte es den Anschein.

Seltsam.

Ich lehnte mich zurück, wollte mich gerade umdrehen und durch ein anderes Fenster auf der gegenüberliegenden Seite in Richtung der Gärten schauen, als hinter mir eine Stimme ertönte.

»Was tut Ihr hier?«

Erschrocken wirbelte ich herum, strauchelte und spürte, wie mein Gleichgewicht nach hinten kippte.

15.

AURA

Der Morgen dämmerte, als ich die Schatten der Baumkronen hinter mir ließ und aus dem Wald galoppierte. Die letzte Stunde war ich geritten, als wäre der Teufel persönlich hinter mir her. Ohne Pause. Ohne das Tempo zu drosseln. Meine Finger um die Zügel waren steif und verkrampft, ich konnte sie kaum mehr bewegen. Aber ich hielt mich daran fest, mit all der Kraft, die ich aufbringen konnte.

Ich hatte dem Tod ins Gesicht geblickt. Er hatte die Finger nach mir ausgestreckt, doch irgendwie war es mir gelungen, ihm zu entkommen.

Jeder Teil meines Körpers schmerzte. Brannte. Verging vor Qualen.

Als ich vor dem heller werdenden Horizont die Silhouette eines Kreuzes sah, das von einem Dach in den Himmel zeigte, fiel ich vor Erleichterung fast vom Pferd.

Wir erreichten die kleine Kapelle, als die ersten Sonnenstrahlen über die kahlen grünen Hügel krochen.

»Hilfe! Ich brauche Hilfe!«, schrie ich, noch während ich den Schimmel abbremste.

Beinahe augenblicklich rannte ein Mann aus der Kapelle, der eine braune Mönchskutte trug. Er streckte die

Arme nach meinem Pferd aus, um es zu beruhigen und die Zügel in die Hand zu nehmen. Doch noch bevor das Tier ruhig stehenblieb, rutschte ich vom Sattel. Ich hatte keine Kraft mehr, mich noch weiter zu halten.

Zum Glück fing der Mann mich auf, ehe ich auf dem Boden aufschlug. Mit mir zusammen ließ er sich auf die trockene Erde nieder, bis ich vor ihm kniete. Er stützte mich, damit ich nicht zur Seite sackte.

»Junges Fräulein. Was ist geschehen? Wie kann ich Ihnen helfen?«, fragte er in Sorge.

Ich begann am ganzen Leib zu zittern, so sehr, dass ich meine Lippen nicht dazu bringen konnte, einzelne Wörter zu produzieren.

»Gütiger Gott. Sie sind verwundet. Kommen Sie, ich bringe Sie rein.« Er versuchte mich unter den Achseln hochzuheben.

Ich wusste nicht mehr, wie wir es bis in die Kapelle schafften. Oder woher die Frau kam, die mir einen nassen Lappen auf die Stirn legte. Sie trug ein schlichtes weißes Arbeitskleid, eine Kette mit einem Kreuz und einen schwarzen Schleier, der ihr Haar verdeckte, und nach hinten auf ihren Rücken fiel.

»Schwester, ich ... ich brauche Hilfe«, krächzte ich und versuchte mich aufzusetzen.

»Bleiben Sie liegen. Die Schnitte an Ihrem Arm sind tief. Ich werde sie gleich verbinden.«

Schnitte? Die mussten von den klauenartigen Fingern des Toten stammen, der mich festhalten wollte, als ich mich von ihm losgerissen hatte. Ich erinnerte mich nur noch dunkel daran, wie die spitzen Fingernägel sich in mein Fleisch gebohrt hatten.

»Die Burg Dawncliff. Dort gibt es wandelnde Tote! Ich habe sie mit eigenen Augen gesehen. Mein Bruder ist dort gefangen! Ich muss ihn retten. Ihn da rausholen.«

»Pscht«, machte die Geistliche und drückte mich sanft zurück in ein Kissen. Seit wann lag ich in einem Bett? Verdammt, das war jetzt egal. Sie musste mir glauben. Sie mussten jemanden schicken, um Aaron aus dieser Hölle zu befreien.

»Ruh dich aus, mein Kind.« Sie griff nach einer Schale, von der weißer Dampf aufstieg. Sie bewegte die Schale über meinem Kopf, ließ sie kreisen und strich mit ihren Händen durch die Luft, um den Dampf zu verteilen. »Sobald du geschlafen hast, reden wir erneut.«

Ihre Stimme wurde zum Ende hin immer leiser, bis sie schließlich verblasste.

Als ich die Augen das nächste Mal öffnete, war es helllichter Tag. Die Sonne fiel durch ein verdrecktes kleines Fenster.

Ich schnellte hoch und fand mich sitzend auf einer schmalen Pritsche wieder. Ein stechender Schmerz breitete sich in meinem Arm aus und ich sog zischend die Luft ein. Mein Blick wanderte nach rechts an mir herunter und ich entdeckte eine Schlinge, die meinen verbundenen Arm an meine Brust presste. Ich trug noch immer das hellblaue Leinenkleid, in dem ich losgeritten war, doch meinen rechten Ärmel hatten sie abgerissen oder abgeschnitten, um die Wunden besser erreichen zu können.

Ich legte den Kopf in den Nacken und schloss die Augen.

Wie lange hatte ich geschlafen? Ich hoffte nicht länger als ein paar Stunden.

Ich stand auf, fühlte mich noch etwas benommen, doch ich konnte nicht länger hier liegen bleiben, während Aaron noch immer da draußen war. An einem Ort, der jegliche Schauermärchen in den Schatten stellte. Ich hatte den wahren Kern der Legenden gefunden, ihn mit eigenen Augen gesehen: Der Tod hauste auf diesem Schloss, die Burg war wahrhaftig verwunschen.

Ich schlich auf nackten Sohlen bis zur Tür – die Schuhe hatte man mir ausgezogen – und drückte die kühle eiserne Klinke herunter. Beinahe geräuschlos öffnete ich die Tür einen Spalt und wollte sie gerade vollständig aufziehen, als ich leise Stimmen vernahm. Neugierig hielt ich inne.

»Wie lange wird sie noch schlafen?«

»Ich schätze noch mehrere Stunden. Ihr Körper braucht Ruhe.«

»Hat sie etwas erzählt?«

»Ja, sie hat von wandelnden Toten gesprochen und von der Burg Dawncliff.«

»Tote also? Und die Burg, um die ohnehin schon so viele Spukgeschichten kreisen?«

»Ja, Vater. Was ... tun wir mit ihr, wenn sie aufwacht?«

»Wir geben ihr eine warme Suppe und erklären ihr, dass wir ihr nicht helfen können. Falls sie ...« Die Stimme des Mannes verstummte für einen Moment und ich hielt den

Atem an. »... von ihrer Überzeugung nicht abzubringen ist, schick sie nach Moonhill.«

»Zum Kloster St. Augustin?«, fragte die Frauenstimme.

»Genau. Die Ordensbrüder dort sind mit wandelnden Toten und Kreaturen dieser Art näher vertraut als wir. Falls an den Geschichten etwas dran ist, ist Moonhill so oder so der einzige Ort, an dem man ihr glauben wird.«

Kurz darauf hörte ich dumpfe, sich entfernende Schritte. Schnell schob ich die Tür wieder zu und eilte zu dem schmalen Bett zurück.

Ich legte mich hin und schloss die Augen. Es kam niemand, um nach mir zu sehen, trotzdem blieb ich reglos liegen. Etliche Minuten. Die Schwester dachte, ich würde noch mehrere Stunden schlafen. Sollte ich aufbrechen, bevor sie nach mir sehen würde? Sie wollten mich ohnehin wegschicken.

Moonhill. Das Dorf war größer als unseres, lag am Rande einer Stadt. Sie hatten ein eigenes Kloster. Ich hatte mir den Namen gemerkt und ich wusste, in welche Richtung ich ungefähr reiten musste. Früher, als Papa noch öfter zuhause war, hatte er eigenhändig Karten gezeichnet. Er meinte, sie halfen ihm bei seinen Jagdausflügen und anschließenden Handelsreisen. Doch einmal hatte er mir augenzwinkernd verraten, dass er es liebte, Ordnung in seinen Geist zu bringen. Und die Malerei half ihm, von seinen Sorgen abzuschalten. Es beruhigte ihn, bei Kerzenschein unsere Wälder und Flüsse aufs Pergament zu bringen, unsere Welt auf die Tinte auf einem Stück Papier zu reduzieren. Ich wusste weder damals noch heute, von welchen Sorgen Vater sprach, aber ich wusste noch genau, wie ich immer abends neben ihm am Tisch gesessen hatte, ganz dicht neben der warmen Kerzenflamme, und Papa für sein Talent bewundert hatte. Er hatte mir auf dem Stück Pergament ein paar der umliegenden Dörfer und Städte gezeigt, oder die Routen, die er manchmal ritt, und mir erklärt, wie viele Tage er wegbleiben würde und wie groß die Distanz war, die auf dem Papier so winzig wirkte.

Ich atmete schwer aus und spürte Tränen hinter meinen Lidern brennen. Diese abendlichen Stunden mit Vater fehlten mir. Wir hatten schon lange nicht mehr im Kerzenschein beisammengesessen.

Ein tiefes Grummeln riss mich aus den Gedanken und es dauerte etwas, bis ich begriff, dass dies mein Magen war. Vielleicht sollte ich mit meinem Aufbruch doch warten, bis ich die Suppe bekam, von der die Schwester gesprochen hatte.

16.

BRUNA

Ich wartete, bis Aaron um die Ecke bog und verschwunden war, dann machte ich auf dem Absatz kehrt und lief zurück zum Speisesaal.

Aaron wollte, dass ich für ihn Estelle ausspionierte, und es war kein schlechter Gedanke, bei ihr nachzuhaken oder zu sehen, ob sie ähnliche Verletzungen wie Dalia hatte, doch zuvor musste ich etwas anderes kontrollieren. Bei dem Gespräch mit Aaron war mir nämlich etwas aufgefallen. Er meinte, der Lord könne uns unmöglich kontrollieren und ein Test wäre sinnlos, wenn niemand das Ergebnis sähe. Deshalb schlich ich zurück ins Speisezimmer, hielt aber überrascht inne, als ich ihn nicht leer vorfand.

Das junge Mädchen, das den Tisch abräumte, erschrak, als es mich sah und ließ ein Messer fallen, was scheppernd auf dem Boden landete.

»Entschuldige!« Ich wollte zu ihr eilen und das Messer aufheben, doch das Mädchen war schneller.

»Nichts passiert. Ich war nur überrascht, Euch hier zu sehen.« Sie verneigte sich vor mir und begann hektisch das restliche Geschirr zusammenzustellen.

»Bitte, diese Anrede braucht es gewiss nicht«, erklärte ich ihr. »Komm, ich helfe dir«, bot ich an.

Als sich unsere Blicke trafen, erkannte ich sie wieder. Sie war es, die Dalia in ihrem Zimmer verarztet hatte.

»Oh, nein, bitte nicht. Ihr seid eine Auserwählte. Vielleicht wird der Lord Euch zur Frau nehmen.« Schnell stapelte sie die restlichen Teller und hob sie vom Tisch. »Ich bin ohnehin schon fast fertig.«

Sie wandte sich zum Gehen. Da sie noch mindestens zwei Mal würde laufen müssen, um alles vom Tisch wegzuräumen, beschloss ich, ihre Worte zu ignorieren und ebenfalls ein paar der Silbertablette mit den Essensresten zu nehmen und ihr hinterherzutragen. Als sie es bemerkte, errötete sie, doch bevor sie etwas erwidern konnte, fragte ich: »Wie heißt du eigentlich?«

»Lisbeth«, antwortete sie.

Ich folgte ihr durch eine dunkle schmale Tür in die angrenzende Küche, wo eine etwas ältere Frau den Abwasch machte. Als ich sie grüßte, sah sie mich an wie ein Gespenst. »Kind, was tut Ihr hier?«

»Ich wollte nur helfen.«

Lisbeth und ich stellten das Geschirr und die Platten mit dem Essen ab und eilten dann hinaus, um noch die Reste zu holen.

»Sag mal, Lisbeth«, fing ich an, als wir wieder im Speisesaal waren. »Wurdest du eigentlich vom Lord persönlich eingestellt?«

»Nein, ähm Quentin kam vor einiger Zeit ins Dorf. Ein paar Tage vor Beginn der Auslese. Er hat viel Geld für diejenigen geboten, die während der Brautschau ein paar Aufgaben im Schloss erledigen würden. Kochen, aufräumen, nichts Großes.«

Ich runzelte die Stirn. »Und Dalias Verletzungen, die du versorgt hast? Wusstest du vorher davon, dass es zu so etwas kommen würde?«

Ihre grau-blauen Augen weiteten sich. »Natürlich nicht.«

»Was waren das überhaupt für Verletzungen? Waren es Schnittwunden oder …?« Ich ließ die Frage offen in der Luft hängen.

»Ähm.« Lisbeth errötete und mied meinen Blick. »Schwer zu sagen. Die Auserwählte hat mir nicht gesagt, wie sie sich die Wunden zugezogen hat oder was passiert ist. Der Lord hatte mich in den frühen Morgenstunden, noch weit vor Sonnenaufgang, geweckt und beauftragt, mich um den Obsidian zu kümmern. Und heute um den Topas.«

»Und morgen?«

»Ich weiß es nicht. Vermutlich wird er mich nachts wieder wecken und mich in das Zimmer der nächsten Auserwählten schicken.« Ein seltsamer Ausdruck huschte über ihr junges Gesicht. Also war auch ihr klar, dass es sich nicht um einen einmaligen *Unfall* handelte.

»Was glaubst du, woher rühren diese Verletzungen?«

»Mir ist es nicht gestattet, irgendwelche Vermutungen zu äußern. Oder mir darüber Gedanken zu machen. Ich helfe so gut ich kann, aber mehr darf ich nicht sagen. Verzeiht, Schattengeküsste.« Sie nahm mir den leeren Brotkorb aus der Hand. »Den Rest schaffe ich allein.«

Entschlossen drehte sie sich um und steuerte die Tür neben dem Kamin an. Ihr langes dunkelblondes Haar war zu einem Zopf geflochten, der beim Gehen hin und her schwang.

Ich sah ihr nach, bis die Tür hinter ihr zufiel. *Schon wieder eine Sackgasse.* Ich wartete noch einige Augenblicke, bis ich mich genauer in dem Saal umsah und mich dem Grund widmete, weshalb ich eigentlich hierher zurückgekehrt war.

Außer den beiden Türen gab es keinen weiteren Zugang zu dem Raum. Er hatte einen großen Kamin und eine Fensterfront. Ein prunkvoller Kerzenleuchter hing über der langen Tafel. Und an der Wand gegenüber der Fenster hingen mehrere Ölgemälde. Alle von ihnen zeigten irgendwelche Lords und Ladys vergangener Jahrzehnte – oder Jahrhunderte. Ich steuerte auf das mittlere Gemälde zu, welches dem jetzigen Lord fast wie aus dem Gesicht geschnitten war. Der Künstler dieses Portraits war sehr talentiert, es wirkte beinahe lebendig. Vermutlich war es mir noch nie zuvor sonderlich ins Auge gefallen, weil ich beim Essen stets mit dem Rücken zu dieser Wand saß. Ich bereute meine Platzwahl am ersten Abend nicht. Jede Mahlzeit auf dieses Bildnis zu starren, hätte mir mit Sicherheit den Appetit verdorben.

Ich hob die Hand und musste mich etwas auf die Zehenspitzen stellen, um das Gemälde überhaupt berühren zu können. Die Leinwand war in einen goldenen, verzierten Rahmen gefasst. Die Ölfarbe fühlte sich unter meinen Fingern glatt und doch uneben an. Mein Blick wanderte höher zu den Augen des ehemaligen Lords – vielleicht der Vater des heutigen? -, doch als ich seine Pupillen fokussierte, stockte ich. Spielten mir meine Augen einen Streich oder ...?

Mit klopfendem Herzen trat ich einen Schritt zurück, dann drehte ich mich um, eilte zu dem Tisch und nahm einen der Stühle, den ich dann bis vor das Gemälde trug. Schnell kletterte ich darauf und beugte mich vor, sodass ich nur Zentimeter von dem Portrait entfernt war. Ich streckte meine Finger aus und tastete über die Leinwand. Dort, wo die Augen des Lords sein sollten, waren kleine Löcher hineingeschnitten.

Meine Gedanken überschlugen sich. Ich wollte das Bild runterheben, griff links und rechts nach dem goldenen Rahmen und konnte gerade so die beiden äußeren Ränder umfassen. Das Bild war beinahe so groß wie ich. Würde ich es überhaupt anheben können? Vermutlich nicht. Das Risiko, damit zu stürzen, war zu groß. Falls ich das Gemälde beschädigte, würde der Lord herausfinden, dass ich ihm auf die Schliche kam.

Ich beschloss, es hängen zu lassen. Stattdessen presste ich mein Gesicht an das Bild, schloss ein Auge und versuchte mit dem anderen durch das Loch zu schauen. Doch es war alles dunkel. Vielleicht starrte ich einfach nur gegen die Wand? Ich lehnte mich wieder zurück, hob erneut die Hand und steckte meinen Zeigefinger in das Loch. Vorsichtig schob ich ihn in das Bild – in die Pupille des Lords –, rechnete schon fast damit, die Wand zu berühren, doch ich spürte keinerlei Widerstand. Hinter dem Bild war ein Freiraum.

Wenn der Lord davon wusste, konnte er jedes unserer Essen beobachten ... und belauschen.

Aufgeregt hastete ich durch den Korridor, auf dem unsere Zimmer lagen. Der lange Rock meines brombeerfarbenen Kleides raschelte bei jedem meiner zügigen Schritte.

»Wohin denn so eilig? Hat Carola recht und du schiebst heimliche Schäferstündchen mit dem blonden Jungen?«

Erschrocken bremste ich ab und sah nach links, wo Dalia in einer der Fensternischen saß. Sie hatte ein Buch in der Hand, was sie nun zuschlug und lässig in ihren Schoß legte, während sie mich musterte. Mein Blick verweilte ein paar Sekunden länger auf dem Buch und wenn ich mich nicht irrte, steckten dort lose Pergamentblätter drin.

»Natürlich nicht«, antwortete ich und entdeckte in ihrer Hand eine Schreibfeder. Ich runzelte die Stirn. »Schreibst du etwas auf? Wo hast du das Briefpapier her?«

»Habe ich von Zuhause mitgenommen.«

Meine Augen weiteten sich. »Dürfen wir unseren Familien schreiben?« Die Vorstellung lenkte mich sogar von der Eile ab, zu Aaron zu gelangen und mit ihm über meine jüngsten Erkenntnisse zu reden. Bisher hatte ich nicht an die Möglichkeit gedacht, einen Brief zu verfassen, aber vielleicht wäre es gar nicht einmal so dumm, die Vorfälle hier niederzuschreiben und mit einem Raben nach unten ins Dorf zu schicken. Ich erwartete zwar keine Rettung, aber die Bewohner Dawncliffs könnten so erfahren, was hier vor sich ging und was hinter den Schauergeschichten steckte, die man sich über den Lord erzählte. Der Mythos um einen entstellten alten Mann gehörte endlich aufgeklärt.

Dalia schüttelte jedoch den Kopf. »Nein, ich habe Helena, die Magd, die unsere Zimmer morgens macht, schon gefragt, ob es eine Möglichkeit gibt, die Briefe zuzustellen. Sie meinte, es sei strengstens verboten und ich solle diese Frage lieber nicht vor dem Lord wiederholen.«

Verdammt, das wäre auch zu einfach gewesen.

Dalia musterte mich skeptisch und presste ihre Lippen aufeinander, als würde sie plötzlich bereuen, mir so viel anvertraut zu haben.

»Keine Sorge, ich werde dem Lord nichts sagen«, erwiderte ich. »Aber wieso schreibst du sie, obwohl es keine Möglichkeit gibt, sie abzuschicken?«

Sie schluckte und sah aus dem Fenster. Kurz glaubte ich schon, sie wolle mir nicht mehr antworten, da sagte sie: »Sie entsprechen ohnehin nicht der Wahrheit. Es sind Lügengeschichten für meine kleine Schwester. Als ich gegangen bin, habe ich ihr versprochen zu erzählen, wie es hier oben im Schloss ist.«

Ihre Stimme dabei klang traurig. Es schien, als hätte ich Dalia falsch eingeschätzt. Dass sie die Märchenblase ihrer kleinen Schwester nicht platzen lassen wollte, verstand ich. Und ich verstand auch, wieso sie diese Briefe schrieb, obwohl sie sie nicht absenden konnte.

»Nach Ablauf der fünf Tage ... nach der Rückkehr ins Dorf hatte nie eine der Schattengeküssten je erzählen können, was hier oben passierte«, murmelte ich. Vielleicht waren die Auserwählten für ihr Schweigen bezahlt worden, vielleicht aber wurden sie gar erpresst oder Schlimmeres.

»Vielleicht verlieren wir alle auf magische Weise unser Gedächtnis«, erwiderte die Rothaarige und lachte freudlos auf.

Ich atmete schwer aus und sah Dalia noch ein paar Sekunden lang an. Sie drehte sich nicht mehr zu mir um und nahm das Gespräch auch nicht wieder auf – und ich wusste auf ihre letzte Theorie nichts mehr zu sagen.

Ich murmelte eine Verabschiedung und lief mit weitaus weniger Elan weiter. Würde der Lord am Ende dieser Brautschau auch uns zum Schweigen bringen – oder zum Vergessen?

Die Tür zu Aarons Zimmer war die letzte auf dem Gang. Zögerlich hob ich die Hand und klopfte gegen das Holz. Als keine Antwort ertönte, griff ich nach der verzierten Klinke und drückte sie hinunter.

»Aaron?«

Das Zimmer war leer. Das Bett war gemacht, die Decken und Kissen ordentlich aufgeschüttelt. Wo war er bloß? Nicht, dass ich ihn für einen Mann hielt, der den ganzen Tag in seinem Zimmer hockte, aber ich hätte meine Entdeckung über das Gemälde im Speisesaal gern mit ihm geteilt. Vielleicht würde er mir dann endlich glauben, dass der Lord sich seltsam verhielt, ja vielleicht sogar eine Gefahr für uns darstellte.

Früher hatte ich die schaurigen Märchen, die sich um diese Burg rankten, nur belächelt. Egal ob alter oder entstellter Mann, ob bewohnte oder unbewohnte Burg, für jedes Szenario hatte es in meinem Kopf eine logische Erklärung gegeben. Nun war ich mir gar nichts mehr sicher. Nichts passte zusammen. Und je länger ich hier war, desto mehr glaubte ich daran, dass die zukünftige Braut des Lords keine fünf Jahre nach der Vermählung überleben würde.

Penelope Bloom war tot. Genauso wie zahlreiche ihrer Vorgängerinnen. Und plötzlich kam mir noch ein anderer Gedanke. Vielleicht starb sie nicht erst nach der Vermählung. Vielleicht hatte sie diese fünf Tage und fünf Nächte nicht überlebt und nur deshalb schickte der Lord vier andere Frauen zurück. Die Zurückgeschickten waren die Überlebenden – und eine Braut hatte es nie gegeben.

Und wird es auch nie geben.

Der Raum schien sich vor meinen Augen zu drehen. Ich schnappte nach Luft und versuchte gegen die Dunkelheit anzukämpfen, die an den Rändern meines Blickfelds zu flimmern begann. *Atmen, Bruna. Atmen.*

Vielleicht ging nur meine Fantasie mit mir durch. Ich hatte die letzten Tage und Wochen keinerlei Ängste zugelassen, sodass sie mir jetzt zu Kopf stiegen. Vielleicht war der Lord van Windsor etwas eigentümlich, finster und undurchschaubar, aber das hieß nicht, dass er eine von uns umbringen würde. Egal ob beabsichtigt oder versehentlich.

Ich atmete tief durch, raffte das Kleid und verließ das Zimmer. Aaron hatte Recht. Wir brauchten Beweise und stichhaltige Anhaltspunkte, um herauszufinden, was hier wirklich vor sich ging.

Dalia saß immer noch auf der Fensterbank, die Beine angewinkelt und war ins Schreiben vertieft. Ich lief an ihr vorbei und blieb vor Estelles Zimmer stehen. Nachdem ich ihren Namen rief, klopfte ich an und wartete auf eine Antwort – doch vergeblich.

Schien, als wären alle irgendwo ausgeflogen. Prüfungshalber drückte ich allerdings die Klinke herunter und schob die Tür einen Spalt weit auf.

»Estelle?« Ich lugte mit dem Kopf in ihr Zimmer. Auch dies schien leer. Gerade wollte ich wieder zurück, als ich ein leises Schluchzen hörte.

Ich rief erneut ihren Namen, trat in das Schlafgemach und schloss die Tür hinter mir. Das Zimmer war mit komplett anderen Farben ausgestattet als meines. Alles war in Gold- oder Erdtönen gehalten. *So wie der Topas.*

Ich folgte den leisen Schluchzern zu der angelehnten Badezimmertür. Sanft drückte ich sie auf und fand in der freistehenden Wanne das zierliche Mädchen vor. Sie saß mit dem Rücken zu mir, ihren Kopf nach vorn gelehnt, vielleicht sogar in die Arme gestürzt.

»Estelle?«, fragte ich leise, um sie nicht zu erschrecken.

Statt mir zu antworten, weinte sie einfach weiter.

Ich konnte mit Trauer schlecht umgehen, weder mit meiner eigenen noch mit der von Fremden. Zögerlich schritt ich zu ihr, kniete mich auf den Boden, der mit dunklen Steinen ausgelegt war, und lehnte mich an die hölzerne große Wanne.

Estelle hob den Kopf und drehte sich zu mir. Ihre Knie hatte sie angezogen, das feuchte lange Haar floss ihr rechts und links am Gesicht herunter und ihre braun-grünen Augen waren vom Weinen gerötet. Statt unschön aufzuquellen, glitzerten sie allerdings wie versunkene Sterne. Tränen perlten von ihren langen Wimpern wie frischer Tau an einem Grashalm.

Mein Herz stolperte in seinem Rhythmus. Carola war streng genommen vielleicht die Schönste von uns, aber Estelles Zerbrechlichkeit und ihre weichen Züge trugen eine andere Art von Schönheit mit sich. Eine, die Carola niemals erreichen würde.

»Was ist los?«, fragte ich und widerstand dem Drang, ihr die nassen Tränenspuren von den Wangen zu wischen. Sie hatte mich mit dieser Emotionalität kalt erwischt. Ich hatte keine Ahnung, was ich tun oder wie ich ihr helfen sollte.

Statt zu antworten, schniefte Estelle und drehte sich wieder von mir weg. Sie starrte reglos auf ihre Knie, die zur Hälfte aus dem Wasser ragten.

Mein Blick wanderte über ihren Körper – zumindest über den Teil, den ich sehen konnte -, suchte nach Verletzungen, doch ich fand keine. Erst als Estelle ihre Hände hob, um sich selbst die Tränenspuren aus dem Gesicht zu wischen, wurde mein Blick von zwei roten Punkten an ihrem Handgelenk angezogen.

»Hey, lass mal sehen.« Ich beugte mich zu ihr über den Wannenrand und griff nach ihrem Unterarm. Ihre Haut war weich und warm, leicht glitschig von dem dünnen Wasserfilm, der sie überzog.

Estelle ließ mich gewähren, als ich ihre Hand nahm und mir die Wunde ansah. Als hätte man mit einer zwei zackigen Gabel in ihren Arm gestochen. Die Verletzung wirkte zwar nicht allzu tief und blutete auch nicht, trotzdem löste der Anblick einen unangenehmen Schauer bei mir aus.

»Ist das die einzige Verletzung, die du hast?«

Estelle schüttelte den Kopf und schob dann ihr Haar zur Seite, um ihren Hals freizulegen.

Auch dort zierten zwei gerötete und leicht geschwollene Punkte ihre Haut.

»Hat der Lord dir das angetan?«

»Ich weiß es nicht«, murmelte sie und biss sich auf die zitternde Unterlippe. Log sie? Hatte der Lord ihr gedroht, damit sie keinem von uns die Wahrheit verriet?

»Hör zu, du kannst mir alles sagen. Ich verrate es niemandem, ich verspreche es«, versuchte ich es.

Doch das brachte sie nur erneut dazu, aufzuschluchzen. Neue Tränen sickerten aus ihren Augen, bahnten sich über ihre geröteten Wangen. *Oh nein.* Der Wunsch, sie in eine tröstende Umarmung zu schließen, wurde übermächtig.

Ohne nachzudenken stand ich auf und kletterte zu ihr in die Wanne. Mein Kleid sog sich augenblicklich mit dem Wasser voll und wurde schwer.

Estelle rutschte nach vorne und machte mir Platz, sodass ich mich hinter sie setzen konnte. Das warme Wasser schwappte um uns und der Wasserspiegel stieg an. Ich zog Estelle an meine Brust und hielt sie fest, während sie ihren Tränen freien Lauf ließ. Ihr Körper bebte von den Schluchzern.

Ich wusste nicht, wie lange wir so dasaßen. Vielleicht wenige Minuten. Vielleicht eine halbe Stunde. Das Wasser wurde zusehends kühler, doch es störte mich nicht. Estelles Körper war warm. Außerdem schien sie meine Nähe zu beruhigen. Zumindest schickte sie mich nicht weg. Vielleicht hatte Aaron auch hierbei Recht gehabt: Estelle brauchte auf dieser Burg eine Freundin.

AARON

Für einen Herzschlag glaubte ich, mein Leben wäre vorbei. Ich spürte bereits, wie ich rücklings aus dem Fenster des höchsten Turmes fiel. Wie der Wind an mir vorbeizischte.

Doch bevor ich endgültig den Halt verlor, griff Quentin nach meiner Hand und zog mich zu sich. Der kurze Ruck genügte, um das Gleichgewicht meines Körpers wieder in die richtige Richtung zu verlagern. Ich stolperte ein paar Schritte vorwärts und sah Quentin dann mit großen Augen an.

»Du hast mich fast zu Tode erschrocken!«, fuhr ich ihn an.

»Verzeiht, Aaron. Ich hatte Euch im Schloss herumstreifen sehen, und war Euch gefolgt.

»Wieso machst du sowas?«

»Verzeiht«, wiederholte er nur und senkte den Kopf. »Ich wollte Euch nicht erschrecken.«

Langsam beruhigte sich mein Puls wieder. Ich rieb mir den Nacken. »Hatte der Lord von dir verlangt, mich zu beschatten?«

»Nein, Sir. Ich soll bloß auf alle Auserwählten ein Auge behalten. Dass niemand versucht, gegen die Regeln zu verstoßen.«

»Du meinst, dass niemand von uns abhaut?« Ich zog eine Augenbraue hoch. »Keine Sorge, Quentin. Fliegen kann ich nicht. Und anders käme ich von hier oben nicht an meine Freiheit«, zog ich den älteren Mann auf. »Außerdem, wieso sollte einer von uns fliehen wollen? Wir haben doch nur noch zwei und halb Tage vor uns. Die Hälfte ist geschafft.« Ich grinste ihn herausfordernd an und wartete auf seine Reaktion.

»Na ... natürlich gibt es keinen Grund, voreilig diese Burg zu verlassen«, stotterte er. »Noch drei Nächte und ihr werdet majestätisch entlohnt zurück nach Hause können.«

»Nun, zumindest die Auserwählten, die der Lord nicht heiraten will – und die, die ihn nicht verraten haben«, ergänzte ich. Ob der Lord mich nach Ablauf dieser fünf Tage ebenfalls einfach gehen ließ – dazu mit Gold und Silber – wagte ich noch zu bezweifeln. Ich legte den Kopf schief. »Sag, Quentin. Wirst du nach dem fünften Tag ebenfalls diese Burg verlassen oder wie lange sollst du dem Lord dienen?«

Quentin stieß die Luft aus und sah mich tadelnd an. »Ihr seid ganz schön neugierig, Sir. Ich ... ich werde noch ein Weilchen länger hier sein.«

»Und wie lange?«, bohrte ich weiter, versuchte ihn davon abzulenken, dass er mich hier oben erwischt hatte. Er sollte nicht auf die Idee kommen, ich hielte nach einer Fluchtmöglichkeit Ausschau.

Quentin lächelte. »So lange, wie der Lord mich braucht. Und nun kommt, lasst uns wieder hinunter zu den anderen gehen. Der Lord wünscht, dass die Auserwählten heute ein Kleid besticken. Ihr dürft Euch ebenfalls zu uns gesellen.«

Malen, sticken, was käme als nächstes? Ich gab mir Mühe, nicht das Gesicht zu verziehen, und folgte Quentin die Treppen hinunter. Mir war schließlich klar, dass der Lord nicht wegen mir plötzlich sein traditionelles Programm für die Schattengeküssten änderte. Offiziell suchte er nach einer Lady und eine Lady musste solch Dinge vermutlich können.

Als wir auf einem der Korridore waren und ich rechts neben Quentin lief, wandte ich den Kopf, überlegte, ob ich ihn noch weiter ausfragen sollte, als mir etwas an seinem Hals auffiel. Die Wunde schien längst verheilt, trotzdem konnte man die zwei Punkte noch erkennen. Wie zwei stecknadelkopfgroße Einstichlöcher.

17.

BRUNA

Kurz bevor ein Sturm aufzog, gab es immer dieses Knistern in der Luft. Eine gespenstische Ruhe, die zu idyllisch wirkte, um wahr zu sein. Nur die Luft sirrte, als trüge sie ein Geheimnis mit sich.

Genauso fühlte ich mich hier in diesem goldenen Käfig. Es war trügerisch ruhig tagsüber; Quentin und die Bediensteten, sogar die anderen Auserwählten taten so, als wäre alles in bester Ordnung – nun, wenn man von Estelles kleinem Nervenzusammenbruch absah. Die Abwesenheit des Lords wog allerdings mit jeder Stunde schwerer, brachte eine Spannung in die Luft, die mich nervös machte.

Beim Mittagessen wartete wieder ein Umschlag auf uns. Ich war die Erste im Speisesaal. Schon als die Glocke ertönte, war ich an den Türen und zog sie auf. Wie auch die Male zuvor, war der Tisch bereits gedeckt. Diesmal wusste ich allerdings auch, wer für die Arbeit verantwortlich war. Lisbeth und die andere etwas ältere Frau in der Küche. Mein Blick heftete sich für eine Sekunde auf die gegenüberliegende unscheinbare Tür. Dann wandte ich mich nach rechts zu den Gemälden, starrte dem Lord, der

Van Windsor so ähnlich war, direkt in die leeren dunklen Pupillen.

Ich hatte keine Ahnung, ob uns dahinter wirklich jemand beobachtete, oder ob sich dort nur ein Geheimgang vergangener Jahrhunderte verbarg, den schon längst niemand mehr nutzte.

Sobald ich auf dem Tisch allerdings den weißen Umschlag entdeckte, verdrängte ich diese Überlegungen und eilte zur Tafel.

Carola, Estelle und Dalia betraten nach mir den Saal. Aaron war der Letzte. Er kam so spät, dass Dalia und Carola schon mit dem Essen begannen, ohne auf ihn zu warten.

»Heute kein Brief an uns?«, fragte Carola spitz und deutete mit der Gabel in die Mitte der Tafel.

Ich wartete, bis Aaron sich setzte, ehe ich den Umschlag von meinem Schoß nahm und in die Höhe hielt. »Heute lese ich vor«, verkündete ich und warf Carola dabei einen triumphierenden Blick zu.

Sie öffnete stumm den Mund.

Zufrieden riss ich den Brief auf und zog das beschriebene Pergament heraus. Wir hatten noch drei Nächte vor uns und waren nur noch zwei Auserwählte. Wen von uns würde der Lord als nächstes zu sich bestellen? Würden wir auch einen romantischen Ausritt bekommen?

»Meine teuersten Auserwählten«, begann ich, »nicht mit jeder von euch hatte ich bisher das Vergnügen, sie näher kennenzulernen, obwohl die Hälfte unserer Zeit schon um ist. Tagsüber bin ich sehr beschäftigt, weshalb ich erst abends in euren Genuss kommen kann. Den heutigen

Abend werde ich mit dem Saphir verbringen.« Ich ließ mir nichts anmerken, aber innerlich fiel mir ein Stein vom Herzen. »Ein Dinner bei Kerzenschein im Rittersaal des Westflügels. Quentin wird dich zum Abendessen abholen und anschließend wieder zurück in dein Gemach bringen, damit du dich für die Nacht bereitmachen kannst. Vielleicht ruhst du dich nach dem Mittagessen etwas aus, um heute Nacht mit mir gemeinsam der Müdigkeit zu trotzen. In deinem Zimmer wartet ein Armreif auf dich, von dem ich hoffe, dass du ihn abends tragen wirst. Ich freue mich auf dich, meine Schöne. Doch auch der Smaragd muss nicht verzweifeln. Nur noch eine Nacht, danach ist meine Zeit die seine«, meine Stimme stockte bei den Zeilen über mich. Ich befeuchtete meine Lippen, um auch den letzten Satz laut vorzulesen. »Nimm diesen Ohrschmuck als Entschuldigung und als Zeichen meiner Wertschätzung für deine Geduld.«

Ich legte das Blatt Papier auf den Tisch ab und kippte den Inhalt des Umschlags aus. Tatsächlich fielen mir ein paar smaragdgrüne Edelsteine entgegen, die man sich an die Ohren klippen konnte. Die Steinchen waren an einer goldenen Kette aneinandergereiht und würden mir, wenn ich sie trüge, fast bis auf die Halsbeuge reichen.

»Warum zur Hölle kriegst du ein Geschenk? Du hast doch gelogen! Die Ohrringe sind bestimmt für mich!«, schrie Carola und lehnte sich über den Tisch, um den Brief an sich zu reißen.

»Beruhig dich. Sie hatte doch vorgelesen, dass dein Geschenk oben im Zimmer auf dich wartet«, schaltete Aaron sich ein.

»Klar und sie bekommt ihres jetzt? Warum nicht ich? Heute ist meine Nacht!«

»Vielleicht war der Armreif zu groß für den Umschlag?«, schlug Aaron vor.

Ich dankte ihm innerlich dafür, dass er immer wieder versuchte, die Wogen zwischen uns zu glätten. Er war ein guter Mensch. Hoffentlich würde der Lord ihn am Ende auch gehen lassen. Dass ich daran zweifelte, verstärkte das ziehende Gefühl in meinem Magen.

Carola hatte sich mittlerweile den Brief geschnappt und war in die Zeilen vertieft, als glaubte sie wirklich, ich hätte beim Vorlesen einige der Sätze verändert.

»Lasst uns einfach essen«, murmelte ich und versuchte die funkelnden Ohrringe zu ignorieren, die neben meinem Teller lagen. Nur zu gerne hätte ich sie Carola geschenkt. Oder sie ihr ins Gesicht geschleudert.

Schon beim Essen hatte ich gemerkt, wie Aaron mich und Estelle immer wieder verstohlen musterte. Vermutlich brannte er darauf zu erfahren, was ich über ihre Nacht mit dem Lord herausgefunden hatte. *Ob* ich etwas herausgefunden hatte. Ich ließ ihn absichtlich eine Weile zappeln, da ich noch von seiner gestrigen abendlichen Reaktion enttäuscht war, genauso wie heute Morgen von seinen Sticheleien, als ich mit ihm über meine Vermutungen reden wollte. Deshalb war ich nach dem

Mittagessen gemächlich zurück in mein Zimmer gegangen und hatte die Tür geschlossen. Wenn Aaron reden wollte, sollte diesmal er auf mich zukommen.

Ich stand vor der Kommode, über der ein großer ovaler Spiegel angebracht war, und betrachtete mich, während ich den Ohrschmuck provisorisch neben meinem Hals hielt. Noch nie hatte ich dergleichen getragen. Meine Stiefmutter würde für diese teuren Steinchen bestimmt so einiges tun.

Verächtlich legte ich das Geschenk auf das dunkle Holz und schloss die Augen. Morgen Abend schon würde ich diesen Schmuck tragen. Morgen Abend würde ich mit dem Lord speisen und danach würde er mich in sein Bett holen. Ein fremder Mann, der mindestens ein Jahrzehnt älter war als ich. Die drei Tage hier auf der Burg waren schneller vergangen, als mir lieb war. Ich sollte es positiv sehen. Nicht mehr lange und die fünf Nächte auf dieser Burg wären rum. Nicht mehr lange und ich könnte zurück nach Hause.

Ein Klopfen riss mich aus den Gedanken. Noch ehe ich fragen konnte, wer hinter der Tür stand, wurde sie geöffnet und Aaron schlüpfte hinein, als hätte er etwas Verbotenes vor. Nun, im Grunde war ihm auch das Alleinsein mit mir verboten, aber mir machte es nichts aus. Niemand auf dieser Burg – außer vielleicht Carola – konnte ernsthaft denken, dass Aaron sich einer von uns aufdrängen oder unsere Ehre beflecken würde. Außer, dass er mich ein paar Mal gedankenlos und fest am Handgelenk gepackt hatte, war er mir nie irgendwie nahegekommen. Hatte es nicht einmal versucht, was auch der Grund dafür war, dass ich in seiner Gegenwart nie das Bedürfnis verspürte, mich verstellen zu müssen. Ich vertraute ihm irgendwie. Trotz seiner unterlassenen Hilfe gestern oder den Sticheleien heute früh. Tessa hatte mit ihm wirklich einen guten Fang gemacht. Das würde ich ihr unbedingt sagen müssen, wenn wir beide lebend von dieser Burg kamen.

»Ich glaube, Carolas Nerven gehen so langsam mit ihr durch. Deshalb ist sie so garstig«, meinte Aaron und grinste verstohlen. Also ich hatte noch ein paar andere Theorien, weshalb sie so zickig war, aber die behielt ich für mich. »Oh, du hast sie anprobiert?«, fragte Aaron, als er die Ohrringe auf der Kommode sah.

Ich öffnete die oberste Schublade und schob den Schmuck achtlos hinein. Ohne ihm zu antworteten, deutete ich zum Bett, damit er sich setzte.

»Okay.« Aaron zog neugierig die Augenbrauen hoch. »Hast du aus Estelle etwas herausbekommen?«

»Sie hat weitaus weniger schlimme Verletzungen als Dalia, aber ich kann mir nicht erklären, warum«, sagte ich ihm. »Außerdem beobachtet der Lord uns im Speisezimmer vermutlich durch eines der Gemälde. Ich weiß, wir können uns nicht sicher sein, aber ich habe ein ganz schlechtes Gefühl bei der Sache. Bei allem hier. Die ganze Burg wirkt wie ...«

»Eine Falle«, vervollständigte Aaron meinen Satz nickend. »Hör zu.« Er sprang vom Bett wieder auf, weil er offenbar nicht länger als zehn Sekunden irgendwo still sitzen bleiben konnte.

Ich ertappte mich bei dem Gedanken, wie Aaron wohl in seinem alltäglichen Leben sein mochte, jenseits dieser

Mauern. Er war bestimmt jemand, mit dem man Pferde stehlen konnte.

»Ich habe mich etwas in der Burg umgesehen, doch die ganzen leeren Zimmer geben keinen Aufschluss über Van Windsor oder seine Vergangenheit. Er muss alles Persönliche irgendwo versteckt halten – *falls* dieser Mann überhaupt der Lord Van Windsor ist und auf dieser Burg großwurde. Ich werde heute Abend in sein Schlafgemach schleichen«, verkündete er, als wäre es das Selbstverständlichste der Welt. »Während er und Carola bei ihrem romantischen Abendmahl sind. Vielleicht finde ich dort etwas, was uns mehr über ihn verrät und über das, was hier vor sich geht.«

Seine Worte machten mich für einige Augenblicke sprachlos. Ich hatte mit meiner anfänglichen Einschätzung über ihn Recht behalten: Er war entweder tapfer oder dumm genug, um sich über sämtliche Regeln hinwegzusetzen. Irgendetwas musste ihn seit letzter Nacht davon überzeugt haben, dass meine kuriosen Theorien über den Lord nah an der Wahrheit waren. Und er hatte beschlossen uns – *mir* – zu helfen, anstatt tatenlos abzuwarten.

Mir war bewusst, dass ich ihn von seinem Plan abhalten sollte. Es war riskant, in die Gemächer des Lords zu schleichen und sie zu durchwühlen. Wir wussten nicht einmal, wonach wir Ausschau halten sollten. Nach einem Beweis dafür, dass er ein übernatürliches Monster war? Dass er in Wirklichkeit gar keine Braut suchte, sondern irgendetwas anderes?

»Weißt du denn, welches sein Schlafgemach ist?«, fragte ich stattdessen.

Aaron grinste schief und mein Herz hüpfte. Beinahe wäre ich ihm um den Hals gefallen, doch ich hielt mich zurück. Noch war nichts gewonnen, aber Aaron zog mit mir an einem Strang und das war alles, was ich im Moment brauchte.

AURA

Das Kloster St. Augustin glich einer kleinen Burg, vielleicht sogar einem eigenständigen kleinen Dorf. Im Mittelpunkt befand sich die Kirche, rundherum erstreckte sich der Kreuzgang, umschlossen von verschiedenen Gebäuden, in denen sich Speisesaal, Schlafräume und Gemeinschaftsräume befanden. An den äußeren Rändern lagen verschiedene Gärten und die Ställe.

Man hatte mich nach meiner Ankunft direkt ins Innere des Klosters geführt, in ein unteres Turmzimmer, in dem ich auf den Prior warten sollte. Die Schwester in der kleinen Kapelle hatte mir gesagt, ich solle bei meiner Ankunft nach Bruder Johann fragen, was ich auch getan hatte.

Nervös saß ich nun auf einem Stuhl vor einem dunklen Eichenschreibtisch und wrang den Stoff meines Kleides zwischen den Fingern. Der Rock war bereits verdreckt von der langen Reise und meinem Sturz; der eine Ärmel abgerissen von meinem Aufenthalt in der Kapelle am

Waldrand. Ich musste aussehen wie eine zerlumpte Bettlerin. Es glich einem Wunder, dass man mich hier überhaupt hereingelassen hatte.

Plötzlich ging die Tür zu dem Zimmer auf und ich sprang vom Stuhl. »Guten Abend, Pater«, sagte ich schnell und machte eine kleine Verbeugung.

Der Mann, gehüllt in eine schwarze Ordenstracht, lächelte mild. »Guten Abend. Ich habe gehört, du hast eine lange Reise hinter dir und wünscht mich zu sprechen?« Er schritt hinter den Schreibtisch und setzte sich mir gegenüber. Dabei entging mir sein neugieriger und forschender Blick nicht.

Auch ich nahm wieder Platz. »Sind Sie ... Bruder Johann?«, fragte ich.

Er nickte. »Der bin ich. Die Brüder und Schwestern der St. Claudius Kapelle schicken dich?« Er musterte mich aus milden braunen Augen, um die sich bereits kleine Fältchen bildeten. Er musste etwas älter sein als mein Vater und wirkte wie ein geduldiger, freundlicher Mann.

»Kann man so sagen. Sie haben gesagt, ich finde hier Hilfe.« Ich beugte mich vor und biss mir auf die Unterlippe. In den letzten Stunden hatte ich viel Zeit gehabt, um darüber nachzudenken, wie ich mein Anliegen beschreiben sollte, ohne verrückt zu klingen. Leider waren mir keine Phrasen eingefallen, die meine Erlebnisse weniger nach einem erfundenen Schauermärchen klingen ließen. »Es geht um die Burg Dawncliff«, begann ich zögerlich. »Ich weiß nicht, ob Sie die Legenden gehört haben, die sich um diese Burg ranken. Aber ich war dort und habe den Tod mit eigenen Augen gesehen. Sie müssen mir glauben, ein Fluch liegt über diesem Ort. Und mein Bruder Aaron, er ist dort ein Gefangener. Ich will ihn retten und ich weiß nicht, wo ich jemanden finde, der mir glauben wird ...«

Der Prior fasste sich an das goldene Kreuz, das er um den Hals trug, führte es an seine Lippen und küsste es, während er meinen Worten lauschte. Als ich endete, stand er auf und ging um den Tisch herum.

»Hat man dir schon etwas zu Essen und ein Bett angeboten?«, fragte er. »Du musst den ganzen Tag geritten und dementsprechend müde sein.«

Wie bitte? Verdattert sah ich zu ihm hoch. Hatte er mir nicht zugehört? Ich erzählte ihm von wandelnden Toten und er wollte mich zu Bett schicken? »Ich habe schon etwas zu Essen bekommen, während ich gewartet habe, danke vielmals. Aber was halten Sie von dem, was ich erzählt habe? Glauben Sie mir? Kann man mir hier helfen?«

Er seufzte schwer und schien mit sich zu ringen. Man sah ihm an, dass er am liebsten den Raum verlassen wolle, als hätte er es plötzlich eilig. Hatte ich etwas Falsches gesagt?

»Komm, ich lasse dir ein Zimmer herrichten und zeige dir, wo du ein Bad nehmen kannst. In der Zwischenzeit werde ich mich um jemanden bemühen, der sich mit Geschichten dieser Art auskennt. Sir Henry wird dich aufsuchen und dir gewiss helfen.«

»Ähm, in Ordnung ... danke«, murmelte ich verwirrt und stand vom Stuhl auf. Es wunderte mich zwar, dass ich von einem zum anderen geschickt wurde, aber solange man mich nicht für verrückt hielt, war dies schon einmal ein Fortschritt.

Ich folgte dem Prior hinaus und er führte mich über den im Mondlicht liegenden Kreuzgang hinüber bis zu den Schlafsälen.

»Dort rechts befindet sich die Latrine und die Waschräume. Man wird dir frische Kleidung bringen und ein Zimmer herrichten.«

Ich bedankte mich erneut bei ihm. Der Geistliche verabschiedete sich anschließend mit einem warmen Lächeln und ließ mich in der angebrochenen Nacht allein.

Das warme Wasser tat meinen schmerzenden Muskeln und meinen steifen Gliedern gut. Außerdem wusch es den Schweiß und Gestank von mir, der sich in den letzten zwei Tagen an mich geheftet hatte. Der lange Ritt hat viel von meinem Körper abverlangt. Am liebsten würde ich einen ganzen Monat nicht mehr aufs Pferd steigen, doch ich wusste, dass ich bald zur Burg Dawncliff zurückreiten würde – mit oder ohne Hilfe.

Mir war noch nicht ganz klar, wie die Mönche hier mir helfen sollten, doch ich vertraute darauf, dass die Schwester aus der St. Claudius Kapelle gewusst hatte, was sie tat, als sie mich hierherschickte.

Vertrauen. Das war an einem so religiösen Ort wie diesem wohl etwas Essentielles.

Ich musste darauf vertrauen, dass mein Aufenthalt hier keine Zeitverschwendung war. Und dass ich Aaron lebend wiedersehen würde.

Ich schloss die Augen und lehnte mich an den Rand des Beckens, legte meinen Kopf auf den feuchten terrakottafarbenen Steinen ab, die die Hallen der Baderäume zierten. Das Wasser reichte mir bis zur Brust und umspülte sanft meine Haut, während ich mich zu entspannen versuchte.

Eine Novizin hatte mir vorab ein Handtuch und saubere Kleidung dagelassen, die nun neben dem Wasserbecken in einem ordentlichen Stapel zusammen-gefaltet lagen. Doch das Entspannen fiel mir schwer, solange ich nicht wusste, ob es Aaron gut ging.

Wie dieser Sir Henry mir wohl zu helfen vermochte? Ich bräuchte für mein Vorhaben vermutlich eher einige Soldaten als ein paar Mönche. Andererseits wusste man an einem Ort wie diesem vielleicht etwas über dämonische Kreaturen, über Flüche und anderes Teufelswerk – vielleicht wussten sie hier auch, wie man dies alles bekämpfen konnte.

Ich driftete mit meinen Gedanken ab, spürte, wie eine bleierne Müdigkeit meinen Körper befiel, als ich plötzlich leise Schritte vernahm.

Träumte ich?

»Ihr kommt von der Burg Dawncliff?«, fragte eine männliche Stimme und riss mich schlagartig aus meinem dämmrigen Zustand.

Nein, das war gewiss kein Traum! Ich zuckte vor Schreck derartig zusammen, dass mein Kopf von den Steinen rutschte und ich für einen Herzschlag unter Wasser plumpste. Als ich prustend und nach Luft ringend zurück durch die Wasseroberfläche schoss, fuhr mein Kopf suchend in Richtung der Stimme herum.

Ein Mann schlenderte zu dem Becken, in dem ich mich befand. Er trug keine Ordenstracht, sondern eine normale dunkle Hose und ein schlichtes ebenso dunkles Hemd. Ohne irgendwelche Scheu sah er mich an und ich riss schnell die Arme hoch, um mich zu bedecken, weil mir im Stehen das Wasser nur bis knapp unter die Brüste reichte.

Mit brennenden Wangen sah ich den Mann an und rang um Worte. »Wer ... wer sind Sie?«

»Entschuldigt. Ich bin Sir Henry. Prior Johann hat mir gesagt, dass ich Euch hier finde.«

Er war Sir Henry?

»Aber ...« Ich schluckte und versuchte meine Schamesröte zurückzudrängen. »Ich dachte nicht, dass Ihr mich *hier* aufsuchen würdet.«

Besaß dieser Mann denn keinen Anstand? Oder war das, was er mit mir besprechen wollte, derartig wichtig, dass ich mich lächerlich benahm, wenn ich mich so vor ihm zierte? Er war vielleicht nicht wie ein Geistlicher gekleidet und trug einen vornehmen Titel, aber er war vermutlich dennoch ein Mann der Kirche und interessierte sich nicht für meinen entblößten Körper.

Der Mann blieb ein paar Schritte vor dem Beckenrand stehen und hob eine Augenbraue. »Wäre es Euch lieber, ich suche Euch des Nachts in Eurem Schlafgemach auf? Morgen früh habe ich leider auswärts einen dringenden Termin und da ich annahm, Euer Anliegen wäre dringender Natur ...«

Nun brannten meine Wangen aufgrund einer anderen Art von Scham. »Verzeiht, Sir. Ich ... ich habe wohl überreagiert. Ich freue mich, dass Ihr mir zuhören mögt«, ruderte ich schnell zurück. »Gebt mir eine Minute und ich ziehe mir etwas an, dann können wir reden.«

Der Mann sah mich ohne zu antworten für ein paar Sekunden mit einem undefinierbaren Gesichtsausdruck an. Sein auf mir ruhender Blick machte mich nervös. Was ging in seinem Kopf vor? Wieso starrte er mich so an?

»Natürlich«, sagte er schließlich schlicht und drehte mir den Rücken zu. »Ich warte draußen.«

Ich blieb im Wasser, bis ich ihn weder sehen noch hören konnte. Erst dann traute ich mich, aus dem Becken herauszutreten und mich in Windeseile abzutrocknen. Mein Herz hämmerte wie wild und ich wusste nicht, woher diese Panik in mir rührte. Dieser Sir war ein mir vollkommen Fremder und ich befand mich an einem ebenso fremden Ort, es war mitten in der Nacht und nirgendwo war eine andere Menschenseele zu sehen. *Dieser Mann wird mir schon nichts tun*, redete ich mir selbst zu, während ich in das schlichte graue Kleid schlüpfte, welches man mir gegeben hatte.

Die Chance, dass er meine einzige Hilfe sein könnte, überwog schließlich über meine irrationalen Ängste. Prior Johann hätte Sir Henry nicht zu mir geschickt, wenn man ihm nicht vertrauen könnte.

Vertrauen. Schon wieder dieses Wort. Allmählich glaubte ich, dass ich jenseits meiner Familie ein Problem mit diesem Begriff hatte.

Wie konnte man auf etwas oder jemanden vertrauen, den man nicht kannte?

Mit meinen Fingern fuhr ich grob durch mein nasses langes Haar, um es zu ordnen, und packte dann das feuchte Handtuch und meine alten Sachen zusammen.

Draußen wartete wie versprochen der großgewachsene in Schwarz gekleidete Sir auf mich. Ich fragte mich, ob er zu einer Adelsfamilie gehörte oder ob er Gott einen Eid geschworen hatte. Was für eine Funktion hatte er hier im Kloster? Wie hatte Prior Johann es noch einmal ausgedrückt? Er schicke mir jemanden, der sich mit Geschichten dieser Art auskenne. Hoffentlich würde ich gleich erfahren, was das zu bedeuten hatte.

»Wir können hier draußen eine Runde spazieren, aber wenn es zu frisch für Euch wird, sagt Bescheid und ich begleite Euch gern hinein. Ich will nicht schuld sein, wenn Ihr Euch eine Erkältung zuzieht.«

»Mir ist nicht kalt«, log ich. Obwohl die Temperaturen sehr sommerlich waren, war der Wind nachts kühl, was ich besonders unter meinen feuchten Haaren an der Kopfhaut spürte. »Ihr müsst mich außerdem nicht so vornehm ansprechen«, wandte ich zusätzlich ein. »Ich bin bloß die Tochter eines einfachen Jägers.«

»Niemand ist *bloß* etwas. Wir alle sind irgendjemands Töchter und Söhne, aber das macht uns nicht aus. Allein dein Anblick reicht mir, um zu sehen, dass eine Lady vor mir steht. Aber wie du willst, meine Schöne. Ich werde auf das Ihr verzichten.«

Gütiger Gott, mit diesen Komplimenten hatte ich nicht gerechnet. Noch nie hatte mir jemand den Hof gemacht, weshalb ich solche Avancen nicht gewohnt war. Schon gar nicht von einem Mann wie ihm. Vielleicht wollte er mir aber auch nur schmeicheln, um mich etwas weniger unwohl fühlen zu lassen. Aber damit erreichte er eher das Gegenteil. Meine Nervosität stieg und ich vergaß beinahe, worüber wir uns eigentlich unterhalten wollten.

»Du kommst also aus Dawncliff?«, stellte er die Frage, die er auch vor mehreren Minuten schon in den Waschräumen gestellt hatte.

Ich nickte, während wir Seite an Seite durch den Kreuzgang spazierten, umrahmt von meterhohen Säulen. In der Mitte plätscherte friedlich ein Sprungbrunnen vor sich hin. Ich sammelte mich und meine Gedanken wieder, besann mich auf meinen Bruder und die Gefahr, in der er schwebte. »Habt Ihr von den Schauergeschichten gehört, die sich um die Burg Dawncliff ranken?«, fragte ich geradeheraus.

»Das habe ich«, antwortete Sir Henry.

Ich sah zu ihm hoch, sein Gesicht war mir im Profil zugewandt. Ein kurzgeschorener Bart schmiegte sich um seine Kinnpartie bis hoch zu seinen markanten Wangenknochen. Sein dunkles Haar, fast schwarz, war ebenfalls kurz und schimmerte im Mondlicht wie dunkle Seide.

Er hatte irgendetwas Faszinierendes ... und doch Angsteinflößendes an sich. Jede Pore seines Körpers strahlte eine Kraft aus, die ich beinahe physisch spüren konnte. Er musste ein mächtiger Mann sein, so viel wurde mir langsam klar. Und dazu noch einer, der sehr gebildet auf mich wirkte.

»Verzeiht mir die direkte Frage, aber ...«, sprach ich meine Gedanken laut aus. Ich wollte endlich auf den Punkt kommen. »... wieso hat Prior Johann ausgerechnet Euch zu mir geschickt?«

Seine Schritte wurden langsamer und kamen schließlich zum Erliegen. Die von den Säulen getragene Decke über uns wich dem klaren Nachthimmel. Sir Henry sah nicht mich an, sondern hoch zu dem Mond, als er mir antwortete. »Ich habe selbst einige Jahre in Dawncliff gelebt und Dinge gesehen, die den meisten Menschen über den Verstand wachsen würden.«

Überrascht hielt ich den Atem an. Die Stille der Nacht hüllte uns ein wie ein Kokon. Schweißte uns zusammen. So kam es mir zumindest vor. Gerne hätte ich ihn gefragt, wie lange es her war, dass er in Dawncliff gelebt hatte, was genau er damals gesehen und ob er jemandem davon erzählt hatte. Stattdessen schwieg ich, geradezu ehrfürchtig und wartete darauf, dass er von selbst weitersprach.

Sir Henry sah zu mir herunter. Sein Blick fest und ernst. »Seitdem habe ich mich auf das Ausrotten von dämonischen Kreaturen spezialisiert. Dieses Kloster ist nicht irgendein Kloster – es ist das Herzstück eines von mir angeführten Geheimbundes. Deshalb hat Prior Johann dich an mich verwiesen.«

18.

JEREMIAS

»Sie müssen trinken«, dringt eine Stimme aus tiefster Dunkelheit zu mir hindurch. Melodisch, sanft, wie der Gesang einer Nachtigall.

»Trinken Sie.«

Etwas Feuchtes perlt auf meinen rauen Lippen. Instinktiv fahre ich mit meiner Zunge darüber, schmecke den süßen schweren Geschmack von Blut. Erinnerungen werden geweckt, fahren durch mich hindurch wie Blitze in einer Gewitternacht.

»Clara!« Hellwach reiße ich die Augen auf, doch obwohl ich ins Hier und Jetzt blicken müsste, sehe ich ihr Gesicht vor mir.

Große, braune Augen, die mich anklimpern, weiße Haut wie Porzellan, hellbraunes Haar, das sich in Wellen bis zu ihrer Taille ergießt.

»Nein, die bin ich nicht. Sie müssen geschlafen haben. Lange«, erklärt mir die Frauenstimme. Sie kommt aus Claras Mund, doch sie klingt fremd. »Bitte, trinken Sie von mir. Danach geht es Ihnen besser.«

Clara hebt ihre Hand und da sehe ich den Schnitt in ihrer Handfläche. Rotes Blut fließt an ihr hinab. Sie hält mir die Hand als Faust geballt über das Gesicht und ich kann beinahe in Zeitlupe beobachten, wie ein schwerer Tropfen von der Erdanziehungskraft getrieben in die Tiefe stürzt. Er landet direkt auf meinen Lippen.

Wieder fährt meine Zunge darüber, nimmt den Geschmack auf, der sich in meinem Mund entfaltet wie eine Blütenknospe.

Sie schmeckt nicht wie Clara.

Bilder davon, wie ich meiner Clara die Kehle aufreiße und ihr warmes Blut meinen Mund füllt, fluten meinen Geist

– und rissen mich aus einem Traum.

»NEIN!«, schrie ich und setzte mich auf. Keuchend starrte ich in die Dunkelheit.

Noch immer schmeckte ich ihr Blut in meinem Mund. Nein, da war *wirklich* Blut in meinem Mund. Prüfend ließ ich die Zunge über meinen Gaumen gleiten, bis ich merkte, dass es mein eigenes Blut war, das ich schmeckte. Ich musste mir im Traum auf die Zunge gebissen haben, als meine Fangzähne herausgefahren sind.

Stöhnend schloss ich die Augen und bettete meine Stirn in die Hände. Es war beinahe, als könnte ich mein Herz gegen meine Rippen donnern fühlen. Nur ein schwaches Echo von dem Herzschlag, den ich einst als Mensch besessen hatte. Heutzutage schlug es lediglich, wenn frisches Blut durch meinen Kreislauf zirkulierte, und selbst dann schlug es so langsam, dass man meinen könnte, es stünde still.

Doch in solchen Momenten, in denen ich aus Träumen wie diesen aufschreckte, spielte mein Verstand mir einen Streich und ich fühlte mich, als würde mein Herz rasen.

Entschlossen schwang ich die Beine aus dem Bett und stand auf. Noch während ich zum Fenster ging, vertrieb ich die Geister der Vergangenheit. Ich zog den schweren Vorhang beiseite und starrte auf die untergehende Sonne am Horizont. Ein blutroter Ball, der fast vollständig hinter den Baumkronen verschwunden war. Die Dämmerung hatte beinahe alle Farben des Tages verschluckt.

Ich ließ den Kopf kreisen, um meine Nackenmuskulatur zu entspannen. Noch war ich müde. Der Rest des Sonnenlichts schwächte meinen Körper, wollte mich zurück in die Dunkelheit weichen lassen. Doch ich ließ den Vorhang absichtlich offen, wandte mich vom Fenster ab und kleidete mich an.

Über das weiße schicke Hemd mit dem gerüschten, opulenten Kragen zog ich eine dunkle Weste, die mit silbernen Ornamenten verziert war. Zuletzt schlüpfte ich in schwarze Schnürstiefel.

Das Licht des Abendrots schwand und ich hörte, wie im Schloss jemand eine Glocke läutete. Zeit fürs Abendmahl. Zeit für die Schatten, aus den Ecken zu kriechen.

Ich wartete noch eine Weile, um sicherzugehen, auf den Korridoren keiner Auserwählten über den Weg zu laufen und um Quentin genug Zeit zu geben, den Saphir in den Rittersaal zu geleiten.

Schattengeküsste Nummer drei.

Ihre Freude und Neugierde auf mich würden größer sein, wenn sie ein paar Momente auf mich wartete und mich ersehnte.

Das Mädchen von vergangener Nacht hatte mich auf ganzer Linie enttäuscht, weshalb mir ein Erfolg heute umso wichtiger war. Irgendwann müsste ich doch eine Gefährtin finden, die sich zu Meinesgleichen machen ließ! Ich hatte nur noch zwei Auserwählte vor mir und fühlte mich, als würde mir der Sand zwischen den Fingern hindurchrieseln. Nur noch zwei Frauen. Wenn die heutige ebenfalls eine Enttäuschung wäre, dann bliebe mir nur noch eine ...

Ich öffnete die Tür meines Zimmers und betrat den langen Korridor, der von Kerzen beleuchtet wurde. Das warme Licht war genauso ungewohnt wie der Duft der frisch zubereiteten Speisen. Wahrscheinlich würde ich mich nie daran gewöhnen, dass zur Auslese alle fünf Jahre fünf Tage lang Leben hier herrschte. Zumindest nach außen hin wirkte es so, als habe man für diesen Zeitraum den kalten Tod ausgesperrt. Mit ein Grund, weshalb ich meine Ghule bis vor die Schlossmauern verbannt hatte. Ich konnte sie nachts zwar nicht davon abhalten, durch die Gärten zu streifen und Eichhörnchen zu jagen, aber tagsüber sollten sie sich von den Schattengeküssten fernhalten. Ich hatte diesen Kreaturen noch nie über den Weg getraut. Sie folgten ihrem Meister zwar blind, aber viele von ihnen hatten nur noch so wenig Verstand übrig, dass man sich nicht auf sie verlassen konnte. *Nutzlose Viecher.*

Ich erreichte den Westflügel des Schlosses und stieß die Türen zum Rittersaal auf. In der Mitte des großen Raumes stand ein kleiner runder Tisch, an dem meine Auserwählte bereits auf mich wartete.

Als ich den Saal betrat, stand sie auf, legte eine Hand auf ihr Dekolleté und verbeugte sich leicht. Es war die Hand, an der auch ihr Armschmuck funkelte, den ich ihr schenken ließ. Die tiefblauen Edelsteine passten perfekt zu dem ozeanblauen Ballkleid, das sie trug.

Sie war eine Augenweide. Äußerlich kaum zu unterscheiden von den Ladys aus gutem Hause, die mir Mutter damals ständig vorstellen wollte.

Meine Schritte hallten an den hohen hellen Wänden wider, die mit eingearbeiteten Stuckverzierungen dekoriert waren und bis zu der kuppelartigen bemalten Decke reichten. Dieser Saal war einer der letzten Räume, die Mutter und Vater aufwendig renovieren ließen, bevor sie starben. Nach ihrem Tod hatte ich nichts mehr in dieser Burg verändert. Außer dass ich die Zimmer vom Blut reinigen ließ und die Möbel in ihren Gemächern mit Laken verhüllte, damit niemand ihre Zimmer je betrat oder nutzte.

»Lord van Windsor. Es ist mir eine Ehre«, hauchte die schöne Blondine.

Ich wies ihr mit einer Handgeste an, wieder Platz zu nehmen, während ich mich auch selbst an den Tisch setzte. »Ich freue mich, dass wir uns endlich kennenlernen. Carola ist dein Name, richtig?«, fragte ich, um mein Interesse zum Ausdruck zu bringen.

Tatsächlich hatte sich eine gewisse Neugier bei mir eingestellt, als Quentin mich über den Namen des Saphirs unterrichtet hatte. Carola ... klang beinahe wie Clara. Doch ich durfte mich nicht zu sehr auf solch Ähnlichkeiten versteifen – das hatte ich erst gestern noch bitter zu spüren bekommen.

Estelle, sie war meiner Clara fast wie aus dem Gesicht geschnitten. Zumindest war sie seit mehreren Jahrzehnten die Erste, die ihr wirklich ähnlichsah. Und doch war sie so anders. So eingeschüchtert, hilflos, schüchtern. Selbst mit dem Ausritt und dem langen Picknick bei Sternenlicht hatte ich sie nicht erweichen können, kein bisschen zu ihr durchdringen können. Nachts, als sie zu mir geführt wurde, riss mir der Geduldsfaden mit ihr. Ich zeigte ihr mein wahres Ich, als ich mir selbst in den Unterarm biss, um mein Blut für sie abzufüllen. Sie erschrak so sehr, dass sie aufschrie. Nur mit Mühe und Gewalt brachte ich sie dazu, dieses Blut auch zu trinken. Und noch während ich sie manipulieren wollte, sank sie in Ohnmacht. Dahin war meine erste Nacht mit ihr. Mit der Frau, die meiner Clara auf den ersten Blick so ähnlichgesehen hatte. Ich trank und probierte zwar von ihrem Blut, doch schließlich ließ ich von ihr ab und brachte sie bewusstlos zurück in ihr Gemach. Dort erwachte sie kurz und ich befahl wie üblich, das Gesehene zu vergessen, sich nicht mehr an mich zu erinnern, sobald sie diese Mauern verließe.

Zusammengefasst war der ganze gestrige Abend die reinste Zeitverschwendung gewesen. Noch nie hatte ein Mensch – eine Auserwählte noch dazu – so viel Angst vor mir gehabt, dass er in Ohnmacht sank, noch bevor ich wirklich etwas tun konnte.

Sie hatte das wahre Gesicht meiner schlummernden Bestie nicht einmal ansatzweise gesehen. Wie sollte ich so eine Seele zur ewigen Verdammnis verleiten? Sie war nicht dafür gemacht, so zu werden, wie ich es war.

»Ich hatte gehofft, Euch schon früher kennenzulernen«, sagte die Blondine mit einem vielsagenden Wimpernaufschlag und holte mich zurück ins Hier und Jetzt.

Man merkte sofort, wenn Auserwählte von ihren Eltern dazu getrimmt worden waren, meinen Erwartungen zu entsprechen.

Die Rothaarige der ersten Nacht hatte sich mir ohne Scheu hingegeben, was mich derartig zweifeln ließ, dass ich gestern sogar einen meiner Ghule entsandte, um im Dorf etwas über Miss Wallberry und ihre Familie herauszufinden. Und diese hochgewachsene Blondine hier schleimte sich unverhohlen bei mir ein. Dalia und Carola *wollten* mir gefallen. Aber das hieß nicht, dass sie es auch taten. Wobei ich mir beim Saphir noch nicht sicher sein konnte, wohin uns dieser Abend bringen würde.

»Nun ist es ja endlich soweit«, erwiderte ich und hob mein Kristallglas, um mit ihr anzustoßen. Leider war die rote Flüssigkeit darin nur Wein. Auf das Blut musste ich noch ein Weilchen warten. Im Gegensatz zu ihr.

Ich beobachtete, wie sie an ihrem Getränk nippte, wie sie den Wein hinunterschluckte und nicht merkte, dass er ein paar Tropfen von meinem Blut enthielt. Es ihr jetzt schon in kleinen Mengen unterzujubeln, würde den Verlauf des Abends hoffentlich angenehmer gestalten.

Sie setzte ihr Glas ab und lächelte mich an. »Ist es nicht einsam, allein in diesem riesigen Schloss zu leben?«

Obwohl ich ihre Frage als Verführungsversuch auslegen könnte, merkte ich sofort, dass sie auf etwas Bestimmtes hinauswollte. Entweder war sie neugieriger als ihr guttat, oder jemand hatte Zweifel in sie gesät.

Sie warf sich die blonden langen Locken über eine Schulter und wagte mit gesenktem Kopf einen kurzen Blick zu mir, der ihre Unsicherheit aufflackern ließ. »Es ist nur schwer zu glauben, dass ein Mann wie Ihr so viele Jahre allein verbringt.«

Ich sah es schon kommen, dass sie mich gleich auf meine frühere Gemahlin ansprach. Ich hasste es, wenn das Thema aufkam. Natürlich konnte ich es nicht vermeiden – mir war bewusst, dass ich unter den Bewohnern von Dawncliff eine gewisse Skepsis säte, wenn ich alle fünf Jahre nach einer neuen Braut suchte. Sie reimten sich ihre eigenen Erklärungen zusammen, vielleicht dachten einige, ich hielte mir mittlerweile einen Harem, wie manche Adelsmänner es im Orient taten.

Carola gehörte vielleicht zur Sorte der eifersüchtigen Frauen, die ihren Gatten mit niemandem teilen wollten, weshalb sie direkt sichergehen wollte, ob es irgendwo noch ein anderes Weib für mich gab.

»Um nicht weiter allein zu sein, habe ich euch fünf … vier«, verbesserte ich, »doch herbringen lassen.« Hoffentlich war das Thema damit erstmal vom Tisch.

Ich schnitt mir ein Stück von dem Fischfilet ab und genoss den Geschmack auf meiner Zunge. Seit ich gestorben war, brauchte ich zwar keine Nahrung mehr zu mir zu nehmen, doch hin und wieder aß ich aus Gewohnheit, Langeweile oder weil ich den Geschmack bestimmter Speisen vermisste.

Der Saphir tat es mir nach und begann ebenfalls mit dem Essen. Für ein paar Augenblicke war nur das Kratzen unseres Bestecks auf dem Porzellan zu hören. Die Blondine musste bemerkt haben, dass sie ein heikles Thema angesprochen hatte.

Ich beschloss, es ihr leichter zu machen und ihre restlichen Fragen zu zerstreuen. »Meine letzte Vermählung ist gescheitert. Deshalb wäre ich sehr froh, eine neue Frau zu finden, die ... mich glücklich machen kann.«

Sie sollte zu schätzen wissen, dass ich ihr so viel von der Wahrheit preisgab.

Carola biss sich auf die Unterlippe. Da sie ihren Blick auf den Teller gerichtet hielt, konnte ich ihren Ausdruck nicht näher deuten. Sie schwieg weiter und so langsam stieg meine schlechte Stimmung.

Vielleicht lag es nicht an den Auserwählten, sondern an mir. Vielleicht hatte ich den Umgang mit Frauen verlernt. Das charmante Flirten und Kennenlernen schien mir nicht mehr zu liegen. Hatte es mir je gelegen? In letzter Zeit fiel es mir deutlich schwerer als früher, vermutlich weil mir so langsam der Sinn dahinter abhandenkam. Irgendwie verspürte ich in diesem Jahr nicht den Drang oder das Interesse, eine dieser Schattengeküssten wirklich kennenzulernen. Ich gierte zwar nach ihrem Blut und jagte blinden Träumen hinterher, aber ich war mit meinen Gedanken nicht wirklich bei der Sache.

»Ich will ehrlich sein«, sagte Carola da und ich blickte sie verwundert an. Sie hatte ihre Aufmerksamkeit auf den Armreif geheftet und ihre Finger fuhren die blauen Steine nach. »Ich hatte mir schon immer das Leben einer Lady gewünscht und Ihr seid ein Mann, bei der jede Frau weiche Knie bekommt. Wahrhaftig, ich hätte Euch direkt am ersten Abend geehelicht, wenn Ihr gefragt hättet. Aber Eure Abwesenheit in den letzten Tagen und die Leere dieser Burg hat mir zu denken gegeben.« Sie hob den Blick und sah mich aus kristallklaren scharfen Augen an. Sie war nicht verträumt wie der Obsidian oder schüchtern wie der Topas. Sie war gerissen. Sie hatte Ziele in ihrem Leben, die sie verfolgte. Ein starker Charakterzug, der mich für einen Moment beeindruckt stutzen ließ. Sie legte den Kopf leicht schief und lehnte sich zurück, bevor sie fortfuhr: »Ich habe mir das Leben einer Lady anders ausgemalt. Außerdem hatte ich gehofft, Eure Familie hier kennenzulernen, andere Lords und Ladys. Ich hatte auf prunkvolle Festlichkeiten gehofft und Ballnächte.«

Ich verstand. Mein Titel und Reichtum waren für viele Auserwählte der einzige Grund, sich überhaupt über ein Arrangement mit mir zu freuen. So sollte es auch sein. Ich lockte sie damit her, versuchte die Angst der Bürger mit Gold aufzuwiegen und bei manchen Menschen klappte es. Sobald sie hier auf der Burg waren, schnappte die

Mausefalle zu und statt prunkvolle Bälle gab es nur … mich und meine Reißzähne.

Um mein aufkeimendes Lächeln zu kaschieren, nippte ich erneut an dem Wein. Menschen waren so leicht zu manipulieren. Auch ohne die Kraft von Vampirblut. Waren sie wirklich so naiv zu glauben, ein Lord würde sich unter normalen Umständen mit einem Weibsbild aus dem Dorf vermählen? Wäre ich noch unter den Lebenden – und meine Eltern ebenfalls – hätte keine dieser Frauen je die Chance erhalten, einen Fuß in diese Burg zu setzen. Es sei denn, um für uns zu arbeiten.

»Vielleicht wird es ja zur Vermählung einen Ball geben«, log ich, als ich das Glas wieder absetzte. Sollte der Saphir ruhig weiterhin glauben, er hätte eine Chance, demnächst den Titel einer Lady zu tragen.

AARON

Vorsichtig schloss ich die Tür hinter mir und stellte den Kerzenleuchter auf dem ersten Schränkchen ab, das ich fand. Die drei kleinen Flammen warfen gespenstische Schatten an die Zimmerwände.

Das Schlafgemach des Lords.

Ich wusste, dass ich mich beeilen musste. Auf keinen Fall wollte ich es riskieren, vom Lord erwischt zu werden. Aber mindestens eine halbe Stunde sollte ich Zeit haben.

Schneller würden Carola und Van Windsor wohl kaum essen – es sei denn ... was, wenn sie so wild auf einander waren, dass sie die Nachspeise vorverlegten?

Ich drehte mich einmal um die eigene Achse und versuchte mir einen schnellen Überblick zu verschaffen. Ich zog sämtliche Schubladen der Kommode und des Schrankes auf, wühlte in seinen Kleidern.

Die Leinwand, die an seinem Kleiderschrank gelehnt stand, ließ mich stutzen. Es war das Bild, das ich gestern gemalt hatte.

Ich sah mich in dem Zimmer um, um herauszufinden, ob er die Gemälde der anderen Auserwählten ebenfalls in seinem Schlafgemach aufbewahrte, doch ich fand keine weitere Leinwand. Sollte mir das zu denken geben? *Verdammt, Aaron, konzentrier dich auf das Wesentliche.* Ich biss die Zähne aufeinander, ignorierte mein hämmerndes Herz und widmete mich dem Nachttisch, der neben dem großzügigen dunklen Himmelbett stand. Ein silberner Kelch stand darauf, doch er war leer. Eine halb abgebrannte schwarze Kerze. Und ein kurzer Dolch, der mit roten Edelsteinen verziert war. Ich nahm ihn in die Hand und betrachtete die scharfe Klinge. Ob der Lord die Auserwählten damit verletzte? Die kleinen Punkte, die ich an Estelles und Quentins Hals gesehen hatte, sahen allerdings nicht aus wie Schnitte.

Ich legte den Dolch zurück an seinen Platz und öffnete die Schublade des Nachtschränkchens. Eine Wolke Staub kam mir entgegen. Ich hustete und kramte durch den Inhalt der Schublade, der weitestgehend aus leerem Briefpapier, einem Buch im Ledereinband und ein paar Federkielen bestand. Schließlich fand ich etwas Interessantes. Ich zog ein etwas dickeres Papier hervor, auf dem mit Kohlestift zwei Personen gezeichnet worden waren. So realistisch und detailreich, dass ich einen der beiden Männer direkt wiedererkannte. Teilweise waren die schwarzen Linien schon etwas verwaschen, trotzdem war der Künstler so talentiert gewesen, dass ich mir sicher war, dass es sich bei dem linken Mann um den Lord handelte. Er wirkte ein paar Jahre jünger als heute. Der Knabe neben ihm war sogar noch jünger. Vielleicht so alt wie ich.

Ich drehte das Bild um und mein Blick wanderte zu den drei Worten, die an den unteren Rand notiert worden waren, zusammen mit einer Zahl, mit der ich nichts anzufangen wusste. *Jeremias und Henry van Windsor, 31.*

31 ... Das ergab keinen Sinn ... das konnte doch nie und nimmer ...

Mir gefror das Blut in den Adern. Nein, diese Zahl musste etwas anderes bedeuten. Ich drehte das Blatt wieder um und starrte auf die skizzierten Linien, die das Gesicht des Lords wiederspiegelten. *Jeremias ... Ist das sein Vorname?* Zumindest wenn ich davon ausging, dass der Erstgenannte auch links im Bild stand.

Plötzlich hörte ich leise, weitentfernte Schritte. Kamen sie in diese Richtung? Ich konnte es nicht riskieren, länger hierzubleiben.

Fluchend schob ich die Schublade zu und eilte so hastig zur Tür, dass ich fast über meine eigenen Füße stolperte. An der Tür hielt ich inne. Mit dem Kerzenleuchter in der Hand lauschte ich angestrengt gegen das Holzblatt. Ich wollte nicht hier rausstolpern und direkt in die Arme des Lords laufen. Doch die Luft schien rein zu sein. Schnell drückte ich die Klinke hinunter und schob mich aus dem Zimmer. Ich wollte zurück in Richtung der Treppe und der Schlafgemächer der Auserwählten laufen, doch im letzten Moment merkte ich, dass sich genau von dort die Schritte näherten. Und ehe ich mich versah, kam jemand in diesen Korridor. Ich hatte nicht einmal die Zeit, zu sehen, ob sich der Lord oder wer anders hierher verirrte. So schnell ich konnte, rannte ich in die entgegengesetzte Richtung, bis ich um eine Ecke bog und mich nach Luft ringend an die Wand lehnte.

Das war verdammt knapp gewesen.

19.

JEREMIAS

Nachdem ich den Saphir mit ein paar Lügen blenden oder zumindest beruhigen konnte, verlief der Rest des Abends entspannt. Ihre kokette Art ließ mir irgendwann vor Hunger auf meinen Hauptgang das Wasser im Mund zusammenlaufen. Ob sie im Bett ebenfalls wusste, was sie wollte? Für andere mochte es vielleicht wirken, als würde sie nach Oberflächlichkeiten streben, aber in Wahrheit strebte sie vermutlich nach Macht. Eine Eigenschaft, die sich gut in ein unsterbliches Leben einfügen ließ. Vielleicht könnte ich ihr also doch schenken, was sie wollte. Etwas, von dem sie nicht einmal wusste, dass sie es sich wünschte.

Wenn sie sich denn meines Vertrauens als würdig erwies …

Nach dem Essen begleitete ich den Saphir zurück auf sein Zimmer. Dort würde eine Wanne mit Rosenblättern auf Carola warten und sie könnte sich noch einmal entspannen, bevor sie nachts zu mir käme und wir uns *wirklich* kennenlernten. Die ersten Hürden waren gemeistert und ich war gespannt, ob sie mich mit weiteren neuen Seiten überraschen würde.

»Bis ganz bald, meine Schöne«, sagte ich und hob ihre Hand an meine Lippen. Zart berührte ich ihre Haut und merkte sogleich, wie sie erschauderte. Hoffentlich aus positiven Gründen. Ich wollte nicht noch eine Nacht leer ausgehen. Und ich wollte mich nicht wieder in einer Auserwählten irren. Ich durfte nicht vergessen, dass hinter ihrem stolzen Antlitz und scharfem Blick dennoch Unsicherheiten stecken konnten, die sie vor mir verbergen wollte. Ich hatte gesehen, wie panisch sie auf die gefangene Maus im Speisesaal reagiert hatte. Sie hatte geschrien wie ein aufgescheuchtes Huhn.

Ich ließ ihre Hand los und trat einen Schritt zurück.

»Bis bald, mein Lord«, erwiderte sie und neigte den Kopf, bevor sie sich umdrehte und in ihr Zimmer ging.

Als sie die Tür schloss, hing für ein paar Wimpernschläge noch ihr Duft auf dem Korridor. Neben dem blumigen Parfum roch ich auch sie – ihre pure Essenz, die durch ihre Adern floss.

Das Blut eines Saphirs war bereits überdurchschnittlich erlesen. Ich freute mich schon darauf, es gleich auf meiner Zunge zu schmecken. Mit diesen Gedanken und einem Lächeln auf den Lippen lief ich den Gang hinunter in Richtung meines eigenen Gemachs. Auf halbem Weg traf mich Quentin an.

»Ist mein Bad schon eingelassen?«, fragte ich.

»Ja. So eben.«

»Gut. Gibt es sonst noch was?«, wollte ich wissen, weil er neben mir herlief.

»Ähm, ja. Zwei Dinge.«

Ich blieb vor meiner Zimmertür stehen und schaute auf ihn herab. Er wirkte nervös, als habe er schlechte Neuigkeiten. »Sprich, Quentin.«

Mit jeder Sekunde, die verstrich, machte er es nur schlimmer.

Er hielt den Blick gesenkt, als er zu stammeln begann: »Ihr ... Ihr habt doch jemanden ausgeschickt, um sich nach Dalias Familie zu erkundigen. Nun, der Bote ist zurück.«

»Und was hat er herausgefunden?« Ich hob eine Augenbraue.

»Das wird Euch nicht gefallen, mein Lord.«

Bebend vor unterdrückter Wut betrat ich mein Schlafgemach. Von einer Kommode fegte ich den Kerzenständer sowie eine Skulptur, die am Boden zerbrach. Hatte ich es doch gewusst! Die Bürger von Dawncliff ehrten mich nicht mehr. Sie hatten vergessen, dass ihre Märchen über diese Burg nicht bloß ausgedachten Geschichten entsprungen waren. Zum Glück hatte ich noch ein paar Tage Zeit, um zu überlegen, was ich mit dieser rothaarigen Dirne tat. Vielleicht würde ich ihren Kopf zusammen mit dem des Jungen in einer Kutsche zurück ins Dorf bringen lassen. Dann hätten diese Bauern Stoff für neue Schauergeschichten über mich. Das nächste Mal würde niemand es wagen, meine Auslese zu sabotieren.

Ich lief in das angrenzende Bad und stellte zufrieden fest, dass das Wasser in der Wanne noch warm war. Mir die Rache im Kopf auszumalen, dämpfte zum Glück bereits meine Wut. Ich würde dieses Weibsbild nicht ungeschoren davonkommen lassen, so viel stand fest.

Ich stieg aus meiner Kleidung und ließ mich in die Wanne sinken. Heiß schwappte mir das Wasser bis zur Brust und umspielte meine angespannten Muskeln. Da mein Körper kälter als der eines Menschen war, kam mir auch das Wasser wärmer vor, als es für einen Sterblichen wäre. Ich ließ meinen Kopf nach hinten fallen, bis mein Nacken auf dem hölzernen Rand ruhte.

Während ich die Augen schloss, versuchte ich mich wieder den erfreulicheren Dingen des Abends zuzuwenden. Ich wollte mir meine dritte Nacht nicht von einer bedeutungslosen, Briefe schreibenden Hure zerstören lassen. Um sie würde ich mich am Ende kümmern.

Nun stellte ich mir lieber vor, wie Carola in eben diesem Moment nackt in ihrer eigenen Wanne lag. Nur wenige Zimmer weiter. Vielleicht hätte sie gar nichts dagegen gehabt, wenn ich mich ihr direkt angeschlossen hätte. Sie hatte mir unmissverständlich zu verstehen gegeben, dass ich ihr gefiel. Aber nach meinem Fauxpas gestern, der aus meiner Ungeduld resultiert war, wollte ich heute wieder alles Schritt für Schritt tun. Ich würde wie in der ersten Nacht das Blut hinter ihrem Rücken in einen Becher schütten und sie nicht direkt mit meinen Fangzähnen konfrontieren. So war es besser.

Die wenigsten Menschen glaubten heutzutage noch an Kreaturen wie mich. Und noch weniger von ihnen suchten nach uns, um uns zu lieben. Um sich auf ewig der Nacht zu verschreiben. So wie Sarina es einst wollte. Sie hatte mich in meiner dunkelsten Stunde gefunden ... und mir wieder Hoffnung geschenkt. Meine Fangzähne hatten sie nie in Angst und Schrecken versetzt. Im Gegenteil, sie war fasziniert von ihnen gewesen.

Meine Gedanken drifteten ab, verloren sich in dunklen Erinnerungen. Mein müder, hungriger Körper glitt in eine Art Dämmerzustand, zu wenig hatte ich am Tag heute geschlafen. Zu wenig frisches Blut zirkulierte in meinen Venen.

Als ich das nächste Mal blinzelte, war das Wasser nicht mehr warm. Ein Name hallte in meinen Ohren wider, wie ein Echo, als hätte gerade jemand etwas gerufen oder geschrien. *Clara.* Ich schmeckte ihren Namen noch auf der Zunge, als hätte ich ihn gerade selbst ausgesprochen.

Fluchend stieg ich aus dem Wasser und griff nach einem Handtuch, um mich abzutrocknen. Was sehnte ich die Zeiten herbei, in denen ich meine Träume verloren hatte. Traumlos zu schlafen, war so viel erholsamer. Wieso waren diese lebendig wirkenden Bilder zurückgekehrt?

Nackt lief ich in mein Schlafgemach. Die Dunkelheit hier erschlug mich beinahe. Ich entzündete ein paar Kerzen, ließ meine Finger über die silberne Klinge des Dolches sowie den Rand des Kelches wandern und sammelte die Scherben der zertrümmerten Skulptur auf.

Unruhig schritt ich dann auf und ab. Der Saphir müsste jeden Moment kommen. Ich hatte in der Wanne zwar jegliches Zeitgefühl verloren, doch der Mond warf von hoch oben sein silbernes Licht auf die Welt, alles war still und ... bereit.

Wie auch am ersten Abend blieb ich absichtlich am Fenster stehen, mit dem Rücken zur Tür, und wartete. Als ich Schritte auf dem Korridor vernahm, spannten sich meine Muskeln an. Da kam sie.

Ich hörte ihr Klopfen und wie sie dann, als ich »Herein« antwortete, langsam die Tür aufzog.

Die Tür fiel zurück ins Schloss. Der Saphir schnappte trotz meiner Nacktheit allerdings weder erschrocken nach Luft, noch sagte sie etwas ...

Ich drehte mich erwartungsvoll zu ihr um und erstarrte.

In meinem Zimmer stand nicht Carola, sondern der blonde Knabe, dessen Existenz ich seit drei Tagen zu ignorieren versuchte.

AARON

Es war alles abgesprochen: Bruna und Estelle hielten Carola eine Weile auf, fragten sie über das Essen mit dem Lord aus und versuchten mir Zeit zu verschaffen. Denn das, was ich im Zimmer des Lords gefunden hatte, reichte nicht aus; es brachte uns schier nicht weiter. Das Einzige, was ich jetzt noch tun konnte, war, mich dem Lord persönlich entgegenzustellen und mit ihm zu reden. Seit der ersten Nacht, in der er mich zwei Mal fast erwürgt hatte, hatte ich ihn nicht mehr gesehen. Vermutlich würde er nicht erfreut sein, wenn ich statt Carola in seinem Zimmer auftauchte, aber die Zeit des Versteckens war vorbei.

Als ich sein »Herein« hörte, beschleunigte sich mein Puls. Kurz spürte ich sogar so etwas wie ein Triumphgefühl in mir aufsteigen, doch als ich in seinem Zimmer stand – zum zweiten Mal innerhalb einer Stunde – erlosch es schlagartig. Hatte keinen Platz mehr in meiner Brust. Selbst mein Herz hörte kurz auf zu schlagen, als mein Blick sich auf die nackte blasse Gestalt am Fenster heftete.

Nackt.

Splitter-

Faser-

Nackt-

Stand der Lord vor der dunklen Fensterfront. Ich hatte nicht damit gerechnet, ihn derartig entblößt vorzufinden. Seinen blanken Hintern zu sehen, der von einer schmalen Hüfte aus nach oben in einen muskulösen Rücken mündete.

Ich gab keinen Ton von mir und der Lord drehte sich zu mir um. Seine dunklen, rabenschwarzen Haare hingen noch feucht bis über seine Schultern. Einen Wimpernschlag lang starrte ich in sein Gesicht, dann huschte mein Blick wie von selbst nach unten, ohne dass ich es kontrollieren konnte. Nur eine Sekunde, dann schaute ich ihm wieder in die Augen, versuchte Herr über meinen Körper und meine Reaktionen zu werden.

Eine Entschuldigung lag mir auf der Zunge, doch ich biss mir energisch auf die Unterlippe. *Keine Entschuldigungen, Aaron!* Doch mein Biss war zu heftig und ich schmeckte den kupfernen Geschmack von Blut in meinem Mund.

»Du bist nicht der Saphir«, sprach der Lord. Obwohl seine Stimme ruhig klang, merkte ich ihm einen Hauch Überraschung – und Ärgernis? – an.

Ohne mir etwas von meiner Unsicherheit anmerken zu lassen, trat ich ein paar Schritte ins Zimmer. »Ich werde nicht zulassen, dass Ihr Euch nochmal an einer dieser Frauen vergreift. Ich habe gesehen, was Ihr den Mädchen angetan habt«, wagte ich mich vor. Einer musste es ja aussprechen. Auch wenn ich mir vorkam, als würde ich stupide auswendig gelernte Verse aufsagen. Mein Gehirn und mein Herz, ach verdammt sämtliche meiner Organe waren zu abgelenkt, um ernsthaft an diesem Gespräch teilzunehmen.

Konnte er sich bitte etwas überziehen? *Mir* musste er seine Kronjuwelen ganz bestimmt nicht präsentieren.

Der Lord verspürte allerdings nicht das Bedürfnis danach, sie vor mir zu verbergen, sondern hob eine Augenbraue. »Du hast gesehen, was ich den Mädchen angetan habe, und bist trotzdem hier? *Warum*?«

Sein Ärger wich einer fassungslosen Neugier, was mir hoffentlich in die Karten spielen würde. So schickte er mich zumindest nicht direkt weg, sondern ließ sich auf das Gespräch mit mir ein. Wenn seine Frage bloß so einfach zu beantworten wäre. »Irgendetwas stimmt hier nicht und ich will Antworten«, erwiderte ich schließlich mit hohler Stimme.

Eine tiefe Furche entstand auf seiner Stirn, ehe sie sich wieder glättete und er ein paar Schritte in meine Richtung tat. »Wieso willst du Antworten, anstatt dich in die hinterste

Ecke meiner Burg zu verkriechen und darauf zu warten, dass ich dich gehen lasse?«

»Werdet Ihr mich denn gehen lassen?«

Die Frage hing für ein paar Herzschläge in der Luft. Dass er nicht direkt antwortete, war Antwort genug. Verdammt, vermutlich hatte er nie vorgehabt, mich am Ende seiner Brautschau nach Hause zu schicken. Ich hatte es lediglich gehofft, weil er in den letzten Tagen so wenig Interesse daran gezeigt hatte, mich zu bestrafen.

Vielleicht hatte er aber auch bisher einfach kein Interesse daran gehabt, sich über mich den Kopf zu zerbrechen.

»Was hast du denn bei meinen Auserwählten gesehen, was dich so nervös gemacht hat?«, fragte er, anstatt darauf einzugehen. Er klang plötzlich beinahe amüsiert.

Es hat mich nicht nervös -, ich schluckte die Worte hinunter. »Die Verbände um ihre Handgelenke und an ihren Halsbeugen«, antwortete ich geradeheraus.

»Okay – und was denkst du dir dabei?«, fragte der Lord und legte den Kopf schief. Er betrachtete mich, als wäre ich eine Maus im Labyrinth und er wolle in meinen Kopf schauen, um zu erkennen, ob ich den Ausgang aus eigener Kraft finden würde.

Ich blinzelte ihn mehrmals an und versuchte ruhig durch die Nase ein und auszuatmen. Er gab mir die perfekte Vorlage, um ihn mit meinen und Brunas Theorien zu konfrontieren. Ich könnte ihn darauf ansprechen und durch seine Reaktion Klarheit erringen. Aber wie lächerlich wäre es, wenn ich ihm vorwarf ... ja was? Verflucht zu sein? Ein

Monster? Eine Bestie, die nur bei Nacht wie ein Mensch aussah?

Drei Tage hatte ich nun auf seiner Burg verbracht, zwei Tage lang hatte ich ihn nicht gesehen, Erleichterung und gleichzeitig Verwirrung darüber verspürt. Jetzt hatte ich endlich die Möglichkeit, Antworten einzufordern, dem Geheimnis von Van Windsor auf die Spur zu kommen, doch ich schwieg, als hätte mich jemand sämtlicher Worte beraubt. Vielleicht war ich ja doch ein Feigling.

»Ich habe ... ein paar Theorien«, kam es mir schließlich abgehackt über die Lippen.

Der Lord schritt ohne etwas zu sagen zu dem dunklen, niedrigen Nachttisch und nahm den Dolch von der Tischplatte, den auch ich vor kurzer Zeit noch selbst in der Hand hatte.

Was wollte er jetzt damit?

Er lief auf mich zu, bis er nur noch zwei Schritte von mir entfernt war.

Ich gab mir Mühe, dem Dolch keine Beachtung zu schenken, genauso wenig wie seinem hängenden Gemächt, und starrte dem attraktiven nackten Mann stattdessen in die Augen. Sein Blick allerdings heftete sich auf die untere Hälfte meines Gesichts ... beinahe, als würde er meine Lippen anstarren. Aber wieso sollte er ...

Instinktiv leckte ich mir über die Unterlippe und schmeckte noch immer das metallische Blut aus der kleinen Bisswunde, die ich mir zugefügt hatte.

»Lass uns doch herausfinden, ob deine Theorien über mich der Wahrheit entsprechen«, schlug Van Windsor vor, die Stimme unheilverkündend dunkel.

Ein Schauer kroch mir über den Rücken und mein Herz pumpte schneller. *Das ist keine gute Idee!*, schrie innerlich die Stimme meiner Vernunft. Ungewollt überschlugen sich in meinem Geist Brunas Worte von heute Früh, vermischten sich mit den Legenden, die man sich im Dorf über den Lord erzählte. Die kleine Jahreszahl auf der Rückseite der Zeichnung, die mehr als neunzig Jahre zurücklag. Die Stimme meiner Schwester, die mir nachts zuflüsterte, dass der Lord bestimmt auf das Blut einer Auserwählten wartete, die ihn von seinem Fluch erlöse.

Aber vor mir stand kein verfluchtes Monster, keine Bestie der Nacht, kein Werwolf oder Gespenst. Er war ein Mensch aus Fleisch und Blut! Auch wenn er mit seiner alabasterfarbenen, faltenfreien Haut und den dunklen, rot schimmernden Augen kaum menschlich ... Moment – rot schimmernd?

Mein Atem stockte, als ich seinen Blick auffing und direkt in seine Augen sah. Erschrocken stolperte ich einen Schritt nach hinten. *Nein, das ist nur das flackernde Kerzenlicht, das mir einen Streich gespielt hat.*

»Bruna glaubt, Ihr wärt ein Werwolf und Eure Klauen haben Dalias Rücken entstellt«, murmelte ich, sprach meine Gedanken einfach aus, bevor ich sie zurückhalten konnte. »Meine Schwester glaubt, ein Fluch läge auf Euch und Ihr braucht das Blut einer bestimmten Jungfrau, um diesen Fluch zu brechen.«

Der Lord kam zwei Schritte näher und hob den Arm. Seine Hand mit dem Messer war mir gefährlich nahe. Die Klinge hielt er vor mein Gesicht, legte sie dann an meine Wange und fuhr mit der kühlen Spitze kaum merklich über meine Haut, hinunter bis zu meinen Lippen.

»Und was glaubst du?«, fragte er.

Ungewollt erzitterte ich. Mein Herz schlug so schnell und laut wie noch nie zuvor in meinem Leben. Ich versuchte mich von dem Dolch nicht ablenken zu lassen. Dieser Mann spielte bloß mit mir und meiner Angst. Er würde mir nicht hier und jetzt die Kehle aufschneiden. Um mich zu töten, hatte er in den letzten drei Tagen oft genug die Gelegenheit gehabt.

Mit der eisernen Spitze des Dolches glitt er über meine Lippen, fuhr die untere von ihnen entlang, bis er an die offene Stelle kam, in die ich vorhin zu fest gebissen hatte.

Während ich leise und langsam ausatmete – als dürfte ich kein zu lautes Geräusch von mir geben – öffnete ich automatisch die Lippen einen Spalt breit, so dass die Klinge mit Leichtigkeit in meinen Mund hineingleiten könnte. Stattdessen glitt die Schneide des Messers über die aufgerissene Stelle und hinterließ ein leichtes Brennen, als er sie mit einer schnellen Bewegung zurückzog.

Ich presste die Lippen zusammen und atmete scharf ein. Der Lord hob die Hand mit dem Dolch zwischen uns und betrachtete den blutroten Tropfen, der nun dunkel auf dem Metall schimmerte.

Und was glaube ich?

»Das sind nur Geschichten, ... damit die Menschen im Dorf Angst vor Euch haben«, antwortete ich ihm stockend auf seine Frage. Sie schien schon so lange zurück, dass meine Antwort in der angespannten Stille zwischen uns beinahe unnötig schien. Als habe der Lord ohnehin nicht damit gerechnet, dass ich seine Frage beantworten würde. Oder als hätte der Anblick meines Bluttropfens jegliche Antwort unwichtig werden lassen.

Nun jedoch legte sich ein belustigter Zug um seine Mundwinkel, kurz bevor er das Messer anhob, seine Zungenspitze herausstreckte und über das scharfe Metall leckte, an dem mein Blut klebte.

Für mehrere Herzschläge vergaß ich, wie man atmete. Ihn diesen Dolch ablecken zu sehen, bewies gar nichts, und doch war das Bild so grotesk, dass es sich in meine Netzhaut brannte und meine Lunge für ein paar Sekunden ihren Dienst aufgab.

Als ich wieder Herr über meinen Körper war, wollte ich zurückweichen, doch der Lord griff mit der linken Hand nach meinem Unterarm.

»Vielleicht sollte ich heute Nacht *dein* Blut trinken, um dir zu beweisen, wieviel an diesen Geschichten dran ist, hm?«, fragte er.

Ich war wie erstarrt. All die großen Töne, die ich mir vorab zurechtgelegt hatte, blieben in meiner Kehle stecken. Ich hatte dem Lord sagen wollen, dass ich ihn die Frauen nicht mehr auf diese Weise anrühren ließ oder dass wir andernfalls morgen früh die Sachen packen und gehen würden. Das Gold konnte uns gestohlen bleiben, das durfte er behalten. Zumindest sprach ich da für Bruna und mich. Und auch Estelle, Dalia und Carola würden mir im Nachhinein noch danken. Doch da hatte ich auch nicht damit gerechnet, dass der Lord mich seine Schauermärchen glauben lassen wollte.

Nein, mich kannst du damit nicht ängstigen. Das sind nur Geschichten!

20.

JEREMIAS

»Du bist doch auch eine Jungfrau, oder?«, fragte ich den blondgelockten Knaben, während ich ihn am Unterarm festhielt. Andernfalls hätte ich sein Blut kaum erwählt. Nicht nur, weil das Blut von Jungfrauen reiner schmeckte und mir als meine Braut eine unberührte Frau zustand. Es hatte noch einen anderen Grund, weshalb ich an der Auslese nur Jungfrauen teilnehmen ließ. Vielleicht war der Grund ein dämlicher, mein Bruder hätte mich einen abergläubischen Narren geschimpft, aber er hatte den Blick der Hexe nicht gesehen, zu der Sarina mich damals geführt und die mir meine Zukunft prophezeit hatte. Er hatte ihre Stimme nicht gehört, die wie von einer anderen Welt klang. Ehe ich mich erneut in Erinnerungen verlor, zog ich den Jungen an seinem Arm näher zu mir, sodass er beinahe gegen mich prallte.

Er hielt sich tapfer, lehnte sich, so gut es ging, von mir zurück.

»Wie kommt das?«, fragte ich ihn, da ich nicht begriff, wie ein junger Mann wie er in Keuschheit leben konnte. Er war definitiv alt genug, um diese Art von Freuden bereits kennengelernt zu haben.

»Ich habe eine Verlobte im Dorf«, antwortete er widerwillig mit zusammengebissenen Zähnen. »Wir wollten uns für die Hochzeitsnacht aufsparen.«

»Aber jetzt bist du hier.« Diese Tatsache weckte eine Art Schadenfreude in mir. »Du weißt doch, wozu die Auserwählten hier sind. Jede von ihnen muss das Bett eine Nacht mit mir teilen, bevor ich mich am sechsten Tag für eine Braut entscheide.«

Ich sah förmlich, wie der Junge erblasste. »Aber ich bin ... keine Braut.« Seine Stimme war nicht mehr als ein Hauchen.

Herrlich. Ihn derartig um Fassung ringen zu sehen, gefiel mir weit mehr, als es sollte. Und auch weit mehr als das Abendessen mit dem Saphir vorhin. *Der Saphir.*

Mir wurde bewusst, dass ich den Jungen wegschicken und mich den wichtigen Dingen widmen sollte. Viel zu viel Zeit hatte ich diesem Gespräch schon geschenkt. Aber irgendetwas reizte mich daran, unseren Dialog fortzuführen. Ich wusste nicht, ob es sein Blut war, was ich so eben von der Dolchspitze gekostet hatte. Es war kaum mehr als der Hauch eines Duftes gewesen, trotzdem hatte es mich daran erinnert, dass dieser Knabe voll von diesem seltenen Elixier war. In seinen Venen floss eine Macht, der er sich nicht einmal bewusst war.

»Aber du bist ein Auserwählter auf meiner Burg. Und meine Gastfreundschaft hat seinen Preis«, antwortete ich, nur um ihn weiter zu reizen. Er glaubte doch nicht, dass ich ihn fünf Tage hierbehielt, ohne am Ende von ihm zu kosten? Nun, nicht auf die Weise, die ich ihm gerade weismachen wollte, aber dennoch ... Langsam löste ich meinen Griff um seinen Unterarm und beinahe sofort nutzte er den Moment und zog seinen Arm zurück.

Ich lächelte. In der ersten Nacht hatte ich ihn als Dummkopf abgestempelt, ihn in den letzten Tagen jedoch weiter beobachtet. Zumindest hin und wieder, was mich einiges an wertvollen Schlaf gekostet hat. Er war aufgeweckt und doch empathisch, versuchte es immer allen Recht zu machen – außer mir. Das Bild, welches er mit schwarz-roten Farben für mich gemalt hatte, sollte vermutlich ein Akt der Rebellion gewesen sein. In mir jedoch hat es etwas angesprochen, es hatte eine kraftvolle Gewalt gezeigt, einen Hang zur Dunkelheit, der mir nur allzu bekannt vorkam. Die Leinwand mit seinem *Kunstwerk* stand noch in meinem Zimmer, befand sich nur ein paar Schritte von uns entfernt und lehnte an der einen Seite meines massiven Kleiderschrankes. Ihm war es mit Sicherheit nicht einmal aufgefallen, weil er sich noch nicht die Zeit genommen hatte, sich in dem Raum umzusehen.

Seit er das Zimmer betreten hatte, hatte er nur *mich* angesehen. Das war irgendwie ... befriedigend.

Mein Blick glitt von seinen geweiteten blauen Augen wieder einmal hinunter zu seiner malträtierten Lippe. Der Wunsch, in sie hineinzubeißen, durchzuckte mich, doch gleichzeitig wehrte ich mich gegen diese Vorstellung. Ihm noch näherzukommen als gerade eben, wäre keine gute Idee. Auch wenn ich ihn mit meinen Worten verunsichert hatte, so plante ich nicht, meine Drohung in die Tat umzusetzen. Was brachte es mir, das Bett mit einem

Knaben zu teilen? Er würde meine Gelüste nicht auf dieselbe Weise stillen können, wie eine Frau es zu tun vermochte.

Wahrscheinlich würde ich ihm in der letzten Nacht einfach die Kehle aufschneiden und mich an dem wertvollsten Blut satt trinken, das die Menschheit zu bieten hatte. Vielleicht ginge ein Teil seiner Macht in mich über und ich wäre fähig, die Fehler meiner Vergangenheit selbst auszuradieren.

Aber warum wartete ich überhaupt bis zur fünften Nacht? Lag mir so viel an meinen eigenen Regeln?

In Gedanken versunken hob ich die Hand mit dem Dolch und strich dem Rubin sein helles Haar aus der Stirn. Weich und sanft schmiegte es sich für einen Wimpernschlag an meine Fingerknöchel. Natürlich könnte ich auch versuchen, ihn zu verwandeln ... aber er würde sich wohl kaum als Gefährte eignen. Vermutlich würde er versuchen mich zu töten oder sich mit seiner neu gewonnenen Macht einfach aus dem Staub machen. *Falls er eine Verwandlung überlebt. Oder sich überhaupt erst infizieren lässt.*

»Keine Sorge, Goldlöckchen«, sagte ich und ließ die Hand sinken. Im Grunde genommen sollte ich mich fragen, wieso er in den letzten Sekunden nicht schon die Flucht ergriffen hatte. Wieso er hier noch vor mir stand, obwohl ich ihn längst losgelassen hatte. »Ich werde dich weder ehelichen, noch deine Unschuld rauben«, beruhigte ich ihn. Konnte nicht umhin, dass sich mir ein kleines Lächeln auf die Lippen stahl, als ich meine nächsten Worte formte. »Aber vielleicht werde ich dich irgendwann verletzen. Dich aussaugen. Und du wirst beten, dass am Ende noch genug Blut in deinen Adern fließt, dass du vor mir davonrennen kannst.«

Ich spürte, wie die Bedeutung meiner Worte in ihn sickerte, sich in seinem Bewusstsein ausbreitete, und die Krallen in ihn schlug.

Genauso hatte ich es mir vorgestellt. *Ja, fürchte dich ruhig. Dann hörst du vielleicht auf, den Helden für diese Frauen spielen zu wollen.*

Warum riskierte er überhaupt sein Leben für sie? War ihm noch immer nicht bewusst, dass es an einem seidenen Faden hing?

Ich sah, wie Aaron schluckte und einen Schritt von mir zurücktrat. Dann tat er etwas, womit ich nicht rechnete. Er schüttelte den Kopf. »Diese unheilvollen Drohungen wirken vielleicht bei den anderen Auserwählten. Ich will mich nicht mit Euch anlegen, Lord van Windsor, oder in Frage stellen, dass es nur ein Fingerschnipsen von Euch braucht, um mich dem Tod zu verschreiben, aber an bluttrinkende Monster glaube ich nicht.« Sein Adamsapfel hüpfte, als er schluckte. »Ihr seid ein Mensch, genauso wie ich. Und die Legenden kursieren nur noch durch unser Dorf, damit das Abkommen eingehalten wird und Ihr immer wieder neue Frauen hierher geliefert bekommt, als wären sie eine Mahlzeit auf dem Silberta-«

Das reichte. Verdammt! Ich war es so satt, seinen dummen Ausschweifungen zuzuhören. Ich hatte ihn gewarnt. So oft. Zu oft!

Zu was für einem Weichei war ich eigentlich mutiert?

Heißer Zorn wallte durch meinen Körper und ich stieß den Rubin mit einer Hand von mir, noch bevor er seinen Satz zu Ende bringen konnte. Er flog bis zur Tür, sein Rücken krachte gegen das Holz, ehe er auf dem Boden aufschlug.

Mit einem Grollen, das mir tief aus der Kehle kam, legte ich den Kopf in den Nacken, öffnete den Mund und spürte, wie mir die Fangzähne aus dem Zahnfleisch wuchsen. Als ich den Blick wieder senkte, wusste ich, dass er rot glühte. Und der blonde dämliche Junge, der am Boden kauerte, sah hoch und mir direkt ins Gesicht.

Nun sieh, was für ein Monster ich bin!

Ich warf den Dolch aufs Bett und ging gemächlich langsam auf den Burschen zu, genoss die Angst, die sich in seinen Pupillen spiegelte. Endlich begriff er, mit wem er sich hier anlegte. Begriff hoffentlich, wie nutzlos und dumm seine ganzen Predigten waren. Er glaubte, ich wäre ein Mensch! So etwas Lächerliches hatte ich schon lange nicht mehr gehört.

Sein Blick huschte von meinen Fangzähnen hinunter über meinen nackten Körper, bis zu meinem Glied, das sich langsam aufrichtete und von dem Blut steif wurde, welches siedend heiß durch meine Venen pulsierte.

Unsere kleine Auseinandersetzung hatte mich aufgeregt – und vielleicht auch ein klein wenig erregt. Ich war nur noch drei Schritte von dem Rubin entfernt, als er sich aufrappelte. Er zitterte am ganzen Körper wie Espenlaub und ich hörte seinen dröhnenden Herzschlag bis hierhin. Der schnelle, kräftige Rhythmus vernebelte mir die Sinne.

Genauso musste es klingen, wenn dieser vorlaute Bauernjunge mich ansah!

Doch Goldlöckchen hatte offenbar genug von unserem Spiel. Er drehte sich zur Tür und riss sie auf.

»Nun bleib doch noch«, säuselte ich ihm hinterher, als er aus dem Zimmer stürmte und die Tür zuknallte. *Erst jetzt wird es doch lustig.*

Ich hörte, wie er durch den Korridor rannte.

Mich durchzuckte der Impuls, ihm hinterher zu hetzen. Wie ein Wolf, der sein Kaninchen jagte. Doch ich rang diesen Trieb nieder, auch wenn es mir schwerfiel. Verdammt es war so hart, dass ich die Zähne in mein eigenes Zahnfleisch grub. Der pochende Schmerz lenkte mich schließlich von meinem blinden Impuls ab. Ich blickte auf die geschlossene Holztür, bis sich der rote Nebel um meinen Verstand lichtete.

Schwer atmend stützte ich meine Unterarme gegen das Holz und lehnte meine Stirn daran. Ich schloss die Augen und zählte innerlich bis zehn. War die Bestie in mir erst einmal erwacht, war es schwer, sie durstend und hungernd wieder einzusperren.

Sobald ich wieder einigermaßen klar denken konnte, wallte eine Frage durch mich hindurch: Wieso war es mir überhaupt so wichtig, dass der Bursche an das Monster in mir glaubte? Den Auserwählten löschte ich absichtlich ihr Gedächtnis, manipulierte sie, damit sie meine Fangzähne nicht störten, damit sie mich nach einer Nacht vergaßen, aber Aaron wollte ich nicht vergessen lassen. Er sollte endlich begreifen, was ich war, - und mich fürchten.

AARON

Blindlings rannte ich in mein Zimmer, schlug die Tür hinter mir zu, suchte tastend nach einem Riegel, den ich vorschieben konnte, doch da war keiner. Ich sah mich im Raum um und fand eine Kommode gegenüber vom Bett, die ich vor die Tür schieben könnte.

Ob es ihn aufhalten würde? Ich wusste es nicht, aber ich konnte nicht ruhig stehenbleiben, weshalb ich es versuchte. Erst als die Tür mit sämtlichen losen Möbeln verbarrikadiert war, taumelte ich zu meinem Bett und hielt mich mit einer Hand an den hölzernen Pfosten fest, die es rahmten.

Mein Herz schlug so schnell in meiner Brust, dass mein ganzer Oberkörper bebte.

Das, was ich gesehen hatte, war kein Trick, keine Lüge, kein Märchen. Es war keine in den Raum geschleuderte Theorie. Ich hatte *gesehen*, wie seine Schneidezähne gewachsen waren, als wären sie Reißzähne. Und seine Augen hatten rot geleuchtet. Das war nicht das flackernde Licht der Kerzen gewesen. Und die Kraft, mit der er mich von sich gestoßen hatte ...

Ich schloss die Augen und schüttelte den Kopf. Doch vor meinen geschlossenen Lidern brannte auch noch das Bild seiner wachsenden, anschwellenden Erregung und meine

Wangen glühten vor unsäglicher Hitze. Meine Eingeweide verknoteten sich und standen in Flammen.

Wie konnte ich diese Erinnerung bloß aus meinem Geist löschen?

Ich riss die Augen auf, sah mich um und fand einen Krug mit Wasser auf meinem Nachttisch. Ich nahm ihn kurzerhand und kippte ihn mir über dem Kopf aus. Das kühle Wasser rann über mein Gesicht, verfing sich in meinen Wimpern und perlte von meinen Lippen. Ich stellte den Krug wieder hin, fuhr mir mit den Händen übers Gesicht und strich meine klitschnassen Haare zurück.

Diese Abkühlung hatte nicht nur die Hitze in meinen Wangen gedämpft, sondern mir auch wieder einen einigermaßen klaren Kopf verschafft.

Ich hatte mich geirrt. Der Lord van Windsor war kein Mensch. Er war ein Monster, das nach unserem Blut dürstete. Bruna hatte Recht gehabt. Die Schauermärchen waren keine Märchen.

Am liebsten hätte ich sofort Reißaus genommen. Doch ich war nicht so dumm, wie der Lord glaubte. So langsam zählte ich eins und eins zusammen. Der Lord schien eine Kreatur der Nacht zu sein, nur deshalb bekamen wir ihn immer erst nach Sonnenuntergang zu Gesicht. Also wäre es dämlich, sich des Nachts aus seinem Schloss schleichen zu wollen.

Wir würden tagsüber fliehen müssen.

Die Frage war nur, wie ich bis dahin schlafen sollte, als sei nichts passiert. Vermutlich wartete auch Bruna darauf, dass ich zu ihr käme, und ihr von meinem Gespräch mit dem Lord erzählte, doch ich fühlte mich nicht fähig, heute Nacht noch einen Fuß aus diesem Zimmer zu setzen.

Ich war mittlerweile seitlich am Bett auf den Boden gesunken, mein Rücken an das Holzgestell gelehnt. Mein Körper war erschöpft, forderte seinen Schlaf ein, doch mein Geist war hellwach. Obwohl das Adrenalin vor einer halben Stunde schon meinen Körper verlassen hatte, waren meine Sinne noch angespannt. Ich lauschte, als könnte ich es hören, wenn der Lord sich meinem Zimmer näherte.

Plötzlich dachte ich an Carola, die heute Nacht die Gesellschaft des Lords geteilt hätte. Sie war so erpicht darauf gewesen. Nur weil Bruna sie vorhin etwas abgelenkt hatte, um mir Zeit zu verschaffen, hieß es nicht, dass Carola nach mir nicht auch noch das Zimmer des Lords aufgesucht hatte. Oder er ihres. Vielleicht war sie jetzt gerade bei ihm. Und er tat das mit ihr, was er mir versprochen hatte.

Ich werde dich verletzen.

Dich aussaugen.

Und zusätzlich würde der Lord Carola nicht nur seine Reißzähne in den Körper treiben. Bei dem Gedanken, der sich wie ein Bild vor meinem inneren Auge manifestierte, biss ich die Zähne zusammen. Doch es war ungewöhnlich still in der Burg. Als würde jeder außer mir schlafen.

Meine Lider wurden zunehmend schwerer und schwerer und die Anspannung in meinem Körper ließ langsam nach. Vielleicht sollte auch ich ein paar Stündchen schlafen ... und morgen würde ich mit den Auserwählten von hier fliehen.

Ich wurde von einem schrillen Schrei geweckt. Er war leise, weil er aus einiger Entfernung kommen musste, doch dieser Laut genügte, um mich aus einem Traum zu reißen.

Ich öffnete die Augen und blinzelte in die Dunkelheit. Die Kerzen vom Vorabend waren abgebrannt und die Sonne noch nicht aufgegangen. Wie spät hatten wir es? Was war passiert?

Ich rappelte mich etwas umständlich vom Boden auf und beim Anblick der verbarrikadierten Tür kamen auch die letzten Erinnerungen zurück. *Verdammte Scheiße!* Ich eilte zur Tür und begann, die Möbel aus dem Weg zu schieben.

Ein erneuter Schrei erklang, lauter als der vorherige. Ich riss die Tür auf und rannte den Korridor entlang, die Treppen hinunter. Hinter mir hörte ich, wie noch eine andere Zimmertür aufging und mir jemand folgte. Als ich einen Blick über meine Schulter warf, sah ich Bruna hinter mir. Sie trug ihr Nachtkleid, wirkte allerdings hellwach.

Wir stürmten in die Eingangshalle, drehten uns um die eigene Achse und versuchten herauszufinden, von wo der Schrei gekommen war.

»Hier lang!«, rief Bruna und ich eilte ihr nach. Die Korridore zum Nordflügel waren mit weniger Kerzen beleuchtet, die meisten von ihnen waren schon abgebrannt oder gar nicht erst entzündet worden. Doch so langsam dämmerte der Morgen und das zarte Licht der aufgehenden Sonne vertrieb die tiefsten Schatten.

Auf halbem Weg zu den Gärten rannte uns plötzlich Dalia in die Arme. Sie kam so schnell um eine Ecke geschossen, dass sie beinahe gegen mich prallte.

»Der Lord ...«, stammelte die Rothaarige keuchend. Sie hielt sich an mir fest und ich spürte, wie ihr ganzer Körper zitterte. »Carola, sie ...«

»Was? Was hast du gesehen?« Am liebsten hätte ich sie geschüttelt, damit die Worte schneller ihren Mund verließen.

Statt mir zu antworten, drehte sie sich um und deutete in den Korridor, aus dem sie geflohen war.

»Hier. Bleib bei ihr.« Ich packte die rothaarige Auserwählte an den Oberarmen und drückte sie zu Bruna.

Schnell eilte ich um die Ecke, um die Dalia zuvor gebogen war und zu der sie gedeutet hatte.

»Hey, warte!«, rief Bruna mir nach und ich hörte ihre flinken Schritte.

Ich kam nur ein paar Meter weit, bis ich abrupt stehenblieb. Vor mir erstreckte sich der große Saal, der mit seiner riesigen Fensterfront in die Gärten führte. Vor diesen Fenstern, mitten im Raum, stand der Lord van Windsor und in seinen Armen lag Carola.

Das fahle Licht des Morgengrauens fiel durch die gläserne Fassade und warf einen schmalen Silberstreif auf den marmorierten Boden. Eigenartige dunkle Flecken zogen sich über den Marmor. Tropfen, die durch die Schritte des Lords teilweise verschmiert waren und sich zu dunklen Fußabdrücken wandelten. Es dauerte ein paar Herzschläge, bis ich begriff, dass die dunklen Flecken aus

Blut bestanden. Blut, welches von der blondgelockten Frau tropfte, die der Lord im Arm hielt.

Nein.

»Was habt Ihr getan?« Die Frage verließ von selbst meine Lippen, klang so fremd in meinen Ohren, als sie von den hohen Wänden des Saals widerhallte.

Ein paar Sekunden später kam Bruna neben mir zum Stehen. Ich hörte, wie ihre hastigen Schritte verklangen und wie sie nach Luft schnappte, als sie die große schattenhafte Gestalt sah, die Carola wie eine Braut auf den Händen trug.

Ihr Kopf hing schlaff herab, ihre blonden Locken reichten fast bis zum Boden. Sie trug ein dunkelblaues Kleid, welches jedoch an den Ärmeln und im Brustbereich grausam zerfetzt worden war. Doch mein Blick hatte sich sofort auf ihre Kehle geheftet: ihr Hals war eine einzige klaffend rote Wunde.

»Geht mir aus den Augen!«, grollte der Lord und schritt in unsere Richtung.

»Ist sie tot?«, hauchte Bruna mit bebender Stimme.

»Was habt Ihr getan?«, fragte ich erneut, diesmal lauter. Verzweifelter. Die Wände um mich herum schienen sich zu drehen. Statt auf Carolas auseinandergerissene Kehle fokussierte ich mich nun auf das Gesicht des Lords. Ich wollte verstehen, was vorgefallen war. Wieso er das getan hatte. Jeder Muskel in seinem Gesicht war angespannt, seine Haut aschfahl, der Blick dunkel und ... bedrohlich. Als tobte ein Inferno in ihm, das er nur mit Mühe bändigen konnte.

»WEG VON HIER!«, brüllte er und Bruna zog mich am Arm.

Sie wollte mich mit sich zerren, doch ich schüttelte ihre Finger ab.

»Nimm Dalia und geh. Schließt euch in deinem Zimmer ein. Ich komme nach«, raunte ich ihr zu.

Sie rannte los. Im selben Moment schritt auch der Lord mit großen Schritten an mir vorbei, rempelte mich im Vorbeigehen an, sodass ich zur Seite strauchelte.

Der Geruch von frischem Blut war plötzlich übermächtig und drehte mir den Magen um. Als der Lord gerade an mir vorbeigegangen war, hatte ich in Carolas Augen sehen können. Sie waren weit geöffnet gewesen, starr ... und leer.

Hatte er das getan? Hatte er sie getötet?

Mein Blick huschte von seinem Rücken zu den Wänden und suchte nach etwas, was ich als Waffe nutzen könnte.

Der Lord ging unbeeindruckt weiter, würdigte mich keines Blickes. Ich wusste nicht, wohin er Carolas toten Körper bringen wollte, doch ich konnte nicht tatenlos hier herumstehen. Wenn er sich ihrer entledigt hatte – was würde dann noch mit uns passieren?

Ich folgte dem Lord auf die Korridore, wusste, dass an einer der Ecken eine leere Ritterrüstung mit einem Langschwert stand. Der Lord verschwand aus meinem Blickfeld, ich eilte zu der Rüstung und entriss ihr das mächtige Schwert. Das Metall klapperte und würde den Lord warnen, doch das war mir egal. Hauptsache ich war bewaffnet. Auch wenn ich so eine Waffe noch nie in den

Händen gehalten hatte. Sie war um einiges schwerer, als ich annahm.

Mit dem Schwert in der Hand folgte ich dem Geräusch der schweren Schritte. Dabei versuchte ich selbst so leise wie möglich zu sein. Vielleicht war der Lord so in Gedanken, dass er mich nicht hörte. Er hatte beinahe wie in Trance gewirkt, als er an mir vorbeigestampft war.

21.

BRUNA

Ich hatte es geahnt. Ich hatte es die letzten zwei Tage so sehr geahnt: diese Burg hier, dieser Lord, würde uns den Tod bringen. Und nun war es eingetreten.

Obwohl ich einen Tag zuvor noch gedacht hatte, mich würde es bei Carola nicht kümmern, wenn sie hier verreckte, so hatte mich der Anblick ihres Leichnams doch bis ins Mark erschüttert. Ich schämte mich für meine früheren Gedanken über sie, für meine Worte, die ich ihr an den Kopf geschleudert hatte. So, als hätte ich damit ihren Tod heraufbeschworen.

»Wo bleibt er bloß? Was, wenn auch er schon tot ist?«, fragte Estelle zwischen zwei Schluchzern und klammerte sich an das Kopfkissen, als hinge ihr Leben davon ab.

Wie Aaron gesagt hatte, war ich mit Dalia zurück auf mein Zimmer geflohen. Estelle hatte den Krach mitbekommen und war uns schlaftrunken entgegengekommen. Nun kauerten wir zu dritt auf meinem Himmelbett. Warteten auf Aaron, so wie er es angeordnet hatte.

Estelle weinte bitterlich, während Dalia in eine Art Schockstarre verfallen war. Sie hielt ihren Oberkörper mit den Händen umklammert, während sie stumm in die Leere starrte.

Mir war nicht wohl dabei, hier herumzusitzen und zu warten. Doch ich brachte es nicht übers Herz, Estelle mit Dalia alleinzulassen. Also blieb ich.

»Alles wird gut«, sagte ich tonlos und überlegte, ob ich Estelle auf die Schulter klopfen oder sie in eine tröstende Umarmung ziehen sollte. Ich wollte ihr etwas von ihrer Angst nehmen, doch ich wusste nicht wie. Wir waren Gestrandete auf einer verwunschenen Festung. Eine von uns wurde ermordet – auf bestialische Art und Weise - und ich hatte keinen Zweifel daran, dass der Lord persönlich dafür verantwortlich war. Ihr Körper mochte aussehen, als hätten Wölfe sie angefallen, und das würde er vermutlich auch der Öffentlichkeit erzählen, falls er ihren Tod nicht verschleierte, doch ich wusste es besser.

Er war das wilde Tier, die Bestie, die sie umgebracht hatte.

AARON

Drei, zwei, eins.

Ich zählte die Sekunden ab, bevor ich um die nächste Ecke schlich. Ich war dem Lord bis in den Keller der Burg gefolgt. Hierhin hatte es mich zuvor noch nicht verschlagen. Die Decken waren niedrig, sodass ich hin und wieder den

Kopf einziehen musste. Spinnweben zogen sich über die gemauerten Wände.

Wohin brachte er ihren Körper?

Er lief eilig und zielstrebig durch die dunklen Gänge, ich schlich ihm im sicheren Abstand hinterher. Doch plötzlich verstummten seine Schritte. Irritiert blieb ich stehen und lauschte. Er war hinter der nächsten Ecke verschwunden. Da hörte ich plötzlich ein Klicken und daraufhin ein schabendes Geräusch.

Drei, zwei, eins.

Ich wollte um die nächste Abbiegung schleichen, da hallte ein dumpfer Laut durch die Gänge des Kellers. Ich packte den Griff des Schwertes fester und beschleunigte meine Schritte. Schnell hastete ich nach rechts und blieb dann wie angewurzelt stehen.

Eine Fackel erleuchtete den schmalen Gang, der innerhalb weniger Meter in einer Sackgasse endete. Es gab keine Tür, keinen Ausgang, nichts. Ich sah hoch zur Decke, dann suchte ich den Boden mit Blicken nach einer Luke oder Falltür ab. Irgendwohin musste der Lord doch verschwunden sein!

Mit rasendem Herz wandte ich mich zu allen Seiten, legte das Schwert sogar auf dem Boden ab, um die kühlen Steine des Mauerwerks abzutasten. Wenn es einen Geheimgang gab, so fand ich den Zugang allerdings nicht. Sollte ich hier warten, bis der Lord wieder herauskäme?

Was würde er tun, wenn er mich hier sähe?

Und was würde *ich* tun, wenn er mir gegenüberstünde und mir ins Gesicht sagte, dass er Carola getötet hatte?

Ich blickte auf die eiserne Klinge am Boden und fragte mich zum ersten Mal in meinem Leben, ob ich fähig wäre, das Leben eines Menschen zu nehmen. Auch wenn dieser nicht ganz so menschlich war.

Ich stellte mich darauf ein, eine kleine Ewigkeit warten zu müssen, bis sich etwas täte. Vielleicht nahm ich sogar an, dass der Lord gar nicht mehr herauskäme, sondern es noch einen anderen Ausgang gäbe, den er benutzt hatte. Oder vielleicht gehörte es auch zu seinen Kräften, sich in Luft aufzulösen. Was wusste ich schon?

Doch schneller als mir lieb war, hörte ich das Knirschen von Stein. Die Wand neben mir begann sich zu bewegen und ich huschte schnell an die Seite, um dem Lord nicht direkt gegenüberzustehen.

Meine schweißnassen Hände verkrampften sich um den Griff des Schwertes, während ich mich mit dem Rücken flach an das alte Gemäuer drückte. Ich wollte ihn nicht sofort erstechen oder köpfen – dann wäre ich keinen Deut besser als er. Ich wollte, dass er seine Tat gestand. Und mir erklärte, weshalb er das getan hatte.

Keimte unter meiner Angst und Wut etwa auch ein kleiner Funken Schuld? Vielleicht fühlte ich mich schuldig, weil ich nur Stunden zuvor das Gemach des Lords aufgesucht und ihn bis zur Weißglut getrieben hatte. Ich hatte ihn dazu getrieben, mir sein wahres Gesicht zu offenbaren. Mir zu beweisen, dass die Schauermärchen wahr waren. Vielleicht hatte er sie also meinetwegen umgebracht. Hätte ich ihn an diesem Abend nicht aufgesucht, dann wäre Carola vermutlich noch am Leben.

Das alles ging mir in der Sekunde durch den Kopf, während der Geheimgang aufschwang. Ich wartete darauf, dass die dunkle Gestalt des Lords hervortrat, einen Schritt aus dem verborgenen Zimmer tat. Jeder Herzschlag fühlte sich an wie einer zu viel.

Wusste der Lord, dass ich hier auf ihn wartete?

Spürte er meine Anwesenheit?

Vielleicht hörte er meinen Herzschlag oder roch die Angst, die aus meinen Poren strömte.

Schließlich hörte ich seine Schritte rechts von mir, noch bevor ich seinen Körper sah, der sich in das Licht der Fackel schob. Schnell wie ein Pfeil schoss ich aus meiner Deckung auf ihn zu. Ich hob mit einer Hand das Schwert und drückte den Lord mit der anderen gegen die Nische in der Wand, aus der er gerade kommen wollte. Die Klinge waagerecht an seiner Kehle, mein linker Unterarm gegen seine Brust gedrückt.

»Hast du auf mich gewartet, um mich zu töten?«, fragte er ruhig. Er schien kein bisschen erschrocken oder überrascht von meinem Angriff. Also hatte er mich sehr wohl bemerkt.

Statt wütend oder lodernd wirkten seine dunkelbraunen Augen diesmal irgendwie … traurig. Resigniert.

»Ich will wissen, warum Ihr sie ermordet habt!«, forderte ich und drückte ihn etwas härter gegen die Wand, damit er spürte, wie ernst es mir war. Verdrängte die Erinnerung daran, mit welcher Leichtigkeit er mich vorhin einhändig durch den gesamten Raum geschleudert hatte.

Doch statt mich auch jetzt von sich zu stoßen, sah er mich einfach nur nachdenklich an. Dieser Blick, frei von jeglicher Wut, war so anders als die Blicke, die ich bisher von ihm kannte. Unangenehm verknotete sich mein Magen. Mein rechter Arm begann zu zittern vor Anstrengung und dem Gewicht der Waffe. Ich fragte mich plötzlich, was ich hier überhaupt tat, doch ich zwang mich, jetzt nicht zurückzuweichen.

»Ich war es nicht«, antwortete er schlicht. Er schielte desinteressiert nach unten auf die Klinge, die ich ihm unters Kinn hielt. »Und damit könntest du mich übrigens nicht einmal töten, selbst wenn du es versuchen würdest.«

Heiß und kalt zugleich lief es mir über den Rücken. Was redete er da? Ich durfte mich nicht von seinen Worten oder seiner neuen Masche ablenken lassen. Deshalb drückte ich die Klinge enger an seinen Hals, so dicht, dass sie in seine Haut schnitt und ein feines Rinnsal Blut das Metall benetzte.

Erschrocken, dass ich so fest zugedrückt hatte, nahm ich das Schwert wieder ein Stück zurück. Doch der Lord hatte nicht einmal das Gesicht verzogen, geschweige denn einen Laut von sich gegeben.

»Ich weiß nicht, was du hier versuchst, Goldlöckchen. Wir beide wissen, dass du nicht dazu im Stande wärst, mir wahrhaftig etwas anzutun. Und das ist auch nicht nötig. Carola trägt selbst die Schuld an ihrem Tod. Ich muss hoch und den anderen Auserwählten die Situation erklären, damit der Rest der fünf Tage so ablaufen kann wie geplant.«

Ablaufen wie geplant? Ich dachte, ich hörte nicht richtig. »Der Rest der fünf Tage? Glaubst du, auch nur eine der Auserwählten wird nach Carolas Tod noch eine Nacht hierbleiben wollen?« Die Situation war so absurd, dass ich beinahe gelacht hätte. Außerdem vergaß ich mich so sehr, dass ich den Lord nicht einmal mehr förmlich ansprach. Das fiel mir erst auf, als seine Augen sich verengten.

Blitzschnell hatte er mich herumgewirbelt, das Schwert fiel mir aus der Hand und in der nächsten Sekunde schon befand ich mich auf dem staubigen Boden. Mein Rücken krachte auf die Steine und die Luft entwich meiner Lunge. Der Lord befand sich über mir, hatte den Unterarm gegen meine Kehle gedrückt und hielt mich so am Boden.

»Für dich heißt es immer noch Mylord.«

Keuchend starrte ich zu ihm auf und etwas in der Luft veränderte sich. Ich konnte es mit meinem gesamten Körper spüren. Etwas, was ich in all den Monaten vergeblich mit Tess zu finden versuchte. Ein Knistern, das mir buchstäblich die Luft raubte und die Härchen auf meinen Armen aufstellte. Mein Herz raste, als würde es gleich explodieren, während mein Blut warm und schnell durch meine Venen jagte, jeden Zentimeter meines Leibes erwärmte.

Nein, das ist nur die Angst, die durch mich hindurchschießt. Das Adrenalin. Was sollte es sonst sein?

»Geht von mir runter, Mylord«, krächzte ich unter dem Druck seines Unterarms. Keine einzige Sekunde mehr hielt ich es aus, wie er auf mir saß und mich zu Boden drückte. Es war nicht nur erniedrigend, es war ... zu intensiv. Ich wollte fliehen, mich in Luft auflösen, wollte, dass es aufhörte. Dieses Brennen in meinen Wangen. In meiner Brust. Meinem Schoß.

»Ich gehe dann von dir herunter, wenn ich von dir heruntergehen will«, erwiderte Van Windsor, und ich glaubte, gleich hier und jetzt sterben zu müssen. Unter ihm zu verbrennen. Mit dem Stein zu verschmelzen.

Sein Körper war kalt, dieser Keller war kalt, wieso war mir dann so verdammt heiß? Gehörte dies zu seinen übermenschlichen Kräften?

Ich zappelte in seinem Griff, versuchte mich zu wehren oder zu befreien, mich gegen ihn zu stemmen und ihn mit meinem Körpergewicht von mir zu werfen, doch das Einzige, was ich erreichte, war ein schiefes Lächeln auf seinen Lippen.

»Du erheiterst mich, Mensch, mit deinen lächerlichen Versuchen, mir ebenbürtig zu sein.«

Mensch.

»Und was seid Ihr?«, fragte ich laut keuchend.

Der Lord beugte sich zu mir herab, sodass sein langes schwarzes Haar meine Wange streifte und auf dem Boden neben mir landete. »Hast du das etwa immer noch nicht begriffen? Obwohl du mein wahres Gesicht gesehen hast?«

Statt zu antworten, glitt mein Blick von seinen Augen hinunter zu seinem Hals. Dort, wo ich ihn versehentlich geschnitten hatte, waren noch ein paar Bluttropfen zu sehen, die an seiner Haut klebten, doch der Schnitt war verschwunden, als hätte er nie existiert.

Der Lord nahm den Unterarm von meiner Kehle, stützte ihn stattdessen neben meinem Gesicht ab und strich mir mit den Fingern der anderen Hand über die Wange. Dabei kam er mir so nah, dass mein Blick wieder hoch zu seinen Augen schnellte. Ich versuchte in ihnen zu lesen, was er vorhatte, während mein Herz fast stehenblieb.

Beinahe neugierig musterte der Lord mich. »Ich bin ein Vampir. Ein Geschöpf der Nacht und Unsterblichkeit. Ich bin der Tod, Aaron. Und du bist das Leben.«

Diese Worte. Seine Nähe. Meine Gedanken waren wie leergefegt. Da war nur dieser unglaubliche Sog in meinem Magen. Als würde ich von einer Klippe in die Tiefe stürzen.

Erst als der Lord sich aufrichtete, hörte ich auf zu fallen.

»Du hast hier nichts verloren«, sagte Van Windsor und stand auf. »Folgst du mir noch einmal durch die Burg, trenne ich mit diesem Schwert dort deinen Kopf ab.« Er deutete auf die Waffe, die mehrere Meter entfernt von uns lag und deren eiserne Klinge im warmen Schein der Fackel glänzte.

Beim Anblick des Schwertes fiel mir auch wieder ein, weshalb ich hier war. So schnell ich konnte, kam ich auf die Beine, doch mein Gleichgewichtssinn ließ mich im Stich und ich stolperte ein paar Schritte rückwärts, bis ich mich wieder fing. Als ich mich umsah, merkte ich, dass wir rücklings in die Geheimkammer gefallen sein mussten und ich mich nun in einem kleinen engen Raum befand, der wirkte wie eine ... Gruft.

Schlagartig verschwand jegliche Hitze aus meinem Körper. Nur mit Mühe unterdrückte ich ein paar Flüche, die mir über die Lippen kommen wollten. Ich stand zwischen zwei aus Stein geschlagenen Anhöhen, auf der einen befand sich ein steinerner Sarg und auf der anderen lag Carolas toter Körper.

Bei ihrem Anblick erschauderte ich. Mein Blick wanderte an ihrem Körper entlang, dem zerfetzten Kleid, den dreckigen Spuren von Erde, bis hin zu den klaffenden Wunden, die sich über Arme, Dekolleté bis hin zum Hals zogen. Das waren nicht bloß Bissspuren, es sah aus, als hätte ihr jemand ganze Stücke Fleisch von den Knochen gerissen.

Ich bin ein Vampir. Ich bin der Tod, Aaron, dröhnten seine Worte in meinem Kopf.

Jeremias van Windsor.

Trotzdem hatte er den Mord an ihr abgestritten.

»Wenn nicht Ihr das wart, wer war es dann?«, stellte ich die Frage in den Raum. Gleichzeitig glitt mein Blick neugierig zu dem Sarg auf der anderen Seite der Gruft. War er leer? Oder würde der Leichnam einer anderen Frau mir entgegenstarren, wenn ich den schweren steinernen Deckel zur Seite schieben würde?

»Kreaturen, die ihre Gelüste weniger kontrollieren können als ich.«

Verwundert blickte ich mich zu ihm um. »Und was sind dies für Kreaturen?« Wollte er mir weißmachen, dass hier noch mehr Vampire oder gar andere Bestien hinter den Mauern lauerten?

»Ghule nennen wir sie.« Der Lord nickte Richtung Ausgang. »Und jetzt komm. Ich muss in Ordnung bringen, was noch in Ordnung zu bringen ist.«

22.

JEREMIAS

Warum hatte ich ihn eigentlich nicht angerührt? Ihn verschont?

Er war wie Wachs in meinen Händen. Und als er unter mir gelegen hatte, unfähig, mich von sich zu stoßen, hätte ich mir von ihm alles nehmen können, was ich wollte. Er hätte diesen brennenden Durst in mir endlich stillen können. Warum hielt ich eisern an meiner Reihenfolge fest? Warum verzichtete ich darauf, meine Zähne in seinem Fleisch zu versenken? Ich hatte ihm gesagt, was ich war, und ihn anschließend nicht einmal manipuliert.

Während wir die Kellergewölbe durchquerten, warf ich einen unauffälligen kurzen Blick nach hinten. Er folgte mir mit etwas Abstand, dieses lächerlich große Schwert in seinen Händen so deplatziert, dass ich nur den Kopf über ihn schütteln konnte. Dachte er tatsächlich, mich damit bedrohen zu können? Oder sich damit beschützen zu können? Mut und Wahnsinn lagen bei Menschen wirklich dicht beieinander. Was davon dieser Junge im Überfluss besaß, konnte ich immer noch nicht sagen. Ich wusste nur, dass er mich allmählich nervte. Es nervte mich, dass ich ihn am ersten Abend nicht direkt von meinen Ghulen fressen ließ. Es nervte mich, dass er sich offenbar jeder meiner Regeln widersetzte und dennoch atmend durch meine Korridore lief. Es nervte mich, dass ich ihn am Leben ließ, obwohl er seine Nase in Angelegenheiten steckte, die ihn nichts angingen.

Und wie er mich ständig ansah, nervte mich auch.

Spätestens nach der fünften Nacht, wenn ich beschließen würde, ihn gehen zu lassen, weil ich keine Verwendung für ihn hatte, würde ich seine Erinnerungen verschleiern müssen. Er durfte mit dem Wissen, das er momentan besaß, nicht zurück nach Dawncliff, soviel stand fest. Diese Bauerntölpel würden mit Mistgabeln und Fackeln meine Burg stürmen, während ich tief und fest schlief. Der Rubin wusste bereits zu viel von meinen Schwächen. Und er kannte zu viele heikle Orte. Diese Gruft zum Beispiel war niemals für die Augen irgendwelcher Sterblichen gedacht gewesen.

Aaron. Er war zu einem wandelnden Risiko geworden, das war mein eigener Fehler – und dennoch verspürte ich nicht die Lust, ihm jetzt schon das Genick zu brechen. Ja, ich dachte sogar darüber nach, ihn nach Ablauf der Frist gehen zu lassen. Ungestraft! Ich lachte innerlich auf. Nein, ungestraft würde er mir nicht davonkommen. Vielleicht würde ich mir für den fünften Abend etwas ausdenken. Für die Strapazen, die er mir beschert hatte, war er mir wenigstens eine unvergessliche letzte Nacht schuldig.

Bei dem bloßen Gedanken drängten bereits meine Fangzähne gegen das Zahnfleisch. In meinem Magen vermischten sich ein sehnsuchtsvolles Ziehen und ein bohrender Hunger – kein Wunder, hatte der Blondschopf mich diese Nacht um meine Mahlzeit gebracht. Und die Ghule hatten den Rest erledigt. Was hatte der Saphir so spät in der Nacht auch in den Gärten verloren? Verdammt, wenn ich an sie dachte, stieg direkt wieder die Wut in mir auf. Das war in gewisser Weise auch gut, denn diese Wut lenkte mich zumindest von dem blonden Burschen ab, der mir folgte.

Ich hatte den Saphir verloren, noch bevor ich von ihm kosten konnte, oder die Möglichkeit bekam, ihn zu infizieren. Carola hatte zwar beim Abendessen durch ihren Wein etwas von meinem Blut zu sich genommen, aber es reichte vermutlich nicht aus, um eine echte Chance auf eine Verwandlung zu bieten.

Die Chance ist gering, aber vielleicht war sie ja doch infiziert ...

Und so unwahrscheinlich diese Möglichkeit auch war, solange ich sie nicht ausschließen konnte, wollte ich sie auch nicht leertrinken. Die Versuchung hatte mich in der Gruft – bevor dieser Junge mich gestört hatte – beinahe übermannt. Es wäre so einfach gewesen. Ihr Körper war noch warm, das Blut, welches in ihr war, frisch. Auch wenn sie schon viel davon an meine Ghule verloren hatte.

Während ich meinen Gedanken nachhing, stiegen wir die Treppe hoch und kehrten zurück in den Ostflügel des Schlosses. Da dieser Teil nur selten genutzt wurde, waren die meisten der Fenster verhangen, dennoch schien hier und dort die Sonne hinein und erinnerte mich daran, dass ich schon längst oben in meinem Bett liegen sollte.

Wo war Quentin, wenn man ihn brauchte?

Als wir an einem der unverhüllten Fenster vorbeigingen, hob ich die Hand, um mein Gesicht abzuschirmen. Das warme Licht prickelte auf meiner Haut, aber es verbrannte sie nicht. Die meisten Geschichten der Menschen waren zum Glück Ammenmärchen. Wir zerfielen bei Tageslicht nicht zu Staub. Aber es schwächte uns. Drastisch.

»Quentin!«, rief ich, als wir uns der Eingangshalle näherten.

Aaron folgte mir noch immer, zu meiner Überraschung stumm. Sonst hatte er doch auch immer den Mund aufgerissen, wenn man ihn nicht danach fragte. Aber vielleicht hatte ich all seinen dummen Theorien und naiven Heldenversuchen endgültig einen Riegel vorgeschoben.

Irgendetwas von dem, was ich in der Gruft gesagt oder getan hatte, musste zu ihm durchgedrungen sein und etwas verändert haben. Doch über ihn wollte ich mir jetzt nicht den Kopf zerbrechen. Ich hatte ihn mit meinen Antworten ruhiggestellt und das war im Moment das Wichtigste.

Hoffentlich würde er den verbliebenen drei Frauen keine Flausen in den Kopf setzen, sobald ich mich zur Ruhe zurückzog.

Nur noch zwei Nächte.

Ein so dämlicher Todesfall sollte mich nicht um meine zwei letzten Nächte bringen. Nicht, solange ich für den Smaragd noch die größten Hoffnungen hegte. *Samira trug auch einst das Blut eines Smaragds in sich.*

»Mylord! Ihr habt gerufen?« Quentin eilte uns entgegen und verbeugte sich, sobald er vor mir stehenblieb.

»Zieh im Schloss, zuallererst im Speisesaal, unverzüglich sämtliche Vorhänge zu und läute danach die Glocke.«

»Die ... die Frühstücksglocke?«, stotterte er verwirrt. »Aber ... das Frühstück wird dann bestimmt noch nicht ...«

»Vergiss das Frühstück! Ich habe ein paar Worte an meine Auserwählten zu richten und sie werden sich im Speisesaal einfinden. Wenn nicht, wird auf dem nächsten Silbertablett dein Kopf und nicht das Frühstück serviert. Haben wir uns verstanden?«, fuhr ich ihn an. Meine Geduld für den heutigen Tag war ausgeschöpft.

»Natürlich, mein Lord!« So schnell ihn seine Füße trugen, suchte Quentin das Weite.

Als ich über die Schulter blickte, sah ich, dass der Rubin mich irgendwie skeptisch anblickte. Mir lag es auf der Zunge, ihm für seinen dämlichen Blick ebenfalls eine Drohung auszuspucken, doch ich verkniff es mir. Ihm hatte ich schon bei Weitem genug gedroht. Wenn er bisher immer noch nicht begriffen hatte, dass ich ihm die Kehle mühelos mit einer Hand herausreißen konnte, dann würde er das auch nicht mehr begreifen.

AARON

»Hört mir gut zu. Ich sage das Folgende nur einmal: Carolas Tod war ihre eigene Schuld. Sie hatte sich nicht an meine Regeln gehalten. Sie war nachts in den Gärten und fand dort ihren Tod«, erklärte der Lord nüchtern. Es war beinahe derselbe Wortlaut, den er auch mir gegenüber benutzt hatte.

Van Windsor hatte uns befohlen, an der Tafel Platz zu nehmen, während er vor Kopf stehengeblieben ist. Eindringlich sah er auf uns herab, als könnte er seinen Worten somit mehr Glaubwürdigkeit verleihen.

Eine merkwürdige Atmosphäre herrschte in dem von Kerzen spärlich beleuchteten Saal. Estelle und Bruna saßen in ihren Nachtgewändern gegenüber von mir, dicht an dicht, als würde Estelle sich am liebsten an Bruna festklammern. Dalia saß schweigsam und bleich wie der Mond neben mir. Ich senkte den Blick und starrte auf die Tischplatte. Nicht fähig, dem Lord oder den Auserwählten ins Gesicht zu sehen. Nicht nach der Gefühlstalfahrt, die ich in den letzten Stunden hinter mir hatte.

»Das ändert nichts an dem Abkommen«, fuhr der Lord fort. »Eine von euch wird mich am Ende heiraten. Eine von euch bleibt als meine Braut auf dieser Burg.« Satz für Satz gingen mir seine Worte bis ins Mark. Trafen mich tiefer, als sie sollten. »Die anderen werden gehen dürfen. Ich werde gnädig mit euch sein und euch eure Panik verzeihen, eure Wut und Angst, die ich in euren Augen sehe. Vielleicht sogar eure Täuschungsversuche. Ich werde nicht nachtragend sein. Ihr könnt eure Familien mit dem erwarteten Gold beglücken und alles wird seinen gewohnten Gang nehmen. Haben wir uns verstanden?«

Seinen gewohnten Gang.

Estelle unterdrückte ein Schluchzen. Dieser Laut war es, der mich den Blick heben ließ. Ich sah, wie Bruna ihre Hand auf den Schoß von Estelle legte, um ihr Trost zu spenden. Den Blick hatte sie dem Lord zugewandt, als würde sie ihm etwas beweisen wollen.

Wenn du so dumm bist wie ich und ihm furchtlos und provozierend entgegentrittst, wird er vielleicht noch Gefallen an dir finden, wollte ich ihr am liebsten sagen. Wenn sie sich so von den anderen Auserwählten abhob, würde sie vielleicht sein Interesse wecken und er würde sie als seine Braut hierbehalten. Zumindest *mir* würde ihre Tapferkeit imponieren.

»Zwei Nächte haben wir noch vor uns«, sprach der Lord und stützte sich mit den Händen auf der Tischplatte ab. »Doch auf romantische Ausritte und Dinner werde ich nach dem heutigen Vorfall verzichten. Tut mir leid, mein teuerster Smaragd. Aber ich denke, wir sind beide nicht in der Stimmung für ein gemeinsames Abendessen – oder? Ich werde mir meine Nacht mit dir allerdings nicht nehmen lassen. Du wirst bei Sonnenuntergang in meinem Gemach erscheinen und mir beweisen, dass nicht alle Auserwählten dieses Jahr ein Desaster waren.« Er legte den Kopf schief und sah Bruna an, so herausfordernd und durchdringend, dass mir ein Schauer über den Rücken jagte.

Sie war die Nächste, natürlich war sie es. Die letzte verbliebene Auserwählte, deren Blut er noch nicht frisch aus der Vene trinken durfte.

Zu meiner Überraschung sah Bruna ihm ebenso fest in die Augen und nickte. »Das werde ich, Mylord«, hauchte sie beinahe ehrfurchtsvoll.

So kannte ich sie nicht. Spielte sie ihm etwas vor? Was war ihr Plan? Mein Herz begann sofort schneller zu schlagen, während ich zwischen den beiden hin und herschaute. Die Spannung im Raum war beinahe greifbar.

Der Lord lächelte schief, mehr ein Schmunzeln, welches seine Lippen zucken ließ. »Gut, dann freue ich mich schon auf heute Nacht.«

Ich ballte die Hände zu Fäusten, während der Lord sich mit diesen Worten vom Tisch abstieß und ihn in Richtung der großen Flügeltür umrundete. Kurz davor blieb er allerdings stehen und drehte sich noch einmal um. Er nickte in die Runde, so tief, dass es fast einer kleinen Verbeugung glich, während sein Blick über Dalia, Bruna und Estelle wanderte. »Die Damen. Genießt die letzten zwei Tage so gut ihr noch könnt. Lasst euch von dem bedauerlichen Zwischenfall nicht unterkriegen. Solange ihr meine Regeln befolgt, seid ihr hier weiterhin in Sicherheit.«

Ich sah seiner Rückenansicht nach, bis die Tür hinter ihm zufiel. *Die Damen.* Er hatte mich nicht einmal angesprochen, geschweige denn angesehen.

Kaum hatte er den Raum verlassen, hörte ich das Quietschen eines Stuhls. Bruna stand energisch auf und lief zu den zugezogenen Vorhängen, um sie beiseitezuschieben. Ich sah ihr an, wie geladen sie war. Etwas in ihr wollte explodieren.

Als sie zu mir herumfuhr, traf das Feuer in ihr ausgerechnet mich. »Du bist so still, Aaron. Wo bist du so lange gewesen? Hast du mit dem Lord etwas besprochen, das wir wissen sollten?«

Ich zuckte mit den Schultern und presste die Kiefer aufeinander. *Der Lord hat mir nur ins Gesicht gesagt, dass er ein Vampir ist. Während er auf mir saß und mit einer Hand meine Wange gestreichelt hat.* Nichts Besonderes also. Nichts, was für die Ohren der anwesenden Damen gedacht wäre.

Bruna sah mich skeptisch an und verengte die Augen.

»Ich bin ihm gefolgt, um zu sehen, was er mit ihrem Leichnam macht. Mehr nicht«, erklärte ich, damit sie mich in Ruhe ließ. Ich musste meine Gedanken und Gefühle erst einmal ordnen, bevor ich etwas sagte, was ich später bereuen würde. Ich wusste nicht, wie Estelle und Dalia reagierten, wenn ich jetzt behauptete, dass der Lord ein Vampir war. Sie könnten hysterisch werden und würden die letzten zwei Tage auf dieser Burg nicht mehr aushalten.

Verdammt, dachte ich jetzt schon ernsthaft darüber nach, die restliche Zeit hier auszuharren, anstatt zu fliehen?! Gestern Nacht wollte ich noch meine Sachen packen und die Burg verlassen, sobald die Sonne schien, und nun – nachdem eine von uns *gestorben* war – überlegte ich, hier zu bleiben? Was war falsch mit mir?

Ich stand auf und ging ebenfalls zu der Fensterfront. »Warum war sie überhaupt nachts draußen gewesen?«, fragte ich.

Bruna sah mich an und runzelte die Stirn. »Du meinst Carola?«

Ich nickte. »Ja. Was hatte sie mitten in der Nacht in den Gärten verloren?«

»Wieso fragst du mich das? Ist es nicht egal, was sie dort gemacht hat? Er hat sie *getötet*! Oder glaubst du ihm etwa, dass er es nicht war?«

Ich sah aus dem Fenster, hinaus in den grauen, wolkenverhangenen Himmel. Die Sonne hatte sich versteckt. Es war beinahe so dunkel, als wenn sie noch nicht aufgegangen wäre. Zusätzlich sah ich, wie erste Regentropfen auf dem Glas landeten. Ein Unwetter bahnte sich an. Der lange trockene Sommer hatte ein Ende.

Vielleicht war es irrsinnig, aber ja, ich glaubte dem Lord, dass er Carola nicht getötet hatte. Irgendetwas anderes hatte sie umgebracht. Etwas, was da draußen war. *Ghule*, hatte der Lord sie genannt. Waren das die schwarzen, vermummten Kreaturen? Aber wenn sie so gefährlich waren, wieso arbeiteten sie für den Lord dann als Wachen?

»Du hast sie als Letztes gesehen oder nicht?«, fragte ich Bruna, ohne auf ihre Frage zu antworten. Das ging mir schon die ganze Zeit durch den Kopf. Wir hatten gestern Nacht geplant, dass Bruna Carola nach ihrem Abendessen mit dem Lord ablenkte, um mir etwas Zeit zu verschaffen. Doch was war danach passiert? Hatte Carola noch versucht, den Lord zu sehen? Oder hatte gar er sie noch aufgesucht, nachdem ich vor ihm geflohen war?

»Das stimmt nicht«, antwortete Bruna und brachte mich dazu, sie wieder anzusehen. Sie deutete mit dem Kinn zu

Dalia. »*Sie* ist bei Carola geblieben, nachdem ich schon gegangen war. Die beiden wollten über etwas reden. Carola wollte Dalia etwas fragen, wenn ich mich nicht irre.«

Verwirrt blickte ich die Rothaarige an. »Über was habt ihr letzte Nacht gesprochen?«

Dalia war noch immer leichenblass. Hatte kein Wort gesagt, seit sie uns vor gefühlt einer Stunde schreiend in die Arme gerannt war. Zum ersten Mal heute hob sie den Blick und sah mich direkt an. »Carola hat mir von ihrem Geheimnis erzählt. Sie hat mir gesagt, warum sie wirklich hier war.«

23.

AARON

Mir klappte beinahe die Kinnlade herunter. Ich war so baff, dass ich nicht direkt die richtigen Worte fand.

»Was für ein Geheimnis?«, fragte Bruna an meiner Stelle. Sie klang genauso überrascht wie ich.

Dalia verschränkte die Arme vor ihrer Brust. Ich sah, wie ihre Finger sich fest in den Stoff des Kleides bohrten, als würde sie sich an ihren eigenen Oberarmen festkrallen wollen.

»Nichts für ungut, aber warum hat sie ausgerechnet dir ein Geheimnis anvertraut?«, rutschte es mir heraus.

»Aaron«, zischte Bruna mir zu.

Dalia schürzte die Lippen und sah aus dem Fenster, durch das auch ich zuvor geschaut hatte. Der Regen trommelte mittlerweile laut gegen das Glas. »Vielleicht weil sie gespürt hat, dass ich ebenfalls etwas vor dem Lord verberge. Oder sie dachte, ich würde ihr mehr Informationen über den Lord geben können, weil meine Nacht mit ihm länger war als Estelles.«

Bei der Erwähnung ihres Namens sah ich zu der anderen Auserwählten, die noch immer am Tisch saß. Sie errötete unwillkürlich und ich fragte mich, was zum Teufel hier vor sich ging.

»Das mag sein«, gab Estelle zu. »Carola hatte mich gestern Nachmittag kurz abgefangen und mich versucht, über meinen Abend mit dem Lord auszufragen. Ich konnte ihr aber nicht wirklich weiterhelfen.«

Offensichtlich war ich also nicht der Einzige, der etwas herausfinden wollte. »Was genau wollte Carola denn wissen und was für ein Geheimnis hat sie angeblich gehabt?«, wandte ich mich wieder Dalia zu.

»Vielleicht sollten wir dies nicht hier besprechen«, bemerkte Bruna. Ihr Blick huschte über die Wand mit den Gemälden. »Wir wissen nicht, wo der Lord alles seine Ohren und Augen hat.«

Sie hatte recht. Obwohl der Lord eher nachtaktiv zu sein schien, hieß es nicht, dass er uns nicht noch ein Weilchen beobachtete. Doch ich hatte gesehen, wie er nur ungern durchs Sonnenlicht gelaufen war oder wie er Quentin gebeten hatte, sämtliche Vorhänge zuzuziehen. Also mochte an den Geschichten, die ich über Vampire bisher gehört hatte, möglicherweise etwas dran sein. Das Sonnenlicht brachte sie vielleicht nicht um, doch sie scheuten es. So viel war klar.

»Wir sollten raus«, schlug ich deshalb vor. »Ich glaube nicht, dass er uns bis ans Tageslicht folgt. Außerdem kann man uns in den Gärten bei dem Regen nicht so gut belauschen wie hier.« Dabei dachte ich auch an Quentin. Sich hier hinter einer Mauer zu verstecken und an der nächsten Ecke oder Tür zu lauern, war viel einfacher als draußen, wo wir bis auf ein paar Bäume einen guten Überblick über unsere Umgebung hätten. Und der tosende Regenfall würde unsere Worte einfach verschlucken. »Zieht nicht so ein Gesicht«, sagte ich zu den Damen, die bei der Vorstellung, bei dem heranwachsenden Unwetter hinauszugehen, nicht gerade begeistert aussahen.

»Es ist nicht nur wegen des Regens«, murmelte Estelle. »Es ist wegen ...« Sie geriet ins Stocken und da wusste ich, was sie meinte. In den Gärten war Carola umgekommen. Vielleicht erst vor wenigen Stunden. Etwas hatte sie dort zerfleischt.

»Während des Tages sollte uns dort nichts passieren«, behauptete ich. Schließlich hatte der Lord uns nur bei Nacht den Ausgang verboten. Vielleicht war diese Regel nur dafür da, um uns zu schützen ...

»Also? Nun sag schon. Was hat Carola dir anvertraut?« Dicke Regentropfen landeten im Takt meines Herzens auf meinem Kopf, klatschten auf meine Haut und tränkten mein Hemd.

»Sie hat es mir anvertraut, damit ich niemandem sonst davon erzähle«, murmelte die Rothaarige widerwillig. Sie ging zügig, die Arme noch immer vor ihrer Brust verschränkt.

»Keiner hat etwas davon, wenn du es über ihren Tod hinaus für dich behältst«, erwiderte Bruna. Erst als wir unter einem großen Baum mit einer ausladenden dichten Baumkrone ankamen, blieben wir stehen.

Dalia warf Bruna einen abschätzenden Blick zu und seufzte. »Carola war nicht so erpicht darauf, den Lord zu heiraten, wie sie uns alle glauben ließ. Zumindest nicht aus den Gründen, die wir im Sinn hatten. Sie wollte auf diese Burg - sie wollte die Frau des Lords werden, um herauszufinden, was mit ihrer Freundin passiert ist. Die Braut vom letzten Abkommen. Offenbar stand sie Carola sehr nahe und Carola wollte sie wiedersehen. Deshalb war sie hier und wollte dem Lord schöne Augen machen.«

Penelope. Ich hatte den Namen aufgeschnappt, als Mutter sich vor ein paar Monaten mit Mrs. Freyer über sie unterhalten hatte.

»Verdammt«, flüsterte ich. Damit rückten Carolas ganzen Versuche, diesen *Wettstreit* zu gewinnen, in ein anderes Licht. Hatte sie sich wirklich so gut verstellt, auch vor uns, nur um mehr über ihre verschwundene Freundin herauszubekommen? Sie musste von Anfang an geahnt haben, dass es für die Bräute auf der Burg Dawncliff nicht gut ausging.

»Aber was wollte sie nachts in den Gärten? Wieso warst du vor Sonnenuntergang überhaupt unten und hast den Lord mit ihr gesehen?«, fragte Bruna.

Dalia sah sich aufmerksam um, als hätte sie selbst hier draußen Angst, belauscht zu werden. Doch der Regen prasselte so laut auf das Blätterdach über uns, dass niemand uns hier hören könnte. »Ich konnte ihr nicht sagen, was der Lord in der ersten Nacht mit mir gemacht hat. Aber ich konnte es ihr zeigen. Nachdem sie die Wunden auf meinem Körper gesehen hat, meinte sie, dass sie frische Luft schnappen wolle. Vielleicht wollte sie auch vor ihrer Nacht mit ihm fliehen. Soweit ich weiß, muss er sie um diese Zeit ja erwartet haben.«

Ich runzelte die Stirn. »Also war sie nach draußen gegangen. Entweder weil sie doch die Zweifel übermannt hatten oder weil sie nur frische Luft brauchte. Und dort müssen die Kreaturen sie geschnappt haben.«

»Kreaturen?«, fragte Estelle. Ihre Augen waren kugelrund und gerötet von den vielen salzigen Tränen, die sie innerhalb der letzten Stunde vergossen hatte.

Bruna warf mir einen ernsten Blick zu. »Du glaubst wirklich, dass es *nicht* der Lord war?«

»Ich glaube, es waren die Biester, die uns am ersten Tag hierhergeführt haben«, gab ich offen zu. Doch Bruna schüttelte den Kopf. Sie wollte offensichtlich nicht an die Unschuld des Lords glauben. Auch wenn ich ihn ebenfalls nicht für *unschuldig* hielt, so sagte mir mein Gefühl, dass er in diesem Punkt die Wahrheit gesagt hatte.

»Auf jeden Fall ... Nachdem Carola weggerannt ist, blieb ich in ihrem Zimmer. Ich wollte auf sie warten«, erklärte Dalia. »Als sie nicht wiederkam, nahm ich an, sie hätte den Mut gefasst, doch die Nacht mit ihm zu verbringen. Irgendwann im Morgengrauen wurde ich in ihrem Bett wach, von Carola war noch keine Spur, weshalb ich ahnte, dass etwas nicht stimmte. Von der ersten Nacht und meiner Einschätzung über den Lord weiß ich, dass er kein Mann ist, der im Morgengrauen kuschelnd mit dir aufwachen will.« Sie verzog den Mund. »Nachdem er seinen Spaß mit mir hatte, hat er mich mitten in der Nacht wieder *entsorgt*. Ich weiß noch, wie ich kurz aufgewacht war, als mich jemand zurück in mein Bett getragen hatte. Und da Carola bei Morgengrauen immer noch nicht in ihrem Bett lag, bin ich sie suchen gegangen .... Den Rest der Geschichte kennt ihr.«

»Und was machen wir jetzt?«, fragte Estelle. Obwohl wir unter dem dichten Blätterdach einer großen Eiche standen, war sie mittlerweile – wie wir alle – bis auf die Knochen durchnässt. Sie zitterte und umschlang ihren zierlichen Körper mit den Armen.

»Moment«, erwiderte ich. In meinem Kopf ratterte es. Dalia hatte uns noch nicht alles verraten. »Du meintest vorhin, Carola ahnte vielleicht, dass auch du etwas vor dem Lord verbergen willst. Was ist das?«, wandte ich mich an sie.

»Das tut hier nichts zur Sache«, erwiderte sie kalt. »Fest steht, dass wir jetzt zwei Möglichkeiten haben. Entweder wir versuchen zu fliehen oder wir bleiben die restlichen zwei Tage hier.«

Mir gefiel nicht, wie schnell sie versuchte, von sich abzulenken, doch ich ahnte, dass ich nicht weiterkäme, wenn ich jetzt tiefer nach ihrem Geheimnis bohrte.

»Das stimmt nicht ganz«, erwiderte Bruna zu meiner Überraschung, ehe ich etwas anderes einwenden konnte. »Wir haben noch eine dritte Möglichkeit.« In ihrer Stimme klang etwas mit, was mir eine Gänsehaut bescherte.

»Was meinst du damit?«, fragte ich sie mit klopfendem Herzen. Welche dritte Möglichkeit sah sie bitte?

»Das lass meine Sorge sein. Wir verbringen eine weitere Nacht hier. Danach sind wir frei.«

»Bruna, was hast du vor?«, rief ich und eilte ihr nach.

»Mir etwas Trockenes anziehen.« Sie erklomm die Treppe zu unserer Etage.

»Nein, ich meine …«

Sie fuhr zu mir herum. Ihre tropfnassen Haare peitschten dabei durch die Luft. »Wenn wir heute fliehen, wird der Lord uns danach finden und bestrafen. Wenn nicht uns, dann unsere Familien. Oder glaubst du, er legt die Hände in den Schoß und tut gar nichts, wenn wir einfach gehen?«

»Nein, aber was …«

»Ich nehme es in meine eigene Hand, Aaron. Ich brauche keinen Ritter in schimmernder Rüstung. Hier stehen genug Rüstungen und Waffen herum.« Sie ging weiter.

Moment … Ich spürte förmlich, wie mir das Blut aus dem Gesicht sickerte. Sie wollte den Lord töten? *Das* war ihre dritte Möglichkeit?

Schnell folgte ich ihr. »Bruna, das kannst du nicht tun.«

»Warum nicht? Weil ich eine Frau bin? Ich wette, ich habe mehr Erfahrung, was das Führen von Waffen –«

»Nein, weil er ein Vampir ist!«, rief ich und hielt sie am Handgelenk fest. Hinderte sie so damit, ihr Zimmer zu betreten.

Sie starrte mich mit aufgerissenen Augen an. »Ist das dein Ernst?«

»Ja«, sagte ich, diesmal leiser. Ich sah mich um, auch wenn ich wusste, dass vom Lord keine Spur war. Aber Quentin oder die anderen konnten uns belauschen und das wollte ich verhindern. Ich zog Bruna in ihr Zimmer und schloss die Tür hinter uns. »Ein Schwert wird ihn nicht umbringen, das hat er mir selbst gesagt.«

»Wann hat er dir das gesagt?«, wollte sie wissen. »Mir hast du nicht geglaubt, als ich meinte, er sei kein Mensch. Aber jetzt glaubst du es?«

»Verdammt, ich habe es mit eigenen Augen gesehen!« Ich ließ sie los und lief ein paar Schritte in dem Zimmer umher. »Ich habe gesehen, wie der Schnitt eines Schwertes innerhalb von Sekunden verheilte. Ich habe seine Fangzähne gesehen und rotglühende Augen. Ja, Bruna, du hattest recht. Er *ist* ein Monster. Aber er hat Carola nichts getan. Er würde niemanden von uns umbringen.«

»Und was will er dann von uns?!«, brüllte sie mich an.

Ihre laute Stimme klingelte in meinen Ohren. Darauf hatte ich keine Antwort. Noch nicht. »Gib mir noch einen Abend mit ihm. Ich werde anstatt dir zu ihm gehen, wie gestern bei Carola und ...«

»Und was?«, zischte sie. »Versuchen mit ihm zu reden? Bist du wahninnig geworden? Hat er dir eine Gehirnwäsche verpasst? Du hast selbst gesagt, dass du seine Fangzähne gesehen hast! Und du hast gesehen, wie er Carola auf seinen Armen hereintrug! Tot, blutüberströmt und mit klaffenden

Wunden! Mein Gott, Aaron. Mit einer unsterblichen Bestie kann man nicht *reden.*«

Ich biss die Zähne zusammen. Offensichtlich ließ es sich mit ihr ebenfalls nicht mehr reden. Sie hörte mir überhaupt nicht zu. Der Lord hatte Carola nicht umgebracht.

Sie kam einen Schritt näher und packte mich an den Schultern. »Aaron, bitte. Hör mir zu.« Sie schüttelte mich und suchte meinen Blick. »Ich sehe dir an, dass du nicht meiner Meinung bist. Ich weiß nicht, worin du dich gerade verrennst und weshalb. Aber der Lord hat es vorhin selbst gesagt. Er wird nach Ablauf der Zeit eine von uns hierbehalten. Und du hast gesehen, wie er auf Estelle und Dalia reagiert hat. Er wird keine von ihnen nehmen. Er wird *mich* nehmen, Aaron. Und dieses Schicksal will ich nicht ertragen.«

Ein sanfter, beinahe verletzlicher Zug legte sich auf ihr Gesicht. Ihre Augen wirkten aufrichtig und ... hilfesuchend. Sie versuchte stark zu sein, aber in ihr hatte sich die tiefe Angst eingenistet, allein auf dieser Burg zurückzubleiben und nie mehr lebend nach Dawncliff zurückzukehren.

Verdammt, ich wollte nicht mit ihr streiten.

Ich wollte nicht gegen sie sein. Wir standen doch auf derselben Seite, wieso fühlte ich mich dann so, als wären wir an unterschiedlichen Ufern gestrandet?

»Komm her«, sagte ich und zog sie in eine Umarmung. Unsere Kleidung war noch nass, genauso wie ihr Haar. Trotzdem bettete ich mein Kinn auf ihren Scheitel – wie früher bei Aura. Die beiden hatten auch ungefähr die gleiche Größe und Statur. Als ich sie im Arm hielt und sie ihre Hände um meinen Rücken schlang, sich an meinem Hemd festklammerte, überrollte mich eine Welle aus Zuneigung. »Du wirst nicht allein auf diesem Schloss zurückbleiben. Das schwöre ich dir bei meinem Leben«, murmelte ich und meinte es auch so. Ich wollte schließlich ebenfalls nicht, dass der Lord Bruna als Braut auserwählte. Dass er uns alle zurückschickte und sie ehelichte. Bei dieser Vorstellung knoteten sich all meine Eingeweide zusammen.

»Nur versprich mir bitte«, ich löste die Umarmung und trat einen Schritt zurück, »dass du nichts Dummes tust. Er lässt sich mit keinem Schwert töten. Hast du verstanden? Lass mich das regeln.«

BRUNA

Er ließ sich vielleicht nicht mit einem Schwert töten, aber auch Vampire konnte man von dieser Welt tilgen. Da war ich mir sicher.

In dem Moment ertönte die Glocke zum Frühstück zum zweiten Mal an diesem Morgen. Aaron und ich sahen uns stumm an. Normalerweise begann unser Tag erst jetzt. Nun fühlte es sich an, als hätten wir die Hälfte schon durchlebt.

»Lass mich eben meine Kleider wechseln. Du solltest dir auch etwas Trockenes überziehen«, meinte ich leise und wandte mich von ihm ab. Heute würde ein langer Tag werden ... Der letzte Tag auf dieser Burg. Dafür würde ich sorgen, egal was Aaron sagte. Und egal wie gut sich seine Umarmung gerade angefühlt hatte.

»Wo sind sie? Verdammt nochmal, wo sind sie?«, brüllte plötzlich Dalias Stimme bis auf den Flur.

Irritiert blickte ich mich zu Aaron um, stumm sahen wir uns einen Herzschlag an, dann rannten wir aus dem Zimmer.

»Was ist los?«, fragte Aaron, als wir atemlos in Dalias Schlafgemach platzten.

Die rothaarige Auserwählte riss eine Schublade nach der anderen auf und beförderte den Inhalt ihrer Kommode auf den Fußboden.

»Was suchst du?«, fragte ich, da sie auf Aaron nicht reagierte.

Dalia fuhr herum und spießte mich mit ihrem Blick auf. »Du! Du wusstest von meinen Briefen. Wo sind sie?«

Perplex blinzelte ich sie an. »Du denkst, ich habe sie gestohlen?«

»Oder du hast mich an Quentin verraten!«, spie sie.

»Nein, das habe ich gewiss nicht.«

»Von welchen Briefen spricht sie?«, mischte sich Aaron ein.

Ich antwortete ihm nicht, sondern blickte Dalia weiterhin an. Ihr blasses Gesicht wurde von einer zornigen Röte befleckt. »Glaub mir, ich habe kein Wort gesagt. Quentin muss selbst dahintergekommen sein, oder die Kammerzofe hat etwas gesagt.«

Ihre dunkelblauen Augen begannen feucht zu schimmern. Ich ging einen Schritt auf sie zu und ignorierte, dass sie mich mit einem Unterrock bewarf, den sie aus der Kommode fischte. »Hör zu, Dalia. Du wirst schon bald mit uns allen zurück nach Hause kehren und dann wirst du deiner Schwester selbst erzählen können, wie schön es hier auf der Burg war, ja?«

Dalia schwieg ein paar Sekunden, dann sah ich, wie sie schluckte. »Glaubst du wirklich, wir werden noch heimkehren? Nach dem, was Carola passiert ist?«

Meine Brust zog sich zusammen. »Ich verspreche es.« Dabei ignorierte ich Aarons Blick, den ich deutlich an meinem Hinterkopf spürte.

»Meine Großmutter hat mir das Sticken beigebracht«, erzählte Estelle. Wir saßen zu zweit vor dem Kamin im Rittersaal.

Nach dem Frühstück hatte ich überlegt, wie ich sie und mich am besten ablenken könnte. Dalia hatte abgelehnt, etwas mit uns zu unternehmen, und sich stattdessen in einem ihrer Bücher vertieft. Vermutlich trauerte sie noch ihren entwendeten Briefen nach. Eigentlich wollte ich mit Estelle in die Gärten gehen und dort die Zeit totschlagen, doch das Wetter blieb regnerisch, weshalb wir uns drinnen nach einem Zeitvertreib umsehen mussten. Heute war Quentin mit keiner Aufgabe für uns vorbeigekommen. Zumindest noch nicht. Vielleicht hatte der Lord das Programm für die restlichen zwei Tage auch kurzfristig geändert oder gar ganz gestrichen. Nach diesem *Zwischenfall*, wie er Carolas Tod zuvor genannt hatte.

Bei der Erinnerung daran könnte ich direkt wieder die Wände hochgehen, weshalb ich mich lieber auf das Gespräch mit Estelle konzentrierte. In meiner Nähe taute sie langsam auf, was ich als gutes Zeichen wertete. Offenbar hatte ich ihr Vertrauen erworben und sie gehörte zu den Menschen, die sich nur ausgewählten Personen gegenüber öffneten.

»Meine Stiefmutter hatte es mir auch versucht beizubringen, aber das war noch nie etwas für mich«, gestand ich.

Das brachte Estelle dazu, den Blick zu heben und auf meine Stickkünste zu richten. Beim Anblick meines eingespannten Tuchs prustete sie los. »Du kannst es ja wirklich nicht.«

Als sie mich ansah, entschuldigte sie sich sofort. »Tut mir leid. Ähm, schau mal, ich zeige es dir«, bot sie an. »Komm, wir setzen uns zusammen auf den Teppich.«

Das Mädchen schien Feuer und Flamme zu sein. Ich folgte ihr auf den weichen Teppich, der aussah, wie das Fell eines erlegten Tieres. Sie setzte sich mit ihrem Stickrahmen direkt neben mich und erklärte mir ihre Technik und das Muster, welches wir nun gemeinsam in unser Tuch sticken würden.

»Das erinnert mich an Zuhause«, sagte sie irgendwann seufzend, nachdem wir schon eine Zeit lang still nebeneinander Fäden durchgezogen hatten. »Ich vermisse meine Familie.«

Ich hob den Blick und sah sie an. Ihr Gesicht war mir im Profil zugewandt. Ihre kleine Stupsnase war auch wie der Rest ihres Kopfes nach unten geneigt. Sie arbeitete konzentriert, sah dabei aber nicht konzentriert aus, sondern entspannt. Ihre Haut war blass und zart, ihre Lippen leicht rosa wie die Knospen einer Rose. Ein paar Sommersprossen zierten ihren Nasenrücken. Gott, sie war wirklich schön. Wusste sie das eigentlich? Ich war ernsthaft froh, dass die Nacht mit dem Lord sie nicht zerbrochen hatte. Wenn Aaron recht hatte und der Lord ein Vampir war ... er hatte an Estelle nur zwei sehr kleine Bisswunden hinterlassen. Weit weniger als an Dalia. Warum?

Hatte sie ihm nicht ... gefallen?

»Vermisst du deine Familie auch?«, fragte sie und sah mich an.

Was?

»Ähm, nein. Eigentlich nicht«, antwortete ich schnell, als ihre Frage verspätet in meinem Bewusstsein ankam. Ich fühlte mich ertappt, weil ich sie so eingehend gemustert hatte und senkte den Blick. Eine Wärme wallte in mir auf, die nichts mit unserem Gesprächsthema zu tun hatte. »Haben dir deine Eltern, als du klein warst, Geschichten über Vampire und Hexen erzählt?«, fragte ich sie, um mich auf andere Gedanken zu bringen.

Sie runzelte die Stirn und vertiefte sich wieder in ihre Arbeit. »Ich bin ohne meine Mutter aufgewachsen. Großmutter hatte hin und wieder eine Gruselgeschichte für mich, doch ich wollte sie nie hören und habe mir die Ohren zugehalten, weil ich so Angst hatte.« Sie lächelte leicht, in Erinnerungen versunken.

Kurz wünschte ich mir, ich hätte in meiner Kindheit auch jemanden gehabt, der abends auf meiner Bettkante saß und mir Märchen erzählte. Vermutlich hätten mir die gruseligen am meisten gefallen.

»In den ganzen Geschichten ... wie kann man da einen Vampir töten?«, fragte ich.

»Hm«, machte Estelle und presste nachdenklich ihre Lippen aufeinander. Dass ich sie schon wieder so genau beobachtete, ärgerte mich. Wieso starrte ich ihr dauernd auf den Mund? Ich wollte mich nicht so von ihr angezogen fühlen. Es war für mich nichts Neues, dass ich die Anwesenheit oder den Anblick einer Frau mehr genoss als andere Mädchen, die ich kannte. Ich hatte sogar schon eine andere Frau geküsst. Es ausprobiert, weil der Wunsch mich übermannt hatte. Doch Estelle war ... ich kannte sie noch gar nicht richtig. Ich war nicht in sie verliebt oder dergleichen, trotzdem erzeugte die Vorstellung, ihre Lippen mit meinen zu berühren – wenn auch nur kurz – ein nervöses Kribbeln in meinem Magen.

Doch hier war weder die Zeit noch der Ort, um es erneut *auszuprobieren.*

»Vampire sind unsterblich. Aber sie haben auch Schwachstellen. Sonnenlicht, Kruzifixe, geweihter Boden, Knoblauch«, zählte Estelle auf. »Ein Pflock ins Herz wäre wohl die sicherste Methode.«

Ihre Worte brachten mich zum Nachdenken und gleichzeitig musste ich auch ein Schmunzeln unterdrücken.

»Dafür, dass du dir die Ohren zugehalten hast, hast du dir ziemlich viel davon gemerkt«, zog ich sie auf.

Estelle lächelte. »Ich bin vielleicht ein Angsthase, aber ich habe ein gutes Gedächtnis. Ich muss mir doch merken, wie ich mich gegen Dämonen und böse Geister verteidigen kann, wenn ich mal einem gegenüberstehe.«

Sofort fror das Lächeln auf meinen Zügen ein. *Falls sie mal einem gegenüberstünde ...* Sie erinnerte sich also wirklich nicht, dass der Lord sie gebissen und ihr Blut getrunken hatte. Vielleicht konnte sie von Glück reden, dass ihr gutes Gedächtnis in diesem Fall ausgesetzt hatte. Oder Vampire waren in der Lage, die Erinnerungen ihrer Opfer zu löschen. Das würde auch erklären, wieso all die früheren Auserwählten nie ein Wörtchen über das Grauen hier berichtet hatten. Sie konnten sich schier nicht daran erinnern.

24.

AARON

Dass Bruna sich mit Estelle den gesamten Vormittag über im Rittersaal verkroch, gefiel mir nicht. Ich fand es gut, wenn sie sich anfreundeten und wenn Bruna auf andere Gedanken gebracht wurde, aber irgendwie hatte ich das Gefühl, dass sie mir seit unserem Gespräch aus dem Weg ging.

Hatte ich sie beruhigen und umstimmen können – oder wollte sie den Lord immer noch *umbringen*? Verdammt, so dämlich, das zu versuchen, konnte sie nicht sein, oder?

Ich leistete Dalia etwas Gesellschaft, die sich auf einem Fenstersims mit einem Buch niedergelassen hatte. Ich hatte versucht, sie auf die Briefe anzusprechen, die sie heute Morgen vergebens gesucht hatte, doch die Rothaarige blockte ab. Also saß ich eine Weile still neben ihr. Sie schien weder an einem Gespräch mit mir interessiert, noch schien sie sich über meine stille Gegenwart zu freuen. Vermutlich war es ihr schier egal, ob ich hier bei ihr saß oder nicht, weshalb ich mich kurzerhand dazu entschloss, mir etwas die Beine zu vertreten.

Die altertümliche und zugleich prunkvolle Architektur der Burg hatte mir bereits am ersten Tag imponiert und noch immer versetzten mich einige der Räume in stumme Faszination. Wie es gewesen sein muss, in diesem riesigen Gebäude aufzuwachsen? Mit Decken so hoch, als würde man bis zu den Sternen greifen können, und mit Stuck verzierte Wände und Nischen, als hätte man aus jedem Raum ein Kunstwerk schnitzen wollen. Welche Geschichten mochten die Mauern dieser Burg erzählen, wenn sie sprechen könnten? Nur zu gerne würde ich ihnen lauschen, herausfinden, was sich hier in den vergangenen Jahrzehnten abgespielt hatte.

Mit einer unsterblichen Bestie kann man nicht reden, fuhr mir Brunas Stimme durch den Kopf. Wahrscheinlich hatten diese Mauern mehr Leid als Freude gesehen. Diese Erkenntnis schnürte mir die Brust zu.

Wie alt mochte der Lord überhaupt sein? Wie viele Jahrzehnte oder Jahrhunderte hier verbracht haben? Und wie einsam musste er sein, wenn er all die Zeit in selbstauferlegter Abgeschiedenheit fristete?

Ich hielt mir den pochenden Schädel und blieb stehen. Ich wollte nicht so viel über ihn nachdenken. Verflucht, ich sollte nicht wissen wollen, wie lange er hier schon lebte und wie er aufgewachsen war. Wieso war meine Reaktion nicht so wie Brunas? Für sie war klar, dass er ein Monster war, das beseitigt werden musste. Er stellte eine Lebensgefahr für jeden von uns dar. Wieso war ich ... so neugierig? Verspürte ich denn keine Furcht? Als er vergangene Nacht mit ausgefahrenen Fangzähnen auf mich zugekommen war, hatte ich mir vor Angst beinahe in die Hosen gemacht. Doch jetzt ... ich hatte nach unserem letzten

Zusammentreffen in der Gruft nicht mehr das Gefühl, dass er mich töten wollte. Und das, *obwohl* er ein Vampir war und nach meinem Blut dürsten musste.

Scheinbar weckte das irgendeine Art gestörte Faszination in mir. Er hatte so oft schon die Gelegenheit gehabt, mir das Leben zu nehmen oder mich zumindest zu beißen – und dennoch hatte er mir kein Haar gekrümmt. Das Wieso machte mich wahnsinnig. Stattdessen hatte er meine Wange gestreichelt und meine Brust war fast explodiert vor abertausenden an Gefühlen, die ich noch nie in meinem Leben empfunden hatte.

Ich eilte weiter durch die leeren Korridore, versuchte meine Gedanken abzuschütteln und fand mich schon bald an der Treppe in die Kellergewölbe wieder. Ganz unbewusst musste ich diesen Weg genommen haben. Der Lord schlief ... Vielleicht war das meine Chance, mich ungehindert noch einmal in der geheimen Gruft umzuschauen. Mich ließ die Frage nicht los, wer in diesem steinernen Sarg lag. Oder vielleicht ... Ein Geistesblitz durchzuckte mich. Vielleicht war der Sarg leer und der Lord selbst schlief darin, wenn nicht gerade die Zeit der Auslese war. Vielleicht war diese Gruft sein Rückzugsort.

Ich nahm eine der Fackeln von der Wand, entzündete sie an einer brennenden Kerze im Flur und stieg tiefer in die unterirdischen Gewölbe.

Wie auch schon in den frühen Morgenstunden war die Luft hier kühler und dünner. Je tiefer ich hinabstieg und je weiter ich mich in den Kellerkorridoren bewegte, desto weniger Sauerstoff erreichte meine Lunge. Die brennende

Fackel knisterte und warf lange, flackernde Schatten auf das rohe Mauerwerk.

Ob hier unten auch irgendwo die Verliese waren? Es glich immer noch einem Wunder, dass ich am Tag meiner Ankunft in keinem Kerker gelandet war. Offensichtlich hatte ein Vampir kein Interesse daran, Menschen in einem Verlies verrotten zu lassen. Das wäre wie die Verschwendung einer lang ersehnten Jahresernte. Ich schnaubte, weil diese Erklärung so naheliegend war und erst jetzt alles einen Sinn ergab. Dann ermahnte ich mich, mich besser auf den Weg zu konzentrieren, anstatt mich in wirren Gedanken zu verirren. Hier unten sah alles gleich aus und plötzlich zweifelte ich daran, den Eingang zu der geheimen Gruft überhaupt wiederzufinden.

Ich ging in mich und versuchte den Weg von heute Morgen in meinem Geiste zu rekapitulieren. Die drückende Stille hier unten und die zunehmende Kälte erweckten den Eindruck, als wäre ich in einer ganz anderen Welt gelandet, zu einer anderen Zeit. Nur meine Erinnerungen an heute Früh waren wie ein Faden, der mich im Hier und Jetzt hielt und mich nicht vergessen ließ, was ich hier unten suchte.

Nach einigen falschen Abzweigungen fand ich mich schließlich in der Sackgasse wieder. Ich steckte die Fackel in die dafür vorgesehene Halterung und stemmte mich mit meinem gesamten Gewicht gegen die Wand, von der ich wusste, dass sie ein versteckter Durchgang war. Doch die Steine bewegten sich nicht.

Leise fluchend tastete ich die gesamte Wand ab, fuhr mit meinen Fingerspitzen über die rauen schmalen

Zwischenräume. Erst als ich mit meinem Fuß auf einen losen Stein am Boden trat, ertönte ein Knirschen und die Mauer, vor der ich stand, setzte sich in Bewegung.

Mit laut klopfendem Herzen trat ich einen Schritt zurück und beobachtete, wie sich die Steine staubaufwirbelnd zur Seite schoben und einen Durchgang freigaben.

Mit der rechten Hand griff ich nach der Fackel und hielt sie vor mich, um den kleinen geheimen Raum zu erleuchten. Ich suchte im Inneren nach einer weiteren Halterung, die in die Wand eingearbeitet war, fand aber keine. Also musste ich mit der Fackel in der Hand die Gruft betreten.

Blut, das war das Erste, was ich roch.

Ich drückte mir den linken Unterarm vor die Nase und warf einen trauernden Blick zu der blonden blutüberströmten Schönheit, die noch genauso auf der steinernen Erhöhung lag, wie wir sie vor mehreren Stunden liegen gelassen hatten. Warum der Lord sie hier abgeladen hatte, wusste ich nach wie vor nicht. In ihr war noch so viel Blut – warum hatte er es nicht getrunken?

Würde er sie ordentlich bestatten? Ihrer Familie von ihrem Tod erzählen?

Vielleicht musste ich mir nicht nur den Kopf darüber zerbrechen, wie ich Bruna, Dalia und Estelle hier rausbekam, sondern sollte auch Carolas Leichnam mitnehmen. Sie hatte eine Beisetzung im Kreis ihrer Liebsten verdient. Doch deswegen war ich nicht hierher zurückgekommen.

Ich wandte mich nach links zu dem verschlossenen Grab. Wie auch schon heute Morgen spürte ich einen eigenartigen Sog von ihm ausgehen. Das Bedürfnis, den steinernen Deckel beiseite zu schieben und hineinzuschauen, war beinahe übermächtig. Fast, als würde jemand nach mir rufen ...

Ich legte die Fackel auf den Boden, positionierte meine Hände auf den Deckel und stemmte mich dagegen. Ich benötigte meine gesamte Kraft, um die Steinplatte ein paar Millimeter beiseite zu schieben. Die Muskeln in meinen Armen schmerzten, Schweiß bildete sich auf meiner Stirn, bis es mir endlich gelang, den Deckel soweit zurückzuschieben, dass ich mühelos hineinschauen konnte. Zu meiner Überraschung stieg mir kein Geruch von Verwesung entgegen. Also war der Sarg wirklich leer ge- ...

Ich hob die Fackel auf und hielt das Feuer näher an die Grabstätte. Beinahe fiel es mir aus der Hand. Das Grab war nicht leer.

»Heilige Mutter Gottes«, murmelte ich und beugte mich über den geöffneten Sarg, als könnte ich meinen Augen nicht trauen. Ich hob meine linke Hand, hielt jedoch mitten in der Luft inne, nicht sicher, ob ich die Glasscheibe berühren sollte, die sich zwischen mir und der wunderschönen schlafenden Frau befand.

Diese Frau kann nicht schlafen, sie muss tot sein ...

Und dennoch wirkte sie nicht tot. Ich presste meine Hand nun doch auf das Glas, spürte die kühle feste Oberfläche unter meiner Haut. Was war das hier? Es wirkte beinahe, als wäre die Frau in einem gläsernen Sarg eingeschlossen, der in das steinerne Grab hineingelassen worden war. Doch das war nicht das Eigentümlichste daran. Diese Frau lag splitternackt in einer blutroten Flüssigkeit, die sich um ihren Körper schmiegte. Ihr Haar war getränkt von dem tiefen Rot, sodass ich nicht sagen konnte, welche Haarfarbe sie ursprünglich hatte. Ihre Haut war blass, wies aber keinerlei Anzeichen von Verwesung auf.

War sie auch ein Vampir?

Mein Blick landete auf ihrem Hals; eine lange Narbe, die von dunklen sichtbaren Fäden durchzogen war, sprang mir ins Auge. Es sah aus, als hätte sie jemand zusammengeflickt. Die Haut war nicht verheilt, so wie der Schnitt an der Kehle des Lords verheilt war. Ich runzelte die Stirn und setzte mich auf den Rand des Steinsargs. Meine Beine fühlten sich an wie Wackelpudding.

Wer war sie? *Was* war sie? Und wieso lag sie in einer geheimen Gruft unter der Burg Dawncliff? War sie vielleicht eine der früheren Auserwählten? Eine von seinen Bräuten? Die Fragen übermannten mich, während ich sie anstarrte. Ungeniert wanderte mein Blick sogar über ihre Brüste, ihren flachen Bauch hinunter bis zu ihrer Scham. Es war das erste Mal, dass ich eine nackte Frau aus dieser Nähe sah.

Sollte ich versuchen, den gläsernen Sarg irgendwie zu öffnen? Diese Frau zu befreien?

Nein, Aaron. Es ist eine dumme Idee, eine nackte Fremde zu befreien, die wer weiß wie viele Jahre schon in einer Blutlache liegt und die alles andere als tot aussieht.

Schnell sprang ich von dem Sarg herunter und hatte plötzlich das Gefühl, keine Sekunde länger hier unten verbringen zu können. Vielleicht war diese Frau wirklich ein Vampir. Und zwei herumstreifende blutrünstige Kreaturen in dieser Burg konnten wir wahrlich nicht gebrauchen. Sie sollte schön weiterschlafen, weshalb ich all meine Kraft dazu aufwendete, den Deckel wieder an Ort und Stelle zu schieben.

Als knirschend auch der letzte Millimeter verschlossen war, war ich schweißgebadet. Am liebsten wäre ich auf dem steinernen Deckel liegengeblieben, nur um mich ein paar Minuten auszuruhen, doch vermutlich sollte ich vorher diese Gruft verlassen.

Bevor ich ging, warf ich der toten Blondine auf dem gegenüberliegenden Stein einen langen nachdenklichen Blick zu. Ich könnte sie mit mir nach oben schleppen, aber was dann? Es erschien mir grotesk, mit einem Leichnam herumzulaufen. Was immer der Lord mit ihrem Körper vorhatte, sie vor ihm zu verstecken, war kaum der richtige Ansatz. Egal was Bruna sagte, ich würde den Lord einfach fragen, ob er die Mädchen laufen ließ und ob Carola die Möglichkeit einer ordentlichen Bestattung bekäme. Irgendwie würde ich schon mit ihm reden können. Ich wollte sogar unbedingt mit ihm reden, ihm Antworten entlocken, auch wenn er mich dabei wieder provozieren oder mir drohen würde ... Mein ganzer Körper kribbelte plötzlich bei der Erwartung auf heute Abend. Es musste einen tieferen Grund geben, warum der Lord regelmäßig nach Jungfrauen schickte. Er suchte nicht wirklich jemanden, den er ehelichen konnte … er suchte nach etwas anderem. Vielleicht würde ich mit dem Lord verhandeln können. Doch vorher musste ich mich ausruhen und den Schlaf nachholen, den ich vergangene Nacht verpasst hatte.

Ich schloss die Gruft mit den zwei toten Frauen, doch ihre Gesichter verfolgten mich bis in meine Träume.

BRUNA

Nach dem Mittagessen schliefen die meisten von uns. Zumindest verteilten wir uns auf unsere Schlafgemächer. Ob Dalia, Estelle und Aaron wirklich zur Ruhe kamen nach dem Grauen von heute Morgen und nach dem leeren Anblick von Carolas Platz am Esstisch soeben, wusste ich nicht. *Ich* konnte es nicht. Aber ich hatte zusätzlich auch ein Schmuckstück in der Hand, welches das kleinste von allen bisherigen Geschenken war. Doch es wog so schwer, dass es sich anfühlte wie ein Anker, der mich in die Tiefe zog.

Heute hatte es niemanden gegeben, der mich um das Geschenk beneidete.

Ich saß auf der Bettkante, neben einem smaragdgrünen Kleid, das jemand während des Mittagessens auf mein Bett gelegt hatte. Das war wohl das Kleid, welches ich heute Abend bei meinem Treffen mit dem Lord tragen sollte. Zusammen mit seinen zwei Schmuckstücken an mich. Ich öffnete meine zur Faust geballte Hand und starrte auf den Ring, der heute beim Essen in einem Briefumschlag auf mich gewartet hatte.

Ein goldener Ring mit einem dunkelgrünen großen Smaragd in der Mitte. Es stand zwar nicht ausgeschrieben in dem Brief, aber mir kam es vor wie ein Verlobungsring. Obwohl der Lord noch keine Nacht mit mir verbracht hatte, war mir, als wäre schon klar, dass er sich aus irgendeinem Grund für mich entschieden hatte. Ich sollte seine Braut werden.

Wieso sonst sollte ich diesen Ring als zweites Geschenk erhalten haben?

Kurz schloss ich die Hand um das Schmuckstück, sodass sich die Kanten des Edelsteins schmerzhaft in meine Haut bohrten, dann streckte ich die Hand aus und warf den Ring von mir. Er prallte gegen die Wand und landete klirrend auf dem Boden.

Nur über meine Leiche würde ich ihn über meinen Finger ziehen! Doch heute Nacht würde es eine andere Leiche geben. Estelle hatte mir die Antwort gegeben, nach der ich gesucht hatte. Einen Pflock durchs Herz könnte selbst ein Vampir nicht überleben. Ich atmete tief durch und starrte auf das grüne, edle Kleid aus weichem Samt. *Ja, ich werde heute nach Sonnenuntergang zu dir kommen, vielleicht werde ich sogar dieses Kleid tragen, um dich in Sicherheit zu wiegen. Aber dann – wenn du es am wenigsten erwartest – werde ich Carolas Tod rächen.* Sie mochte vielleicht ein kühles, streitsüchtiges Biest gewesen sein. Aber sie war eine von uns gewesen.

JEREMIAS

»Du musst ihren Leichnam besser konservieren, wenn du sie eines Tages wiederhaben willst.«

Ich sehe Sarina scharf an. »Seit einer Woche tue ich alles, was du Weibsstück von mir verlangst. Ich schlafe mit dir. Ich gebe dir mein Blut und trinke deines. Jede Nacht. Ich wandle wieder durch diese Gänge, obwohl ich sie niemals wieder sehen wollte. Und jetzt willst du, dass ich mich freiwillig ausbluten lasse?«

»Du willst diese Clara doch wiederhaben, ohne dass ihre Haut in Fetzen von ihren Wangenknochen abfällt, oder? Das Blut eines Vampirs kann viel mehr bewirken, als Verletzungen zu heilen oder Menschen zu infizieren. Vertrau mir einfach.« Sarina legt ihre Hand auf meine. Im Gegensatz zu meiner blassen Haut ist ihre goldbraun. Und sie ist warm und weich. Auch wenn ich es ihr gegenüber nicht zugeben will, so empfinde ich ihre Anwesenheit in den letzten Tagen und Nächten als durchaus ... angenehm. Ich habe beinahe vergessen, wie lieblich sich menschliche Nähe anfühlen kann. Wie beruhigend der Klang eines anderen schlagenden Herzens ist.

Ich werfe dieser dunkelhaarigen Frau seit mehr als sieben Tagen vor, mich geweckt zu haben, obwohl ich nicht geweckt werden wollte. Sie hat mich ein Stück aus meiner Finsternis gezogen. Mir Hoffnung geschenkt. Wieso tut sie das alles? Ich weiß, dass sie wie ich werden will. Dass sie fasziniert ist von Kreaturen wie mir. Sie sagt, zusammen können wir Großes bewegen. Wir könnten sogar meine Fehler der Vergangenheit wieder ausradieren.

»Wieviel Blut brauchst du von mir?«, frage ich sie und sehe auf das glänzende scharfe Messer in ihren Händen.

»So gut wie alles. Eine halbe Wanne voll. Bist du bereit dafür?«, fragt sie. Ihre dunkelbraunen Augen mustern mich mit einer Mischung aus Faszination und Skepsis.

Jetzt verstehe ich, wieso sie die vergangenen Nächte wollte, dass ich so viel Blut von ihr und den anderen Dorfbewohnern trinke. Aber nun hat sie die Befürchtung, dass ich zögere. Dass meine Liebe zu Clara nicht ausreicht, um dieses Opfer zu bringen.

»Ich würde alles für sie tun«, sage ich.

Meine Sinne als Vampir waren geschärft. Selbst im Schlaf konnte ich spüren, wenn sich mir eine Bedrohung näherte. Zumindest wenn mein Schlaf so leicht und unruhig war wie heute. Die Bilder meines Traums verblassten schlagartig, als ich hörte, wie sich jemand an mich heranschlich.

Ich riss die Augen auf, sah, wie sich zwischen den Vorhängen noch das abendliche rote Sonnenlicht in das Zimmer quetschte, was bedeutete, dass die Sonne noch nicht vollständig untergegangen war. Jemand schlich sich absichtlich an mich heran, während ich schlief.

Sofort spannte sich mein Körper an und ich fokussierte den dunklen Schatten, der vor meinem Bett stand. Hörte sein schlagendes Herz. Roch die Angst, die aus seinen Poren kroch. Vermutlich war der Eindringling durch die vorherrschende Dunkelheit in diesem Zimmer orientierungslos. Die Augen eines Menschen brauchten weitaus länger, um sich an so dämmrige Sichtverhältnisse zu gewöhnen. Er – oder sie – tastete sich vorsichtig an mein Bett, merkte vermutlich gar nicht, dass er nur noch wenige Zentimeter von mir entfernt war. Ich brauchte mich nur aufzusetzen und meine Hand nach ihm auszustrecken, um ihm die Kehle zuzuschnüren.

Wut und Hunger paarten sich in meinem Magen. Mein Traum, durchtränkt von jahrzehntealten Erinnerungen, hatte meine Brust verengt. Ich hasste diese Träume. Verabscheute die Gefühle, die sie in mir hochkochen ließen. Kurz glaubte ich sogar, ich träumte immer noch und der Schatten, der vor meinem Bett stand, sah für einen Moment aus wie sie. Clara.

»Lord van Windsor?«, murmelte eine Stimme in die Dunkelheit.

Obwohl es nicht ihre Stimme war, sah ich ihr Gesicht noch immer. Der Hunger in meinem Magen schwoll an, wütete in mir wie ein lodernder Feuerball und setzte jede meiner Zellen in Brand. Ich spürte denselben Heißhunger wie damals vor neunzig Jahren.

Ich streckte die Hand nach dem Eindringling aus und zog ihn zu mir aufs Bett. Während er auf die Matratze plumpste und aufschrie, kniete ich mich hin und starrte auf ihn herab.

»Lord …« Ehe er wieder erschrocken meinen Namen stammeln konnte, drückte ich meine Hand auf seinen Mund, um ihn zum Schweigen zu bringen.

Das Licht, welches zwischen den Vorhängen und der Wand in einem schmalen Spalt ins Zimmer sickerte, reichte aus, um seine Gesichtszüge zu erkennen. Endlich verschwand Claras Antlitz vor meinem Auge, doch ausgerechnet den blonden Jungen unter mir zu haben, war nicht hilfreich gegen das alles versengende Feuer in meinem Inneren.

Wieso war er immer dort, wo er nichts zu suchen hatte?

»Was tust du in meinem Zimmer?«, fragte ich. Meine Stimme klang wie das tiefe Grollen eines Ungewitters. Dunkel und unheilverkündend, belegt vom Schlaf, in dem ich soeben noch gesteckt hatte. Es war schwer, die hungernde Bestie in mir zu kontrollieren, herausgerissen aus einem Albtraum, mein Gemüt gereizt, weil ich die letzten Tage zu wenig geschlafen und getrunken hatte. Verdammt und ausgerechnet jetzt schlich sich dieser Junge geradewegs in mein Bett. Ist er von allen guten Geistern verlassen worden?

25.

AARON

Ich versuchte zu schreien, doch mir fehlte die Luft dazu. Seine Hand, die sich auf meinen Mund drückte, ließ keinen Ton vorbei.

»Was tust du in meinem Zimmer?«, grollte seine tiefe Stimme über mir.

Eine Antwort wollte er offenbar nicht hören, denn seine Hand presste sich weiter gegen meine Lippen. Er war so dicht über mir, dass ich in seinem Duft und seiner Präsenz zu ersticken drohte. Obwohl er sich kaum auf meinem Körper abstützte, spürte ich sein Gewicht, als wäre ich unter einem Baum begraben. Ich konnte mich nicht rühren.

»Goldlöckchen, das war ein Fehler. Jede Nacht ist einer anderen Auserwählten bestimmt, die heutige gehört dem Smaragd. So sind die Regeln.«

Ich wollte doch gar nicht – doch mein Protest blieb ein stummer Versuch meiner Lippen, sich gegen seine Handfläche zu behaupten. Sie war groß. Und überraschenderweise warm. Sollte seine Haut nicht eigentlich eiskalt sein?

Die Reibung meiner Lippen gegen seine Handfläche ließ ein flatterndes Gefühl in meinem Magen entstehen. Es erinnerte mich an den Moment in der Gruft, als er mir ebenfalls so nah gekommen war. Und es versetzte mich in Panik, kratzte an meinem Fluchtinstinkt. Doch ich würde nicht wieder vor ihm weglaufen. Ich war hier, um mit Van Windsor zu reden und ihn davor zu warnen, dass Bruna wahrscheinlich einen Plan geschmiedet hatte, um ihn zu verletzen. *Vermutlich sogar, um ihn zu töten!*

Genau deshalb wollte ich vor ihr hier sein. Doch dafür musste mich der Lord erst einmal loslassen.

Bevor ich meine Kräfte dazu bündeln konnte, mich unter ihm hervor zu winden oder ihn von mir zu stoßen, hörte ich, wie er tief Luft holte. Ein leises Stöhnen kam ihm aus der Kehle und erfüllte die Luft zwischen uns. Eine Gänsehaut breitete sich auf meinen Armen aus, zog sich bis in meinen Nacken. Sog er gerade den Duft meines Blutes ein, das durch meinen Körper raste?

Ich blinzelte in die Dunkelheit zu ihm auf und versuchte seinen Gesichtsausdruck auszumachen, doch die Finsternis in diesem Zimmer war zu vorherrschend, um etwas zu erkennen. Stattdessen spürte ich ihn näherkommen. Fühlte, wie die Matratze sich senkte, als er sich mit den Ellenbogen rechts und links von meinem Kopf abstützte.

Was ging in seinem Kopf vor? War es dumm gewesen, ihn zu wecken? Vielleicht hatte ich mich in ihm geirrt. Vielleicht war er noch halb in einem Traum gefangen, zu verschlafen, um zu realisieren, wer ich war und was ich tat.

Was, wenn er seine Beherrschung verlor, und ich so endete wie Carola?

Dass er nichts mehr sagte, verunsicherte mich zusätzlich. Ich konnte ebenfalls nichts sagen, weil seine Hand mir noch immer den Mund verbot.

Er fluchte unterdrückt und durchbrach damit das Schweigen, doch er machte keine Anstalten, von mir herunterzugehen. »Warum zur Hölle macht es dir so viel Freude, gegen meine Regeln zu verstoßen?«, brummte er. »Ist es Todessehnsucht, die dich dazu treibt?«

Sein Geruch vernebelte mir langsam die Sinne, sein Atem streifte meine Wange und sein Körper wog plötzlich deutlich schwerer auf meinem. Ich versuchte, den Kopf zu schütteln, doch er lehnte sich nur weiter auf mich, begrub mich unter sich und als ich seine Nasenspitze an meiner Wange fühlte, zuckte ich unwillkürlich zusammen. Genau wie vor etlichen Stunden in der Gruft drohte ich unter ihm zu verbrennen. Hier nun auf seiner Matratze, in seinen zerwühlten Laken zu liegen, war jedoch tausend Mal schlimmer als auf dem kalten Kellerboden. Es war so viel … *intimer.*

»Du hast dich getraut, dich vor Sonnenuntergang an mein Bett zu schleichen. Warum also auf einmal so schreckhaft?«, fragte der Lord. Er übte ein wenig Kraft mit seiner Hand aus, um mein Gesicht zur Seite zu drücken und meinen Hals zu entblößen. Dabei gab er meine Lippen frei und ich schnappte nach Luft.

Los, sag etwas! Sag, weshalb du hier bist.

»Verdammt, nach dem Schlafen bin ich immer besonders durstig«, kam mir der Lord zuvor. Seine Stimme rau und heiser. Eiskalt lief es mir den Rücken hinunter.

Okay, offenbar war das hier wirklich ein Fehler.

Der Lord musste mein Erschaudern bemerkt haben, denn ich hörte ihn belustigt glucksen. »Du zitterst ja, Goldlöckchen.«

Natürlich zitterte ich! Er war ein verdammter Vampir, der kurz davor war, seinen wahnsinnigen Durst an mir zu stillen! Ich konnte nicht einmal beschämt darüber sein, dass er es bemerkt hatte, oder wütend darüber, dass er mich aufzog. Es war pure Angst, die mich besetzt hielt.

»Hör zu, Je-«, beinahe rutschte mir sein Vorname über die Lippen. »Mein Lord, ich bin hier, um-«

»Du bist ein Auserwählter. Dein Blut steht mir zu«, unterbrach er mich harsch und drückte die Hand wieder auf meinen Mund. »Du bist nur aus dem Grund auf meiner Burg, damit ich dein Blut trinken und dich infizieren kann.«

Infizieren? Meine Gedanken rasten. Meinte er damit die Ansteckung mit einer Krankheit? Noch bevor ich den Sinn seiner Worte begreifen konnte, streiften erst sein Atem, dann seine Lippen über meine Halsbeuge.

Heilige Scheiße. Ich erstarrte, mein Kopf schlagartig leergefegt. Mein Herz hämmerte so stark in meiner Brust, dass ich Angst hatte, es würde gleich den Geist aufgeben. Ich kniff die Augen zusammen. *Bitte nicht. Bitte nicht zubeißen.*

Innerlich wappnete ich mich für das Gefühl seiner Zähne, wappnete mich vor dem Schmerz, der gleich meine Haut auseinanderreißen würde, stattdessen spürte ich etwas anderes. Der Lord lag mit seinem Lendenbereich so dicht auf mir, dass ich plötzlich die wachsende Härte bemerkte, die sich gegen meine Hüfte drückte.

Erst jetzt wurde mir bewusst, dass der Lord nackt geschlafen haben musste, denn zwischen uns war nicht mehr als die eine Stoffschicht, die ich am Leibe trug. Und sie war verschwindend dünn in diesem Moment.

Oh Gott … Jegliches Blut schoss mir in die Wangen, als ich seine morgendliche Erektion spürte. Zumindest für ihn war es früh am Morgen und ich nahm an, dass sie daher rührte, dass ich ihn aus dem Schlaf gerissen hatte. Es war nichts Ungewöhnliches, wenn ein Mann nachts in dieser Region hart wurde. Trotzdem fühlte es sich für mich alles andere als gewöhnlich an, diese harte Ausbeulung so dicht an meinem eigenen Körper zu spüren. Groß, warm und pulsierend wuchs sie an meinem Hüftknochen und ließ mich sogar vergessen, dass er mir seine Zähne in den Hals bohren wollte.

Ich schluckte schwer und traute mich jetzt erst recht nicht, mich zu rühren. Mein Körper war wie eingefroren.

Heißer Atem fuhr über meine empfindliche Haut am Hals, als der Lord seine Lippen öffnete und in der nächsten Sekunde spürte ich spitze Zähne über meine Halsschlagader fahren. Sie bohrten sich nicht in mich, sondern kratzten nur über meine Haut, erinnerten mich daran, *was* er war.

Mit hämmerndem Herzen wartete ich auf den Schmerz. Er kam jedoch nicht. Stattdessen berührte mich seine weiche feuchte Zunge und ein stöhnender Laut kroch unwillkürlich meine Kehle hinauf. Zum Glück wurde dieser Laut durch die Hand gedämpft, die der Lord noch immer auf meinen Mund drückte. Peinlich berührt biss ich die Zähne zusammen und hoffte, der Lord hatte dieses Geräusch nicht gehört, welches beinahe meinen Mund verlassen hatte.

»Du riechst gut, Aaron«, flüsterte er und mein Herz blieb stehen.

Mein Name von seinen Lippen klang so ungewohnt. Dieses Kompliment so unerwartet, obwohl ich genau wusste, dass er nur mein Blut damit meinen konnte. Ein Gefühl, das ich nicht benennen konnte, schnürte mir die Kehle zu.

»Warum bist du bloß keine Frau?«, fragte er, während sein Kopf noch immer dicht neben meinem in das Kissen versunken war. Seine Lippen streiften beim Sprechen meinen Hals und es fühlte sich an, als würde ich innerlich zerbersten. Ich schloss meine Augen und vergaß, weshalb ich überhaupt hier war. »Zur Hölle, ich kann nicht denken, wenn du so bei mir liegst. Du hättest mich nicht wecken dürfen. Du dürftest gar nicht auf meinem Schloss sein ...« Seine Stimme wurde von Wort zu Wort dunkler, rauchiger, verirrte sich leise an meiner Haut, als würde er direkt in mich hineinsprechen. Und dann ging eine Bewegung durch seinen Körper, die meine Eingeweide verknotete: Er drängte seine Hüften gegen mich, als würde er eine Reibung erzeugen wollen. Nur kurz, doch ich erzitterte.

Heiliger Allmächtiger ...

Dieser kleine Stoß katapultierte mich aus meiner Starre. Ich riss die Augen auf und mit gebündelter Kraft zerrte ich die Arme hoch und versuchte ihn von mir zu schieben. Das hier ging zu weit. Ich konnte nicht zulassen, in welche Richtung das abdriftete. War so verwirrt von seiner Nähe und Härte, von meinen eigenen Gefühlen. Mit der rechten Hand drückte ich gegen seine Schulter, mit der anderen versuchte ich seine Finger von meinem Mund zu zerren.

»Oh, verdammt, Goldlöckchen«, knurrte der Lord, klang beinahe verärgert. »Hör auf, dich zu wehren!« – Dann spürte ich nur noch, wie mein Hals Flammen fing.

JEREMIAS

Ich konnte nicht länger an mich halten und vergrub meine Zähne in seinem Fleisch. Augenblicklich sprudelte warmes Blut in meinen Mund, verbreitete seinen metallischen, süßen Geschmack, benebelte meine gereizten Sinne.

Nur am Rande meines Bewusstseins spürte und hörte ich Aarons gedämpfte Klagelaute, die von meiner Handfläche erstickt wurden. Mein Biss musste schmerzlich brennen, doch das würde schnell nachlassen, sobald mein Speichel seine heilende Wirkung entfaltete. Bald würden die Schmerzen für ihn erträglich werden, das wusste ich. Aber die Wärme in meiner Brust wuchs, während ich spürte, wie er noch immer versuchte, sich von mir zu befreien. Er hatte nicht die geringste Chance, sich unter meinem Körper hervor zu winden. Seine Hände rissen an mir, doch seine

Mühen glichen einem etwas stärkeren Windzug, der an mir zerrte, mich jedoch keinen Millimeter bewegen konnte. Seine zappelnden und drückenden Bewegungen bewirkten nur das Gegenteil: ich hatte das Bedürfnis, ihn mit meinem Körper zu untergraben, bis er sich nicht mehr rühren konnte. Mit voller Absicht erdrückte ich ihn mit meinem Gewicht, presste ihn in die Matratze und genoss das Gefühl der Macht, die ich über ihn besaß. Kurz hatte ich sogar Angst, dass seine schmale, zerbrechliche Gestalt unter meiner Last einfach brechen würde. Doch dieses Gefühl der Überlegenheit brachte mich nicht dazu, vorsichtiger zu sein, nein, ich kostete es aus, diese Stärke. Viel zu lange hatte ich mich zusammengerissen, sein Fluchtinstinkt hatte mir nun den Rest gegeben. Sollte er ruhig endlich begreifen, dass er sich nie mit mir anlegen sollte. Dieser Bursche hatte meine Geduld überstrapaziert und ich war es leid, mich ständig zurückzuhalten. Sein freches Mundwerk zu stopfen – und sei es nur mit meiner Hand - füllte mich mit Genugtuung. Und sein Blut auf meiner Zunge zu schmecken, fühlte sich an wie die Offenbarung. Wie etwas, auf das ich viel zu lange gewartet hatte. Die wenigen Tropfen der roten Flüssigkeit, die ich in den letzten Tagen hier und da aufgenommen hatte, waren nichts im Vergleich hierzu. Das Blut füllte meine komplette Mundhöhle, rann mir in großen Schlucken die Kehle hinunter und stillte einen Durst, den ich so lange unterdrückt hatte, dass ich gar nicht mehr wusste, was es bedeutete, ihn zu stillen.

Neue Energie floss warm und kribbelnd durch meinen Körper, belebte ihn auf eine Weise wieder, die mich fühlen ließ, als könnte ich ganze Bäume ausreißen. Gier und Lust stauten sich in meinem Magen, wurden zu einem feurigen Ball, der sich in meinem Unterleib ausbreitete und nach mehr verlangte. Beinahe automatisch drängte sich mein Körper dem seinen entgegen, um diese gewisse Reibung zu erzeugen, die klitzekleine Stromschläge durch mich hindurch jagte.

Wie auch zuvor schon erschauderte Aaron dabei und ich spürte seine Gänsehaut an meinen Fingerspitzen.

Es fühlte sich so verdammt gut an, wie meine Härte gegen seine Hüfte rieb. Ich spürte, wie ich weiter anschwoll, und wollte nichts sehnlicher, als meine Hitze in ihm zu vergraben. Verdammt, ich brauchte mehr. In diesem Moment war mir egal, dass er keine Frau war. Es fühlte sich sogar besser an. Intensiver. Das hier war so unendlich *gut*. Sein Blut, sein Duft und sein warmer athletischer Körper berauschten mich.

Wie im Wahn schob ich seine Kleidung fort, damit mein Glied nicht länger gegen den Stoff, sondern gegen seidig glatte Haut drängen konnte. Dabei fiel mir zu spät auf, dass meine rechte Hand Aarons Mund unweigerlich freigegeben hatte. Vielleicht fiel es mir auch zu spät auf, weil sein Schreien ausblieb, mit dem ich wahrscheinlich gerechnet hätte. Kein Hilferuf. Nichts. Einzig ein paar schmerzerfüllte keuchende Laute verließen seine Lippen, weil ich meine Zähne noch immer fest in seinem Hals versenkt hatte.

Ich riss meinen Mund von ihm los und leckte das herausströmende Blut von seiner Haut, versiegelte die Wunde mit einem harten Kuss. Aaron keuchte und in meinem Kopf drehte sich alles. Blinde, wütende Lust peitschte durch meinen Körper und obwohl eine kleine Stimme der Vernunft mir riet, Aaron schleunigst aus meinem Zimmer zu schicken, ihn hinauszujagen, bevor noch mehr passieren konnte, weigerte ich mich, jetzt aufzuhören. Es war schier unmöglich, meinen Körper dazu zu bringen.

»Weißt du, wie man Vampire erschafft?«, fragte ich. Ich konnte es selbst kaum fassen, dass ich es bei ihm in Erwägung zog. Ich richtete mich auf, sodass ich auf dem Bett kniete. In der Dunkelheit blickte ich auf ihn herab, sah nicht mehr als schemenhafte Umrisse, sein helles Haar und das leichte Glänzen seiner Augen.

Er antwortete nicht, weshalb ich ihm die Antwort selbst gab, während ich meine pulsierende Erregung in die Hand nahm. »Durch den Austausch von Körperflüssigkeiten. Nicht nur durch Blut.« Ich leckte mir über die Lippen. Das war der Grund, weshalb ich zuvor nie in Erwägung gezogen hatte, einen Mann zu verwandeln. Die Chancen, ihn zu infizieren, ohne Speichel und Sperma auszutauschen, waren viel zu gering. »Willst du mich auf diese Weise spüren, wie Schattengeküsste mich normalerweise zu spüren bekommen?«

Er antwortete wieder nicht. Natürlich nicht.

Ich wusste nicht, ob ein Teil von mir tatsächlich erwartete, dass er Ja sagte, oder ob meine Frage rein rhetorischer Natur war. Weil ich ihren Klang liebte. Die Angst, die sie bei ihm erzeugte. Ich ging nicht davon aus, dass in ihm dieselben wahnsinnigen Gefühle der Lust tobten wie in mir. Doch statt diese Sekunde zu nutzen und laut um Hilfe zu schreien oder vom Bett zu springen, starrte Aaron einfach nur zu mir hoch, obwohl er in der Dunkelheit kaum etwas sehen dürfte. Er konnte bloß erahnen, dass ich vor ihm kniete und mein Glied direkt über sein Gesicht hielt.

Ohne länger auf eine Reaktion von ihm zu warten oder weiter darüber nachzudenken, griff ich nach seinem Kopf und zog ihn hoch zu meinem Schritt. Mochte ich es mir selbst einreden oder nicht, in diesem Moment ging es mir nicht darum, ihn irgendwie zu infizieren. Ich dachte nicht über eine mögliche Verwandlung oder die Zukunft nach, sondern lediglich daran, wie gut es sich anfühlen würde, meine Erektion in seinen Mund zu schieben. Ihn für meine Lust zu benutzen, obwohl ich ihn auch wegschicken und eine der Frauen aufsuchen könnte.

Bruna war in dieser Nacht dran, die Schwarzhaarige mit den großen braunen Augen. Der Smaragd. Ich erinnerte mich noch dumpf an meinen Plan. Ihr Körper wartete auf meinen, wartete darauf, von mir in Besitz genommen zu werden. Doch irgendetwas in mir wollte nun lieber zwischen Aarons Lippen. Vielleicht wollte ich dies schon länger, ohne es bisher begriffen zu haben.

Die Vorstellung, wie ich sein lautes Mundwerk auf *diese* Weise stopfte, brachte mich zum Erzittern.

Obwohl es kaum möglich war, schwoll mein Glied noch weiter an, bis es schmerzte. Ich drängte die Spitze gegen seine Lippen. Er hielt den Mund fest geschlossen und versuchte sich mit seinen Händen auf Abstand zu halten, die sich gegen meine Hüftknochen drängten. Meine Finger der rechten Hand krallten sich fester in sein Haar, in seine blonden weichen Locken, und dirigierten ihn näher und bestimmter gegen meine Härte, die ich mit der linken Hand in Position hielt.

»Nein, ich-«

Der Versuch zu sprechen wurde zu seinem Verhängnis. Mein Glied schlüpfte zwischen seine Lippen und schob sich in seinen Mundraum.

Aaron röchelte und versteifte sich. Kurz schoss mir die Sorge durch den Kopf, dass er seine Zähne einfach in mich graben könnte, so wie ich die meinen zuvor in ihn, doch als er stattdessen brav seinen Mund vor und zurück bewegte, fiel jeglicher Zweifel, jegliche Angst und Skepsis von mir ab. Ich fühlte mich befreit. Als würde ich von der höchsten Klippe springen und herausfinden, dass ich Flügel besaß, die mich in die Lüfte trugen.

»Oh Gott, ja«, stöhnte ich ungehalten, weil meine Lippen meinem Verstand nicht mehr gehorchten. Schon lange hatte ich den Namen des Allmächtigen nicht mehr in den Mund genommen. Ich schloss die Augen, legte den Kopf in den Nacken und genoss das Gefühl, mich in Aarons feuchten Mund zu stoßen. In ihn zu gleiten und wieder heraus. Viel zu schnell und viel zu intensiv baute sich eine solche Lust in mir auf, dass ich kein Halten mehr kannte.

Nur noch ein bisschen mehr. Nur noch ein bisschen schneller.

Aaron röchelte und würgte, als ich seinen Mund zu tief in Beschlag nahm, aber es reichte nicht. Irgendetwas fehlte noch. Ich war so kurz davor, dass es mich wahnsinnig machte. Sein Mund verschaffte mir nicht die nötige Enge, um zum Abschluss zu kommen und Erlösung zu finden. Der Sturm in mir wuchs an und konnte nicht abklingen.

»Saugen«, befahl ich knurrend und wollte, dass er mich enger mit seinen Lippen umfing. Verdammt. Ich ließ seinen Kopf los und starrte auf Aaron hinunter, der keuchend die Gelegenheit ergriff und meine Erregung freigab. Seinem rasselnden Atem nach zu urteilen, um nach Luft zu ringen.

Auch ich atmete schwer. Mein Schwanz zuckte vor unerfülltem Verlangen, doch ich wollte nicht, dass Goldlöckchen an meinen gierigen Stößen erstickte. Mit einer fließenden Bewegung drückte ich ihn stattdessen bäuchlings aufs Bett. Ehe er sich versah, lag ich über ihm und rieb mich zwischen seinen nackten Pobacken. Meine Hände wanderten über seinen muskulösen, sehnigen Körper, bis ich die eine Hand wieder in seinen weichen Haaren vergrub.

»Jeremias …«, krächzte Aaron. Es war das erste Mal, dass er mich beim Namen nannte. Statt mich zu fragen, woher er ihn überhaupt kannte, ging mir der Klang dieser Silben unter die Haut, berührte tief im Inneren etwas in mir. Beinahe hätte ich ihn gebeten, meinen Namen erneut zu stöhnen. Doch ich hörte an seiner Stimme, dass er Angst hatte. Geradezu in Panik verfiel. Goldlöckchen wusste durch die letzten Minuten genau, dass er nicht die körperliche Kraft besaß, sich gegen mich zu wehren. Er war mir ausgeliefert.

»Nicht ...«, raunte er heiser. Er ahnte offenbar, wonach mir war. Seine Bitte änderte nichts daran, auch wenn meine Brust sich kurz zusammenzog bei seiner Stimme. Es hieß, dass er es nicht auf diese Weise wollte, wie ich es wollte. Doch es war schon zu spät. Meine linke Hand wanderte seinen verspannten Rücken hinunter bis zu seinem knackigen angespannten Hintern. Er war so viel fester und muskulöser als bei Frauen.

Nie zuvor hatte ich die Lust verspürt, einem Mann auf diese Weise näherzukommen. Aber jetzt grade konnte und wollte ich nicht anders. Ich musste mich in ihm vergraben und verlieren.

»Pscht, es wird nur kurz wehtun«, stöhnte ich ihm schwer atmend ins Ohr. Es waren dieselben Worte wie bei all den Frauen, denen ich schon die Unschuld geraubt hatte. Der Satz war zu einem Standard geworden, doch bei Aaron fühlte sich meine Zunge seltsam schwer an, als ich es aussprach. Es würde sich bei einem Mann kaum anders anfühlen, oder? Ich hatte auch Frauen schon von hinten genommen.

Ich spuckte in meine Hand und rieb meine Spitze mit der Feuchtigkeit ein, dann positionierte ich sie an seinem Eingang. Aaron sog zischend die Luft ein und bäumte sich unter mir auf, während ich mehrmals gegen seine Enge drängte, stieß leicht vor, ohne wirklich hineinzugelangen. Dieses Spiel auf dem seidenen Faden brachte mich schon fast über die Klippe. Noch nie war ich so erregt wie in diesem Moment. Jede streifende Berührung schickte tausend Stromstöße durch meinen Körper. Es fehlte nicht mehr fiel, um hinunterzufallen.

Als Aaron sich schwer keuchend unter mir wand und ich ihn kräftiger festhielt, jagte eine erneute Welle der Lust durch meinen Schwanz. Ich hielt es nicht länger aus und drückte mich mit all meiner Kraft in Aaron hinein.

Sein Schrei ging mir durch Mark und Bein, klingelte mir in den Ohren und brachte das Feuer in mir zum Lodern. Blind griff ich nach einem Kissen und presste es irgendwie unter Aarons Gesicht, um seine Schreie zu dämpfen, während ich mich tiefer in seiner Enge vergrub, die meinen Schaft mit solcher Kraft umschloss, dass es beinahe wehtat. *Beim Namen des Allmächtigen.* Ich krallte mich in Aarons Körper, vergrub meine Hände in das, was ich zu fassen bekam – keine Ahnung, ob es seine Arme, Schultern oder sein Hals war – und schob meine Hüfte vor, um Bewegung in meine rücksichtslosen Stöße zu bringen.

Im Takt meines Herzschlags versenkte ich mich in ihm, presste mein Gesicht neben seinem Kopf ins Kissen und hielt ihn fest. Fester als ich je einen Menschen gehalten hatte.

Wie ein Wilder nahm ich ihn mit kurzen, festen Stößen. Viel zu schnell und viel zu hastig. Doch ich konnte mich nicht mehr an mich halten.

Aarons schweißnasser Körper unter mir zitterte und auch meine Muskeln verkrampften. Schwarze und rote Punkte begannen vor meinen geschlossenen Augen zu tanzen. Ich vernahm nichts mehr um mich herum außer das Gefühl, das durch meinen Unterleib strömte wie ein reißender Fluss, der alles mit sich nahm.

»JA! JA! JAAA!«, brüllte ich so laut hinaus, dass mein ganzer Körper vibrierte.

Ich spürte den Orgasmus nahen, dem ich mit einer Schnelligkeit entgegenraste, die menschliche Grenzen sprengte. Dann verlor ich endgültig die Kontrolle. Der Höhepunkt überrollte mich und ich ergoss mich in ihm. Spürte, wie ich in ihm abspritzte. Gleichzeitig biss ich ihm in die Schulter, um meine Schreie zu ersticken und sein warmes sprudelndes Blut zu genießen, das meine Mundhöhle füllte.

Schließlich wurden meine Bewegungen langsamer und träger. Noch ein paar Mal stieß ich mich in ihn, während mein Keuchen und der Geruch von Sex und Blut die Luft tränkten.

Langsam zog ich mich aus ihm heraus, mein Glied wie auch meine Fangzähne, als auch meine anderen Sinne träge wieder ihren Dienst aufnahmen. Ich fühlte mich so befreit. So lebendig.

Die letzten Minuten waren wie ein Rausch, der beste meines bisherigen Lebens – ich hatte *alles* vergessen. Auch mich selbst. Und Aaron. Verdammt. Langsam wurde mir bewusst, was ich getan hatte, und ich blinzelte auf den reglosen Körper hinunter, der auf dem Bett zusammengebrochen war und keine Regung zeigte.

In dem Moment wurde mir noch etwas anderes bewusst: es war nicht mehr so dunkel wie zuvor. Ein warmer

Lichtschein von der anderen Seite erhellte das Zimmer und entblößte die groteske Szenerie. Das Bett und Aarons bleicher nackter Körper waren über und über mit Blut besudelt. Ich hatte die Wunde an seinem Hals vollkommen vergessen, von der das Blut stammen musste. Oder ich hatte ihm in meinem Rausch noch weitere Bisswunden hinzugefügt. Ich wusste es nicht.

»Sie niederträchtiges Monster!«, schrie in diesem Moment eine schrille Stimme.

Mein Kopf fuhr herum und im Türrahmen erblickte ich eine Frauengestalt mit langen dunklen Haaren und einem brennenden Kerzenleuchter in der Hand. Bruna.

Sie warf den Kerzenleuchter achtlos zu Boden. Noch während es schepperte, stürzte sie sich auf mich. Ein spitzer langer Ast, einem Speer ähnlich, in ihrer Hand.

Ich war noch so benommen von dem Sex, dass ich nicht rechtzeitig reagierte. Fassungslos starrte ich in die kriegerisch funkelnden Augen des Smaragdes, als sich die Spitze der Waffe gezielt in meine Brust rammte.

Der stechende Schmerz ließ mich aufzischen, doch das war auch der letzte Laut, der meine Lippen verließ. Nur einen Wimpernschlag hatte es gedauert, mich aufzuspießen. Wie konnte ich nur so unvorsichtig gewesen sein?

Die Taubheit nahm meine Glieder so schnell in Beschlag, dass ich weder aufspringen, noch den Speer aus meiner Brust ziehen konnte. *Wieso kann ich mich nicht rühren und dieses lächerliche Ding von mir schmettern?* Hilflos blickte ich nach unten, sah wie mein eigenes Blut – nein, eigentlich Aarons – meine nackte bleiche Brust hinunterlief, und realisierte, dass sie mein Herz getroffen haben muss.

EPILOG:

BRUNA

Stille.

Unheilvolle Stille.

Der Klang von Tod.

Aaron lag bäuchlings auf dem riesigen Bett zwischen zerwühlten, blutigen Laken. Ich stieg über den toten Lord hinweg, ohne mit der Wimper zu zucken, und eilte stattdessen zu dem reglosen Körper auf der Matratze. Der Anblick ließ mir die Galle aufsteigen und ich fror kurz in meinen Bewegungen ein. Ich war alles andere als zimperlich, so schnell rührte mich nichts, doch das hier ...

Es kostete mich einiges an Überwindung, den Blick nicht abzuwenden und davonzurennen.

Aarons Pobacken waren gerötet, unter ihm bildete sich auf dem dunklen Laken eine Pfütze aus milchigem Saft und Blut. Schnell riss ich den Blick höher. Seine Arme lagen angewinkelt neben dem Kopf. Seine Schulter zierte eine Wunde, die zwei kleinen Löchern glich und aus denen frisches, rotes Blut sickerte. Sein Gesicht war in einem Kissen vergraben, sodass ich nicht viel mehr als seine blonden, zerzausten Haare sehen konnte.

»Aaron?« Meine Stimme hörte sich viel zu brüchig an. Ich räusperte mich und trat näher heran, um seinen Kopf zu drehen und zu kontrollieren, ob er noch atmete. *Bitte lebe.* Er durfte nicht tot sein!

Als ich ihn vorsichtig herumdrehte, sah ich noch mehr Blut. Und noch weitere kleine Bisswunden – diesmal an seinem Hals. Also hatte Aaron recht, als er sagte, der Lord wäre ein Vampir. Eine blutrünstige, übernatürliche Kreatur.

Zum Glück war er nun ausgeschaltet. Doch es war zu spät. *Ich bin zu spät gekommen.* Wäre ich doch nur ein paar Minuten früher hier gewesen ... Mitleidig und wütend zugleich strich ich Aarons goldene Locken aus seiner verschwitzten Stirn, Tränen brannten in meinen Augen. Was hatte er hier überhaupt zu suchen? Hatte der Lord nach ihm schicken lassen? Hatten wir alle zu früh geglaubt, dass er Aaron ungestraft mit seinem Vergehen davonkommen ließ?

Plötzlich flatterten seine Augenlider und ich zog erschrocken meine Hand zurück. Mein Herz machte einen Satz und ich krabbelte zu Aaron auf das riesige Bett. »Aaron? Hörst du mich?«

Ich hielt seinen Kopf, bettete ihn auf meinen Schoß und suchte gleichzeitig nach etwas, womit ich seine Blöße bedecken konnte. Mir war schließlich nicht entgangen, dass er vollkommen nackt war und obwohl ich nicht hatte hinsehen wollen, hatte mein Blick doch kurz seine Männlichkeit gestreift. Es war das erste Mal, dass ich das unbedeckte Geschlecht eines Mannes aus dieser Nähe gesehen hatte. Und es war größer als erwartet ... nicht schlaff, sondern ... Ich bedeckte ihn schnell mit der Decke, die von Schweiß, Blut und Sperma getränkt war, doch es mangelte mir an Alternativen.

Ein Stöhnen war das Erste, was Aarons Lippen verließ. Langsam wurde sein Blick klarer und er fixierte mich mit seinen blauen Augen, die in dem flackernden Kerzenschein noch tiefer als sonst wirkten. Sie schimmerten wie die Oberfläche eines unruhigen Ozeans.

»Bruna? Was machst du hier?« Er setzte sich keuchend auf, sein Körper zitterte sichtlich. »Bring dich in Sicherheit! Sofort!« Er versuchte bestimmt zu klingen, doch seine Stimme war schwach und brüchig. »Der Lord, er ...«

Ein Tränenschleier nahm mir die Sicht und ich versuchte, ihn wegzublinzeln. Selbst jetzt noch versuchte er den Helden zu spielen. Warum fing ich denn nun an zu weinen? Aaron lebte! Das war ein Grund zur Erleichterung. Doch meine Brust wog schwer bei der Vorstellung von den grausamen Dingen, die sich hier zugetragen hatten. Bei dem Anblick von Aarons Zerbrochenheit. Was hatte der Lord bloß mit ihm getan? Ein wildes Tier tötete seine Beute schnell – diese blutsaugende Bestie hingegen hatte sich daran gelabt, sein Opfer zu erniedrigen und zu brechen. Es tat mir so unendlich leid, dass ich zu spät gekommen war.

»Mach dir keine Sorgen«, flüsterte ich und schluckte den Kloß in meinem Hals hinunter. »Er ist tot. Es ist vorbei, Aaron. Es ist endlich vorbei.«

Ende Band 1.

Kristina Licht, geboren am 07.08.1993, schreibt und erfindet Geschichten seit der Grundschulzeit.
Schon immer war es ihr Herzenswunsch, ihre Leidenschaft zum geschriebenen Wort als Autorin auszuleben und Menschen aus ihrem Alltag in andere Welten zu entführen. Die heute 27 Jährige wohnt im Herzen Nordrhein-Westfalens und studierte Mathematik und Germanistik auf Lehramt.

Seit 2016 ist sie freiberufliche Autorin und Coverdesignerin.

Social Media

Facebook: ***https://www.facebook.com/kristinalicht.autorin/***
Instagram: kristinalicht_designandbooks

Danksagung

Danke, dass du zu diesem Buch gegriffen und Aaron auf seiner Reise begleitet hast!

Einen neuen Reihenauftakt zu schreiben, ist immer besonders aufregend. Neue Charaktere, neue Orte, neue Geheimnisse. Egal, ob es dein erstes Buch von mir ist, oder du auch schon meine anderen Werke kennst: ich freue mich sehr, dass du nach Dawncliff gefunden hast.

Nicht mehr lange und du erfährst, wie es mit Jeremias, Bruna und Aaron weitergeht.

Der zweite Band der Dilogie erscheint im April/Mai und wird wieder vorzeitig vorbestellbar sein.

An dieser Stelle möchte ich allen danken, die mich als Autorin unterstützen und die in irgendeiner Weise an der Fertigstellung dieses Werkes beteiligt waren.

Ein besonderer Dank gilt

… meiner Autoren-Freundin und meinem Fangirl No. 1, *Alexandra Lehnert*. Ohne unsere Gespräche hätte ich bestimmt schon längst aufgegeben. Danke, dass du von Aaron und Jeremias direkt begeistert warst!

… meinen entzückenden Testleserinnen: *Jessica und Natalie*. Für euer Feedback, für jeden gefundenen Fehler und für unsere bemerkenswerte Zusammenarbeit!

… *meinem Freund*, der mit diesem Buch zum ersten Mal

einen Roman gelesen hat und der sich auch die Mühe machte, nach Fehlern zu suchen.

… meiner *Mutter*, die sich auf eine Vampirstory aus meiner Feder gefreut hat (auch wenn sie das letzte Kapitel nur zensiert zu lesen bekommen hat :D). Danke für all deine Unterstützung und Liebe <3

… allen *Bloggern*, die mich bei jeder Buchveröffentlichung aufs Neue begleiten, meine Bücher vorablesen und grandiose Rezensionen schreiben. Ohne eure Arbeit und eure Mühe würde das Buch vermutlich im Amazon-Nirvana verschollen bleiben.

… meinen *Lesern*. Dafür, dass ihr mitfiebert, euch auf meine Geschichten einlasst, für eure Nachrichten und Bilder.

Ich hoffe, wir sehen uns beim Finale von Shadow Kissed wieder. Denn Aarons Geschichte ist noch nicht zu Ende.

Alles Liebe und fürchtet euch nicht vor der Dunkelheit

eure Kristina Licht

Weitere Bücher der Autorin:

Phoenicia Chroniken (1-3)
Jenseits des Kreises (Himmelsfluch, Sündenfall, Götterglaube)
INCUBI-Reihe (1-4)
Game of sinners – Meine Sünde bist du